あるがままに

天然流指南 3

大久保智弘

時代小説
二見時代小説文庫

目次

あるがままに——天然流指南 3

第一章　ゆきて帰らぬ

一

御老女の初島《はつしま》に招かれて、雑司ヶ谷《ぞうしがや》の福山《ふくやま》藩下屋敷を訪れた洒楽斎《しやらくさい》は、玄関先に待ち受けていた初老の男から、

「久しぶりだな、鮎川数馬《あゆかわかずま》」

といきなり呼びかけられて、とうに切り捨てたはずだった過去が、走馬灯のように脳裏によみがえった。

洒楽斎を出迎えたのは、二十数年前の同志だった龍造寺主膳《りゆうぞうじしゆぜん》で、あれから旅絵師となって諸国を放浪したが、いまは渋川虚庵《しぶかわきよあん》と名を改め、信州下諏訪《しんしゆうしもすわ》にある湯之町《ゆのまち》に隠棲《いんせい》しているという。

鮎川数馬か、なつかしい名だ、と洒楽斎は思った。

それは二十年前に捨てた、親からもらった旧名だが、思わず過ぎてしまった歳月を経て、いきなり再会した龍造寺主膳から、親しげに鮎川数馬と呼びかけられるまでは、もう名乗ることはあるまいと思っていた名前だった。

洒楽斎とは、世を拗《す》ねて韜晦《とうかい》した呼び名で、まともな名前とは言い難い。

鮎川数馬という名には、若き日の甘美な思いと、それ以上の苦い思いが、網の目のように絡《から》みついているはずだった。

もういいだろう、と洒楽斎は思った。

あえて忘れようとしなくても、歳月と共に過去の思いは薄れて、やがて消えてゆくに違いない。

鮎川数馬か、なつかしく、そして悲しい名であったかもしれぬ。

洒楽斎は悔い多き二十数年前のことを思い返していた。

宝暦《ほうれき》八年（一七五八）の夏、鮎川数馬は京《きよう》にいた。

まだ海のものとも山のものとも分からない、二十歳《はたち》を迎えたころだった。

京の夏は茹《ゆだ》りそうになるほど蒸し暑かった。

陽はすでに傾いていたが、路地を吹きぬける風はわずかで、夕暮れ近くなっても暑《しょ》気《き》は去らなかった。

丸太町《まるたまち》通麩屋町《どおりふやちょう》を、南に向けて下《くだ》る狭い路地で、数馬は背後から音もなく近づいてきた男から、いきなり声をかけられた。

「龍造寺どのから伝言がある」

あたりを憚《はばか》るような低い声だった。

数馬が呼び止められた路脇には、細かく編んだ簾《すだれ》を吊るした庇《ひさし》の短い軒先が続いているが、このあたりは、風情《ふぜい》ありげな町家が軒を並べているだけで、人の通りは繁くない。

「暮れ六つ（午後六時ごろ）に、いつものところまで来てくれということだ。たしかに伝えたぞ」

男はそのまま行き過ぎようとした。

「いつものところとは、徳大寺《とくだいじ》邸の別棟か」

秘密めかした男の言い方に倣《なら》って、数馬も低い声で確かめた。

権大納言《ごんだいなごん》徳大寺公城《きみき》は、垂加神道《すいかしんとう》を教授する竹内式部《たけのうちしきぶ》に師事し、「尊皇斥覇《そんのうせきは》」を唱える若手公卿《くぎょう》たちの中心人物だった。

竹内式部の学塾に通う数馬も、親しくなった龍造寺主膳を介して、徳大寺家への出入りを許されていた。

越後《えちご》出身で京に遊学した竹内式部は、若いころは雑掌《ざっしょう》として徳大寺家に仕え、神《しん》道家《とう》として名を得てからも、徳大寺家との旧縁は続いていた。

徳大寺家の裏門脇にある別棟は、旧弊《きゅうへい》を打破しようとする若手公卿や、過激に走りがちな尊皇論者たちの、溜まり場のようになっている。

「あそこはもう使えぬ。権大納言どのは主上《しゅじょう》（桃園《ももぞの》天皇）から閉門蟄居《へいもんちっきょ》を命じられ、いまは捕囚《ほしゅう》のような扱いを受けておられる」

その噂は数馬も耳にしている。

桃園帝は若手公卿たちと一味同心だが、それを危《あや》ぶんだ関白一条道香《いちじょうみちよし》や近衛内前《このえうちさき》が、主上に迫って無理やり下した処置に違いない。

龍造寺主膳が同志たちに呼び出しをかけたのは、この緊急事態にどう対処するかを、同志の仲間たちと相談するためだろう。

数馬も声を潜《ひそ》めて言った。

「徳大寺邸が駄目なら、主膳どのが常宿《じょうやど》にしておられる錦屋《にしきや》の二階か」

男は黙って頷いた。

主膳の伝言を伝えたのは、二階堂重之《にかいどうしげゆき》と名乗る男だった。

若い数馬を嗜《たしな》めるように、

「街中の立ち話は無用にいたせ。洛中《らくちゅう》には幕吏《ばくり》の手が回っているかもしれぬ。犬どもが嗅ぎまわっている中での会合だ。今宵は何人が集まれるか分からんぞ」

鋭い眼で周囲を窺うと、二階堂はさりげない風を装って、白く乾いた路上を足早に去っていった。

「困ったことになったな」

鮎川数馬はその日の暮れ六つに、恋仲のお蘭《らん》と逢う約束があった。

一昨日のことだ。

「聞いてほしいことがあるの」

お蘭はいつになく嬉しげな顔をして数馬に告げた。

「いますぐに聞きたいものだな」

数馬はお蘭が何を言いたいのか、分かっているような気がした。

「いまは駄目。何もかも用意が整ってからにしたいの。明後日の暮れ六つに、聖護院《しょうごいん》の門前で待っているわ」

そう言うと、お蘭は梅花の友禅染《ゆうぜんぞ》めの帯を腰高に結んだ背を見せると、いきなり小走りになり、何故か逃れるようにして去ってしまった。

先ほど見せた嬉しげな表情とは裏腹に、お蘭の背には何か切実な、思い詰めたよう強張《こわば》りがあって、甘やいでいた数馬の気分に一抹《いちまつ》の影を落とした。

この女と共に生きよう、と数馬は思っている。

そんな思いに駆られたのは初めてのことなので、数馬はいつになく浮ついていたのかもしれない。

お蘭は京舞の家元に育てられた秘蔵《ひぞう》娘《むすめ》で、まだお座敷に出たことはないが、幼いころから宗家《そうけ》の名に恥じない舞の手ほどきを受けていた。

京舞は能楽《のうがく》シテ方《かた》の仕舞《しまい》を踏襲《とうしゆう》しているという。

あるいは皇室ゆかりの近衛家や一条家との縁もあって、京舞の流儀は御所風《ごしよふう》で、屏風《びよう》を立てた座敷で舞う座敷舞の流れをくんでいるとも言われている。

堂上方《どうじようがた》と繋がりがあるからなのか、お蘭は竹内式部の家塾で『日本書紀《にほんしよき》』の講義を受けていたことがある。

男だけの講義に妙齢《みようれい》の娘が加わったので、華やかなお蘭の容姿は、たちまち門弟たちの間で評判になった。

「あの娘は難解な漢籍を読みこなすそうだ」

という噂が立って、式部に師事する塾生たちは、柄《がら》にもなくお蘭の素性《すじょう》を知りたがったが、確かなことは誰にも分からなかった。

講義を聴くときは、お蘭と塾生たちの席は簾張りの衝立《ついたて》で隔てられるので、女弟子の姿をじかに見ることは出来なかったが、遊びを知らない若い連中には、簾越しに透《す》かし見るおぼろげな娘の姿は、充分過ぎるほどの刺激になった。

竹内式部の講義は『日本書紀』の独自な解釈なので、漢籍が読めなければ師匠の説く学説が理解出来ない。

そもそも「日本書紀」そのものが、いまは廃《すた》れてしまった独自な漢文で叙述《じょじゅつ》されているから、それを自在に読みこなすには、かなりの素養を必要とする。

「小娘とて侮《あなど》れぬ」

式部塾の学生たちは、衝立で隔てられた妙齢の娘に憧れて、気もそぞろになって式部の講義を受けていたが、師匠の釈義に面白さを覚えていた鮎川数馬には、仲間たちの物言わぬざわめきが鬱陶《うっとう》しかった。

お蘭は式部の講義が終わると、供の小者を連れて足早に引き上げるので、塾生たちと言葉を交わすことはなかった。

しかし、講堂では触れ合うことのないお蘭が、塾生たちから愛嬌《あいきょう》のない娘と思われていたわけではない。

「漢籍などを読む娘は色気《いろか》とは無縁で、情の通わない石塊《いしころ》のように思っていたが、あの娘だけは違うな。さりげない仕草の端々にも、おのずから備わった色香が零《こぼ》れている」

そうかといって、覇道《はどう》を廃して敬天《けいてん》を説く竹内式部の塾生で、妙齢のお蘭に声をかける勇気のある者はいなかった。

「おのずから匂い出る色香は天性のものか。たぶんあの娘は、そのことに気づいてはいないのだろうが」

しょせんは高嶺《たかね》の花、と諦めているようだった。

竹内式部の門に出入りするからには、もしかしたら殿上人《てんじょうびと》の姫君かもしれず、気軽に声をかけることは憚られたのだ。

塾生たちが互いに牽制《けんせい》し合っているうちに、あれこれと噂されていた娘は、いつのころからか講堂に姿を見せなくなっていた。

夢のように現れて、夢のように消えたお蘭の面影は、むしろそれゆえに、数馬の胸に鮮明な彩《いろどり》を添えていた。

お蘭の噂話をしている塾生たちの輪に、数馬は加わったことがない。

数馬が憶《おぼ》えているのは、お蘭のさりげない仕草だったり、そのとき感じたほのぼのとした思いだけだ。

楚々《そそ》とした娘への好感を、おのれひとりのものにしておきたいと思うので、お蘭の噂で沸く塾生たちの仲間に、加わる気などしなかったのだ。

それからおよそ一年半が過ぎた。

寒い冬が明けて、春を迎える季節になっていた。

蕾《つぼみ》が膨らみ始めた梅の花に惹かれて、数馬は洛中にある門跡寺の境内を散策していた。

花開く前の蕾が好きだった。

これからどう咲くのか分からないが、やがて花開くはずの蕾に、おのれの望みを託しているようなところが、あのころの数馬にはあったのかもしれない。

梅花の人気は桜花に及ばず、まして咲く前の蕾を見ようなどという、酔狂《すいきょう》な花見客などは滅多《めった》にいない。

春のそよ風もまだ冷たく、立ち止まれば底冷えするほどの寒気が、いまだに残っているような晴れた日だった。

めずらしいな、と思って数馬がふと足を止めたのは、梅の木の下に淡い若葉をあしらった振り袖姿の、しなやかな女人の姿が目に映ったからだ。

するとと気配を察したのか、若草色のお召を着た若い女が振り返り、一瞥《いちべつ》して数馬であることを認めたらしく、

「あらっ」

と言って懐かしそうに微笑した。

竹内式部の学塾で、毎日のように顔を合わせながら、ほとんど口を利いたこともないお蘭だった。

いかにも嬉しそうなお蘭の微笑を見ていると、数馬の胸にも予期しない喜びと懐かしさが込みあげてきた。

「ここでお逢い出来るとは思わなかった」

数馬はお蘭の素性も知らず、何処《どこ》に住むかも知らない。

まして口を利いたこともない娘と、膨らみ始めた蕾の下で、このようにして再会することがあろうとは、予想もしないことだった。

「わたしのことを、憶えていてくれたんですか」

数馬は思わず声をはずませた。

「忘れるものですか」

お蘭は嬉しそうに微笑んだ。

「わたしは影の薄い男だ。塾生たちの人気者だったあなたの目に留まるはずはない。忘れられないという理由はなんですか」

数馬は真面目な顔をして訊いてみた。

「あなたの眼よ」

お蘭は言った。

「あんな眼で見られたのは初めてよ。あたしは物心つくころから、男の人に賞賛の眼で見られることに慣れていた。それが鬱陶しくてならなかったの。だからあたしに向けられたあなたの眼を、氷のように冷たく感じたわ。あたしは何度かあなたを振り向かせようと試みたけど、いつも冷たい視線が返ってくるだけ。悔しくて泣きたいくらいだったわ」

数馬は面映《おもは》ゆくなって、からかい半分の冗談を入れた。

「それで塾通いをやめたんですか」

お蘭は口元に笑みを浮かべて数馬を睨《にら》んだ。

「まさか。これでもあたくしは、幼いころから厳しく躾けられてきた女です。ようやく学ぶ喜びを手に入れたのに、途中から投げ出すことなんてするはずないわ」

お蘭は不意に口を閉ざした。

これまで嬉しそうに輝いていたお蘭の笑顔に、ほんの一瞬だが、暗い影が差したような気がした。

どんな事情か分からないが、触れてはならないことなのかもしれなかった。

「でも」

お蘭の口元にはすぐ嬉しそうな笑みが戻った。

「やっとあなたに振り向いてもらえたわ」

二

その日からお蘭との逢瀬《おうせ》が始まった。

お蘭のような楚々とした娘が、何故このような儚《はかな》い逢瀬にのめり込んでしまったのか、数馬にはよく分からなかったが、少しでも離れていると、かえって恋しさが募るのは二人とも一緒だった。

妙齢の若い男女が、人目に付くところで会うことは憚られたので、ふたりはすぐに待合《まちあい》の味を覚えた。

隠微《いんび》な場所での忍び逢いに慣れなかったので、数馬もお蘭も初めは戸惑っていたが、回を重ねるにつれて罪の意識は薄れ、二人だけで逢うことの喜びを、素直に受け入れられるようになっていった。

「まだわたしの眼が気になるか」

ふと思い出して数馬は訊いた。

「いまもあのころと同じよ。あなたから見られるたびにドキドキするわ」

お蘭は意味ありげに微笑んだ。

「冷たい眼と言ったのは嘘よ。あなたに見つめられたら、そのままずるずると呑み込まれてしまいそうな危険を感じたの。でもあたしが、あなたを振り向かせたい、と思っていたのはほんとうよ」

形のよい唇から洩れる甘い言葉は、難解な漢籍を読みこなす娘のものとは思われなかった。

「悪い女だね」

同じ思いは数馬にもある。

謹厳《きんげん》な竹内式部の学塾では、お蘭への思いを避けて、いかにもさりげなく振る舞っていたが、一年半後に再会してからは、胸に秘めた思いに歯止めが掛からなくなった。

肌と肌の触れ合いが嬉しかった。

「あたしたち、これからどうなるのかしら」

お蘭が不安そうに呟くことがある。

「なるようにしかならないだろう」

数馬には頼りない返事しか出来なかった。

郷里を出たときに携えてきた、親の遺産も尽きかけている。

悠々自適に振る舞っていても、竹内式部への束脩《そくしゅう》（授業料）や、お蘭と逢引きする待合の費用で、数馬の懐《ふところ》はだいぶ寂しくなっていた。

京に遊学した当初は、あらゆる学問を身に着けようと欲張って、銭金を惜しまず書物を買い求め、高名な師匠を選んで師事してきたが、いまだにおのれの道を探り当てたわけではない。

「わが道は遥かに遠い」

あるいは辿り着くことなど出来ないのかもしれない、と時には弱音を吐きそうになる。

「そんなことはないわ」

お蘭は数馬を励ました。

「いまはまだ、その全容が見えていないだけよ。あなたが向かおうとしている先が、あたしには何故か分かるような気がする。大丈夫よ。行けるところまで行ってごらんなさい。そのときになって振り返ってみれば、きっとあなたのすぐ後ろにはあたしが居るわ」

たわいないことを語り合って、密会するふたりは時の過ぎるのを忘れた。

しかし、それで生計《せいけい》の道が立つわけはない。

鮎川の実家は多摩《たま》の郷士だったが、数馬が京に遊学している間に、鮎川家を支えてきた剛腕の父仲右ヱ門《なかえもん》が頓死《とんし》した。

父親がやり手だっただけに、気がついてみると鮎川家は、仲右ヱ門が力で押さえつけてきた政敵に恨まれて、近在の郷士たちから孤立していた。

どのような経緯《けいい》があったのかは知らないが、父親の死を伝えられた数馬が、多摩の実家に駆け付けたとき、鮎川家の資産は政敵たちの手に握られていた。

「いますぐに家業を継いで、仲右ヱ門が残した負債を背負うか。それともわずかばかりの取り分を貰って、これ以降は家産の配分に口を挟まないことを誓うか」

地元の実力者と言われた仲右ヱ門の生前には、いかにも好人物らしく振る舞って、子どもにまで愛想笑いを浮かべていた親戚の男が、いきなり豹変《ひょうへん》して数馬を脅迫した。

突きつけられた証文はたしかに父親の筆跡で、先々代から伝わる朱印《しゅいん》まで押してある。

これを読むと、仲右ヱ門の生前から、鮎川家はすでに倒産していて、数馬を近隣の江戸ではなく、遠方の京に遊学させたのは、息子を借金地獄に巻き込みたくないという、父親の配慮なのかもしれなかった。

高名な竹内式部の塾生となって、古典籍や史料の解析を学び始めていた数馬にしてみれば、寝耳に水の話だったが、郷里に残って借財返済のために生涯を費やすべきか、わずかに残された遺産を貰って、学問や武術、絵画や詩作の道を究めるべきかと問われれば、後者を選ぶに決まっている。

わずかばかりとはいえ、父仲右ヱ門が残してくれた遺産を切り崩せば、あと数年はどうにかやっていける。

あと数年あれば、手応えを感じ始めている学問芸術にも、なんとか目鼻が付くようになるだろう、と数馬は踏んでいた。

古典籍や史料を読み込んでゆけば、将来を見据えた学問の在り方、いやそれ以上に、いまの世をどう生きるべきかが見えてくるだろう。

それはこの国の在り方を考えることにも繋がるはずだという確信が、京で知り得た唯一の収穫だったのかもしれない。

数馬の父仲右ヱ門は、近隣ではたしかに剛腕と言われて勢力を振っていたが、それは多摩という狭い地域での小競《こぜ》り合《あ》いに過ぎず、一歩でも郷里を出れば、ほとんど通用しない虚勢でしかなかった。

さらに父の仲右ヱ門は、在世中こそ剛腕と思われてきたが、死んだ後に残されたものと言えば、家産を切り崩しても賄《まかな》いきれない負債しかなかった。

父親より遠くまで物が見えるところまで行きたい、という思いが、数馬に学問芸術（絵画も武芸も芸の内）に向かわせたのだが、その道に進めば収支の釣合いが取れなくなり、貧困の中で窮死《きゆうし》することも覚悟しなければならない。

お蘭との逢瀬を重ねるうちに、数馬は恋仲の娘に励まされて、進むべき方向も見えてきたが、暮らしを支える方途《ほうと》だけが見えてこなかった。

「いまのあなたに、暮らしのことを考えさせても無理ね」

あるときお蘭が言った。

「あたしに出来ることを考えてみるわ」

その日からお蘭は、京舞の鍛錬《たんれん》に熱中するようになった。

舞踏の家元で厳しく育てられたので、まだお座敷にこそ出ていないが、すでに名取り以上の実力がある、と言われていたお蘭の京舞は、さりげない所作にも切れ味を増してきた。

お蘭と抱き合うたびに、しなやかな体軀が舞踏に鍛えられ、さらに磨かれてゆくことを、数馬は身をもって知ることになる。

お蘭の肌は日ごとに輝きを増し、体軀も締まるところが締まって、生娘《きむすめ》のころより均整が取れてきたような気がする。

「わたしも剣術に励んできたつもりだが、なお至り得ないところが多い。女人の體《からだ》がこれほど見事に鍛えられるとは驚きだな」

数馬にそう言われて、お蘭も満更ではないらしい。

「女が稼ぐ道はこれしかないもの」

お蘭は数馬と暮らしてゆくために、お座敷に出るつもりなのだろうか。

「そこまでさせては男が廃る。あと三年の猶予《ゆうよ》をくれないか。それまでにはなんとかする」

お座敷に出るというお蘭を、思い留まらせようとしてそう言ったが、学問や芸術で暮らしてゆく当てがあるわけではなかった。

「三年ね。長いわ。あたしはこらえ性《しょう》がない女よ。それまで待てるかしら」

お蘭は数馬の生き方に賛同しても、それで二人の暮らしが成り立つとは思っていなかったらしい。

そのうちにお蘭の体形が、またわずかに変化してきた。

「せっかく贅肉《ぜいにく》を削ぎ落としたのに、また元のような肉付きに戻ったようだな」

数馬が問いかけても、お蘭は恥ずかしそうに俯いたまま、怪訝《けげん》そうな顔をしている

数馬に、何も答えようとはしなかった。

三

京娘と恋に落ちた鮎川数馬は、いまの世を憂《うれ》える若者でもあった。

たとえば宝暦五年、美濃《みの》の郡上八幡《ぐじょうはちまん》で大規模な一揆が起こり、首謀者の五十一人は処刑されたが、百姓たちは江戸に出て、時の老中松平右京太夫輝高《まつだいらうきょうのだいぶてるたか》に駕籠訴《かごそ》した。

さらに目安箱への箱訴《はこそ》によって、訴状に目を留めた時の将軍、徳川家重《とくがわいえしげ》が幕閣に詮《せん》議《ぎ》を命じ、幕府の調停所で裁判が行われた結果、藩主の金森頼錦《かなもりよりかね》は改易《かいえき》、幕府の大目付、勘定奉行も免職となった。

郡上八幡の盆踊りは、七月十五日から始まって、九月九日の踊り修めまで、五十日三十二夜を踊り明かすという。

むろん郡上の盆踊りは、一揆の犠牲となった百姓たちの供養として始められたものだ。

郡上一揆の顚末《てんまつ》が、郡上の盆踊り歌には唄われている。

時は宝暦五年の春よ
所は濃州《のうしゅう》郡上の藩に
領地は三万八千石の
その名も金森出雲守《いずものかみ》は
時の幕府のお奏者役《そうじゃやく》で
派手な勤めにその身を忘れ
すべて政治は家老に任せ
今日も明日もと栄華に耽《ふけ》る
金が敵《かたき》か浮世《うきよ》の習い
お国家老の粥川仁兵衛《かゆかわじんべえ》
お江戸家老と心を合わせ
茲《ここ》に悪事の企《くわだ》ていたす

哀れなるかな民百姓は
あれもこれもと課税が殖《ふ》える
わけて年貢の取り立てこそは
いやが上にも厳しい詮議
下の難儀は一方《ひとかた》ならず
（以下略）

しかし、これは郡上だけのことではない、と数馬は思っている。

この世の仕組みに破綻《はたん》が来ている。

いやいや、どこか根本のところで、この仕組みは間違っているのではないだろうか。

そう思いながらも、みずからの力では、何も出来ないことの歯痒さに、悶々としていたと言ってよい。

世の仕組みを変えようと思っても、どこからどう取り掛かったらよいのか分からず、鬱屈した日々を送っていたとも言えるだろう。

尊皇斥覇を唱える竹内式部の門を叩いたのも、何をどうすべきなのか、その糸口を摑めるかもしれないと思ったからだ。

式部の学塾で知り合った同志のひとりに、一回り年長の龍造寺主膳という男がいた。

龍造寺主膳には、どこかに世の拗ね者を惹き付ける魅力があるらしく、この男の周囲には、世直しを唱える過激な若者や、放浪癖が抜けきらない有象無象《うぞうむぞう》が集まっていた。

彼らが安酒に酔って吐き散らす放言は、当然のことながら幕政の禁忌《きんき》に触れている。

このままゆけば不穏な輩として、京都所司代《しょしだい》の手入れを受けかねなかった。

しかし龍造寺主膳は意外に用心深く、洛中には定まった宿を取らず、洛内《らくない》を転々として住むところを変えていた。

「龍造寺どのには隠された前歴があるからな」

二階堂重之と名乗る男が、秘密めかして数馬に耳打ちしたことがある。

根も葉もない流言《りゅうげん》を撒き散らすこの男に、数馬はあまりいい印象を持っていない。

「隠された前歴なら誰にでもあろう」

とり分け乱を好んで、京師へ集まってくる有象無象には、と数馬は思ったが、無用な争いを避けて口にしなかった。

「しかし、殿さまに成りそこなった男が、どこにでもいるわけではないぞ」

舌舐めずりするような顔をして、二階堂は食い下がった。

この男が盟主と仰ぐ、龍造寺主膳のことを言っているのだ。

「だからどうしたというのだ」

他人の隠し事を嗅ぎまわるような、この男の遣り方は好きになれない。

数馬が龍造寺主膳と親しくなったのは、数奇な前歴に興味があったからではなく、たまたま川端の掛け茶屋で安酒を痛飲《つういん》して意気投合し、酔い覚ましに出た鴨川《かもがわ》の岸辺で、夜風に吹かれながら語り明かしてからのことだった。

龍造寺主膳や二階堂重之とは、竹内式部の学塾で知り合った仲だった。

数馬は竹内式部の塾生にすぎなかったが、主膳は客分扱いを受けて、師匠にも遠慮のない口を利くことを許されている人物だった。

まだ春も浅いころ、主膳と数馬は鴨川に遊び、川霧に包まれた岸辺の景観に興《きょう》を覚えて、即興の墨絵を描いたことがある。

数馬が描いた絵は、見様見真似の水墨画だが、主膳は若いころから長崎に遊学して、唐人《とうじん》の絵師から南画《なんが》を学んだことがあるらしい。

主膳の筆づかいは雄渾《ゆうこん》で、南画というより禅画《ぜんが》の趣《おもむ》きがある。

霧でかすんだ川べりに、豆粒のような人影が添えられているのは、鴨川で清遊《せいゆう》する主膳と数馬を描いたつもりだろうか。

「なるほど。これなら絵師としてもやって行けそうだな」

濃い霧の中に見え隠れする鴨川の流れを、薄墨《うすずみ》の濃淡で巧みに描き分けている墨絵を褒めると、主膳は満更でない顔をして、

「いつの日か、そのような時が来ればよいが、とわしも思っておる」

と言って感慨深げに頷いた。

しかし、そうなることはないだろう、と数馬は漠然《ばくぜん》と思っていた。

日頃の言動から、主膳がただの絵師で終わるような男には見えなかったのだ。

「おぬしは絵の師匠を持たぬと言うが、水面に湧く霧の流れと、わずかに見え隠れする岸辺の枯れ葦《あし》を、墨一色で鮮やかに描き分けている。見たものを在りのままに写す才は、おそらく天賦《てんぷ》のものであろう。おぬしこそ絵師に向いているのではないかな」

主膳はそう言って、数馬が即興で描いた墨絵に見入っていたが、そのときからお互いを、風流の友と思うようになったらしい。

「数奇《すうき》な運命を辿ってきたあの男は、騒動の陰に必ず龍造寺主膳あり、と言われてきた策謀家《さくぼうか》だ。龍造寺どのに付いてゆけば、世間を揺さぶるような、面白い騒動に出遭えるかもしれない」

血気盛んな二階堂重之は、数馬が知らない主膳の経歴を、張り扇《はせん》を叩くような口調

で話してくれた。

　しかも何故か、数馬と二人だけになったとき、ここだけの話だが、と秘密めかした口ぶりで語りかけてくる。

　そんな言い方をするときに限って、いつかどこかで聞いたことのありそうな、陳腐《ちんぷ》な噂話に過ぎなかった。

　軽佻浮薄《けいちょうふはく》に見えるこの男には、面白くもないことを、面白そうに喋りたがる癖があるらしい。

　二階堂が勿体《もったい》ぶって言うことを、数馬はいつも話半分に聞き流していた。

　龍造寺主膳の取り巻きは、二階堂のような輩《やから》ばかりとは思いたくないが、京に集まる若者たちの中には、鬱屈した思いに身を焦がしている連中もいたはずだ。

　とりわけ竹内式部の門弟には、口角泡《こうかくあわ》を飛ばして、時勢を論じたがる者が多かった。

　龍造寺主膳が客分として、式部の学塾に出入りするようになってから、あの連中の勢いは、さらに過熱してきたという。

「あれはよしたほうがよい」

　同志たちの集まりで、主膳は軽挙妄動《けいきょもうどう》を戒《いまし》めたが、

「何を言われるか。この火種は龍造寺どのが撒いたものではないか」

かえって若手の反抗心を煽《あお》り立てることになった。

主膳は苦い顔をして、

「おぬしたちは好き勝手なことを言って、形勢不利と見たら逃げることも出来る。しかし丸太町通麩屋町に、学塾を構える式部どのとなれば、そうはゆかぬ。権勢の座に安住している者は、下々から批判されることを好まない。奴らが忌《い》み嫌っているのは、反幕の気運をもたらす風潮なのだ。それゆえに見せしめの刑は厳しくなる。当代の帝《みかど》（花園天皇《はなぞの》）に侍講《じこう》されている式部どのなどは、見せしめにするには格好の標的で、都合のよい口実を設けて狙い撃ちにされるだろう。そうなれば、竹内式部という旗幟《きし》を失ったわれらの企ては、百年の遅れを取ることになる。おぬしたちの不用意な放言《ほうげん》が、われらの企てにとどめを刺すことにもなり兼ねぬのだ」

これを聞いて激昂《げっこう》した若者が、

「臆《おく》されたのか、龍造寺どの」

安酒を呑んだ勢いを借りて、騒々しい声を張り上げた。

「百年後のことなど知るか。われらはいまを憂えているのだ」

これを切っ掛けに、蜂の巣をつついたような騒ぎになった。

「ならば、いま出来ることをするべきだろう」

「いまのわれらに何が出来る。このままでは身動きも取れぬことを、分かっている者が誰かいるのか」

「武の政権に代わる和の権威を、われらの手で打ち立てる他はないだろう」

「竹内式部先生が言われる、尊皇斥覇がそれだ」

「しかし竹内先生といえども、所詮《しょせん》は講壇《こうだん》の人よ。その考えをどう実践するか、肝腎《かんじん》なところを教えてはくれぬ」

「それはわれらも同じこと。やり方も分からずに迷っているだけではないか。言うなれば、まだ機が熟してはおらぬのだ」

「ならば百年後も、いや二百年後も変わるまい」

「われらは竹内先生に火を付けられ、龍造寺どのに煽られて、たどたどしくもここまで来た。世は太平を貪《むさぼ》っているように見えながらも、多くの人々は無知ゆえの貧困に悩まされ、富者はますます肥え太り、時の政権は腐敗堕落を極めている。このままではどうにもならぬと思っても、どうしたらよいかを知る者はいない」

「ここでわれらが師と仰ぐ、竹内式部先生が狙い撃ちされたら、因循姑息《いんじゅんこそく》な世の流れに、警鐘を鳴らす先覚者《せんかくしゃ》を失ってしまう。われらの思いは孤立したまま、この世から抹殺されてしまうのだ」

「龍造寺どのが言われるように、そうなれば変革の気運は置き去りにされ、われら如きがどう足搔《あが》いても、ふたたび芽吹くまで百年の遅れは免《まぬが》れまい。いまは蒔かれた種を育て、地中に根を伸ばすことに専念し、軽挙妄動を控えるべきではないのか」

「都合のよいことを言って、日和見《ひよりみ》を決め込むのか。明日の命より今日の命だ。いまやらなければいつやるのだ」

同志たちは興奮して、声を抑えることを忘れている。

数馬は議論に加わらなかったが、妙に神経が毛羽《けば》だって、客がいないはずの隣室に、何者かが潜《ひそ》んでいるような気がして仕方なかった。

隣室とこの部屋とは、頼りない襖一枚で仕切られているだけだ。

眼を瞑って思念を深めてゆくと、暗い部屋に蠢《うごめ》いている人影が、数馬の脳裏にはっきりと、見えてくるような気がしてくる。

数馬は気配を消して、音もなく摺り足で近づくと、隣室に繋がっている襖を勢いよく引き開けた。

「消えた」

室内に曲者《くせもの》の姿はなかったが、踏み入った畳には人の温もりが残っている。

「酒が入って激昂した諸君の議論を、何者かに聞かれてしまったぞ。わたしは廊下伝いに曲者を追う。おのおのも手分けして、旅籠の内と外を探してくれ」

数馬の声に驚いて、数人の若い者たちが押っ取り刀で飛び出してきた。

中には顔面蒼白になって、追うよりも逃げ出したい者もいるようだった。

「もし奉行所に駆け込まれたら、われらは一味徒党《いちみととう》とみなされて一網打尽《いちもうだじん》だ。追え。迷わずに追い詰め、人けのない暗闇へ誘い込んで、ひと思いに斬り殺してしまえ」

悲鳴のような声で叫んだのは、事あるごとに煽りたてる癖のある、目立ちたがり屋の二階堂重之だった。

数馬は狭い廊下を音もなく走り抜け、片隅に架けられた急な階段を駆け下りたが、隣室で盗み聞きしていたはずの男は、霞《かすみ》か煙のように消えていた。

数馬は素足のまま、薄暗い路地裏に走り出て、怪しげな気配を追ったが、逃げたはずの曲者は、どこをどう探しても見当たらない。

後から追いついた連中と一緒に、八方手を尽くして探してみたが、それらしい人影は見つからなかった。

「これほど捜しても見つからないとなれば、賊はたまたま隣室で立ち聞きしてしまった素人ではなく、われらの集まりを察知して、謀反《むほん》の証拠を押さえようとして潜入した、京都所司代の手の者か。あるいは幕府の隠密か。龍造寺どのが言われたことは、決して杞憂《きゆう》ではなかったのだ」

宿に戻って年配の番頭に確かめたが、事前に申しつけられたことゆえ、隣室には客を通していないと言う。

「いよいよ権勢の手が回ったか。われらが安心して集まれるところは、やはり徳大寺どのの別棟しかないな」

追っ手に加わったひとりが慨嘆《がいたん》すると、二階堂重之が訳知り顔に言った。

「いや、あそこはもう使えまい。聞くところによると、権大納言（徳大寺公城）どのはお上《かみ》（桃園天皇）の叱責を受けて、謹慎を命じられたのではないかという噂がある」

隣室で盗み聞きした男を、容赦《ようしゃ》なく斬り捨ててしまえ、などと過激なことを叫んでいたのに、二階堂は口先ばかりで追っ手には加わらなかった。

「なぜだ。尊皇斥覇を唱える権大納言どのに、主上は同心されていたのではなかったのか」

驚いた数馬が思わず口を挟むと、

「上《うえ》つ方《かた》のなされることはいつの世も同じよ。お上はまだお若い。おおかた守旧派の関白殿（一条道香）一派の圧力に屈したのであろうよ」

それまで黙座していた龍造寺主膳が、苦虫を嚙み潰したような顔をして、吐き捨てるように言った。

主膳には、同じような苦渋《くじゅう》を味わった過去があるらしい。

そうなると、二階堂が得々と語る噂話も、まったく根も葉もないことではなかったのかもしれない。

曲者を追って路地に出た者の、およそ半数は戻ってこなかった。

おそらく身の危険を察して、そのまま姿をくらましてしまったのだろう。

「そろそろわれらも引き上げよう。曲者が京都所司代の手の者なら、これはあらかじめ仕組まれていた罠だろう。このあたりの狭い路地で、大勢の捕り方に包囲されては、素知らぬ顔をして抜け出すことが出来なくなる」

主膳はゆっくりと腰を上げた。

部屋に残っている者が数人はいたが、主膳が言い出すのを待っていたかのように、そそくさと席を立った。

「室内に証拠を残すな。不要な物は置き捨てずに持ち去れ。たとえ懐紙《かいし》一枚であろうとも、捕り方に手がかりを与えてはならぬ」

主膳に言われるまでもなく、同志たちはほとんど姿を消していた。

ひとり残った数馬を見て、

「おぬしは機敏な男だな。あの騒ぎの中で、隠密の気配を察知するとは大したものだ。おぬしにはやはり、絵描きより武芸のほうが性《しょう》に合っているのかもしれぬ」

主膳は低い声で笑った。

「しかし気づくのが遅く、そればかりか面目ないことに、素足で曲者の後を追いながら、まんまと逃げられてしまいました」

思いもよらない取り零《こぼ》しを恥じ、数馬は悄然《しょうぜん》としていた。

これで龍造寺主膳の一党はおろか、麩屋町に学塾を構えている竹内式部や、式部の教えを受けた門弟たちは、京都所司代から眼をつけられることになるだろう。

「そう落ち込むな。こうなるのは分かっていたことではないか。烏合《うごう》の衆《しゅう》を集めて事を起こそうとすれば、瑕瑾《かきん》は思わぬところに隠されている。同志を同志として分け隔てしない、というわしの遣り方には、限界があるということか」

数馬は主膳と連れだって宿を出た。

「やはり囲まれている」

夕暮れの迫る路地は狭く、道行く人の流れは渋滞していた。

南北に連《つら》なる街路と、東西に連なる街路が交差する四ッ辻で、赤樫《あかがし》の尺棒《しゃくぼう》を構えた捕り方たちが、前後左右の通りを封鎖して、人改めをしているらしい。

「所司代にしては手回しが早いな」

捕り方たちは人数が足らず、まだすべての街路を封鎖してはいなかったが、物々しい出《い》で立ちをした捕り方たちが、街ゆく人々を尋問《じんもん》している。

「何があったのでござるか」

捕り方のひとりを呼び留めると、主膳は素知らぬ顔をして問いかけた。

「この街に不穏な動きがある、という垂れ込みがあったので、念のために街改めをしております。いまのところ、不審な者は見当たらず、ひょっとしたら、われらを愚弄《ぐろう》するために仕掛けられた、たちの悪い悪戯《いたずら》であったかもしれませんな」

主膳の堂々たる風貌を見て、捕り方のひとりが丁寧に応じた。

「お役目ご苦労でござる。くれぐれも流言飛語《ひご》に踊らされぬよう、慎重な対応が肝要でござろうな」

悠々《ゆうゆう》と去ってゆく主膳と数馬の後ろ姿を、捕り方たちは最敬礼して見送っていた。

四

鮎川数馬は迷っていた。

「暮れ六つに逢う約束が、奇《く》しくも重なってしまったが、どちらも外せないことばかりだ。どうしたらよいのだろうか」

お蘭と約束した聖護院門前の逢瀬と、二階堂重之から告げられた龍造寺主膳の招集。日にちも刻限も同日の同刻だから、どちらかを選ばねばならないが、これはどう選ぶべきなのか。

二階堂の話によれば、竹内式部の学塾は、奉行所の捕り方たちに占拠され、竹矢来《たけやらい》で封鎖された麩屋町の学舎は、塾生たちの出入りはおろか、親族の面会も禁じられているという。

龍造寺主膳が同志たちを招集したのは、事態の急変にどう対処すべきか、緊急に相談する事態が生じたからだろう。

「あるいは豪胆《ごうたん》な龍造寺どのだ。拘束された竹内先生を奪還《だっかん》しようと、同志を集めて斬り込むつもりかもしれぬぞ」

変事を好む癖《へき》のある二階堂は、物騒《ぶっそう》な憶測を付け加えた。

それはないだろう、と数馬は思っている。

門弟たちが竹矢来を斬り破って学舎に押し入り、謹慎中の師匠を奪い返そうとしても、学究肌の竹内式部は弟子たちの暴走を拒むだろう。

竹内式部の門弟には、若手の公卿や殿上人が多いので、この事件を穏便《おんびん》にやり過ごそうと思っているはずだった。

策謀家と言われる龍造寺主膳にしても、いたずらに事を荒立てて、竹内式部が蒔いた「尊皇斥覇」の芽が、根こそぎ刈り取られてしまうことは避けたいだろう。

威勢のよいことを言っていた二階堂も、主膳が指定した暮れ六つの集まりには、危《き》惧《ぐ》するところがあるらしい。

「事が顕われたからには、麩屋町の路地裏には、すでに町奉行所の手が回っているだろう。洛中の取り締まりも厳しくなり、はたして何人が集まれるのか分からん。無事に錦屋の暖簾《のれん》を潜《くぐ》れる同志たちは、おそらく三分の一を出ないだろう」

いつもの勢いはどこへやら、二階堂は心細いことを言っている。

いや、もっと少ないはずだ、と数馬は思っている。

竹内式部の門弟には、二階堂をはじめとして口舌《こうぜつ》の徒《と》が多く、拘束されている師匠を力ずくで奪い取ることなど、どう考えても出来ようはずはなかった。

竹内式部に刑が執行されたら、麩屋町にある学塾は閉鎖され、学び舎《や》を失った門弟たちは、散り散りにならざるを得ないだろう。

龍造寺主膳をはじめとする同志たちは、式部の学舎が封鎖されたら居場所を失う。

学問芸術の真髄を究めたい、などと稚気《ちき》に満ちていた数馬も、これまでとは違う生き方を強《し》いられるだろう。

主膳は塾生たちに今後の指針を示そうとして、行き所を失った仲間たちに招集をかけたのだ。

しかし、式部の門弟たちが一堂に集まることが、京都所司代に洩れていたら、町奉所では捕り方たちを動員して、不穏の輩を一網打尽に捕えようとするだろう。

それを迎え撃つ主膳は、一《いち》か八《ばち》かの覚悟を決めているはずだった。

いずれにしても、暮れ六つの鐘が夕空に響くときを合図に、同志たちは最後の集まりを持つことになる。

その後は逃亡を余儀なくされ、諸国に散った同志たちと、生きて会うことは二度とあるまい。

どうあっても駆けつけねばならぬ、と数馬は思った。

式部塾の門弟たちに剣術の妙手《みょうしゅ》はなく、捕り方たちの包囲を斬り崩すことが出来るほどの使い手は、龍造寺主膳と鮎川数馬の他に見当たらない。

捕り方たちに囲まれたら、頭でっかちの学友たちは、抵抗らしい抵抗もないまま、ことごとく捕縛されてしまうだろう。

剣の覚えがある数馬には、同じ学舎で過ごした仲間たちを、むざむざ見殺しにすることは出来なかった。

なんのために剣を学んだのか、と数馬はみずからに問うた。

おのれの身を守るだけの武術ではない。

仲間たちの危難を救うことが、おのれを救うことにならないか。

いまがまさにその時だ、と数馬は思う。

もしこの機を逸《いっ》したら、生涯に悔いを残すことになるだろう、と数馬は滾《たぎ》る思いに駆られて意を決した。

しかしその一方で、若い数馬のあふれる思いは、この日の暮れ六つに逢う約束をしていた、お蘭の面影を追っていた。

三日前のことだった。

聞いてほしいことがあるの、とお蘭は言った。

そう言ったときお蘭の笑顔は、内面から込みあげてくるような喜びに満ちていた。

しかしその同じお蘭が、三日後の再会を約束すると、振り返ることを恐れるかのように、小走りに駆け去って行った。

あのときお蘭は、何を告げようとしていたのだろうか。

数馬は甘い囁きを期待して、いますぐに聞きたいものだ、と促したが、いまは駄目よ、身の周りを整理してから話したいの、とお蘭は急に真剣なまなざしになって、喘《あえ》ぐような声で言った。

いつになく真摯《しんし》なお蘭の顔には、これまで数馬に見せたことのない、切羽詰《せっぱつ》まった思いが秘められていたような気がする。

何かに追い詰められていたお蘭の思いを、汲み取ってやれなかったことへの痛みが、いまも数馬の胸を苦しめている。

あの日は久しぶりの逢引きだったのに、お蘭は何かに追われているかのように落ち着きなく、再会の場所と日時を告げると、逃れるようにして数馬から離れた。

お蘭はあのとき、言おうとして言えなかったことを、身辺を整理してから話そうと、咄嗟《とっさ》に思い返したのだろうか。

何かを振り切るようにして、足早に立ち去ったお蘭が、何をどうしようと決意していたのか、いまも数馬には分からない。

お蘭が指定したのは、今日の暮れ六つの鐘が鳴るときで、逢引きの場も、いつも使っている隠れ家めいた待合ではなく、修験宗《しゆげんしゆう》の総本山と言われる聖護院の門前だった。

門跡寺院として知られる聖護院は、全国各地から集まって来る修験者たちが、しばらく僧房《そうぼう》に逗留《とうりゆう》し、総本山の印可《いんか》を受ける、と言われている聖域だった。

修験者たちは、諸国の霊場に向かう前に、必ず山門に跪拝《きはい》して、金堂に鎮座《ちんざ》する御本尊の不動明王《ふどうみようおう》に、祈りを捧げる習いがあるとも言われている。

聖護院の門前に立つことは、これから諸国の霊場に向かう修験者たちにとって、いつ果てるとも知れぬ旅の始まりを意味するらしい。

数馬と落ち合う逢引きの場を、修験者たちが霊場へ向かうという、聖護院に指定したのは、行きて帰らぬ旅立ちを、お蘭は決意したということなのか。

しかしお蘭と約束した暮れ六つには、龍造寺主膳から緊急の呼び出しが掛かっている。

呼ばれた先は鴨川の東岸にある錦屋で、華やかな屋号に似つかわしくない安宿だが、主膳が借りているのは、隣室から盗み聞きされた先日の旅館に比べるまでもなく、ぎゅうぎゅう鮨詰めにしても、十人以上は座れそうもない小部屋だった。

数馬が師事していた竹内式部は、麩屋町の学舎に捕らわれの身となって、どのような処分が下されるのかまだ分からない。

幽閉された竹内式部を救出するために、龍造寺主膳は同志を集めて斬り込むつもりではないか、などと二階堂は物騒なことを言っているが、冷静な判断に基づいて動くように見えながらも、意表を突いたことも遣りかねないところが、龍造寺主膳という漢《おとこ》の魅力かもしれなかった。

聖護院と主膳の宿は一里《り》ほど離れているので、約束の暮れ六つに間に合うためには、どちらかを選ばなければならない。

あれこれと迷った末に、数馬は中途半端な選択をしてしまった。

お蘭は数馬との待ち合わせに、決して遅れたことのない律儀《りちぎ》な娘だった。

聖護院に暮れ六つと約束したからには、少なくともその四半刻《とき》（約三十分）前から、お蘭は門前で待っているはずだった。

ならば四半刻前に、聖護院の門前でお蘭に逢い、日を改めての再会を誓おう、と数馬は思った。

聖護院から主膳の待つ錦屋までは、四半刻もあれば行き着けるだろう。

そう思い決めると、数馬は急ぎ足になって聖護院へ向かった。

あれこれ迷っている間に、容赦なく照りつけていた陽も傾いて、いつしか申《さる》の刻（午後五時）を過ぎていた。

猛暑はいまも衰えないが、路上に落ちる影は異様なほど長くなって、気のせいか陽射しも少し和《やわ》らぎ、凪《な》いでいた風さえ吹いて来そうな気配がした。

しかし暑さは去らなかった。

このような猛暑の中でお蘭を待たせず、早く聖護院まで行くべきではなかったかと、数馬はいまになって悔やんだ。

三日前に見たお蘭のようすが気になった。

「よほど苦しんでいるに違いない」

それが何なのか分からないまま、そこまで思いが至らないみずからの愚鈍《ぐどん》さを恥じた。

五

暮れ六つの鐘が鳴る前に、数馬は汗だくになって聖護院に着いたが、家路を急ぐ雑踏に隠されて、門前で待つお蘭の姿は見えなかった。

よかった、待たせずに済んだようだ、と思って数馬は安堵《あんど》したが、その後はいくら待ってもお蘭は現れない。

待つうちに焦《あせ》りが生じた。

雑踏の中に身を晒《さら》すことを、京舞の宗家に育ったお蘭が好むはずはない。

もしかしたら、人影の疎《まば》らな裏門で待っているのかもしれない。

そう思って裏門に廻ってみたが、白無垢《しろむく》姿の虚無僧《こむそう》が尺八《しやくはち》を吹いているばかりで、お蘭らしい娘の姿はどこにも見当たらなかった。

やはり正門か、と焦って表門まで戻ったが、聖護院の境内は広く、数馬は正門に廻り込むまでに汗みずくとなった。

夕凪ぎ時になっているので、門跡寺の境内にはそよ吹く風もなかった。

吹き出る汗を拭いながら、行き違いになったのかもしれぬ、と思って大急ぎで表門に戻ったが、そこにもお蘭の姿を見ることはなかった。

「人を待つ娘の姿を見かけませんでしたか」

思い余った数馬は、山門の奥に向かって跪拝している修験者に訊いた。

額に頭巾《ときん》を着け、結袈裟《ゆいけさ》を掛けた修験者は、両手を前に結んで鈴懸《すずかけ》の袖を揺らしながら、本堂に鎮座する不動明王を遥拝《ようはい》して、荒行《あらぎよう》の成就を願う祈禱を捧げているらしい。

それと気づかず、思わず声をかけてしまことを恥じ、数馬は修験者に倣うようにして、門前から見えない不動明王を遥拝した。

しばらく瞑目《めいもく》していた数馬の耳に、暮れ六つを告げる梵鐘《ぼんしょう》の音が、胃の腑に染みわたるような、荘重《そうちょう》な響きを伝えてきた。

数馬はハッとして瞼《まぶた》を開き、急いであたりを見廻したが、やはり門前にお蘭の姿はなかった。

しまった、もう間に合わない。

お蘭の身に何か起こったのだろうか。

数馬の焦燥は極点に達した。

すると、祈禱を終えた先ほどの修験者が、

「どうなされた。何を祈っておられたかは知らぬが、どうやらおぬしの願いは、聞き届けてもらえなかったようでござるな」

心配そうな顔をして問いかけてきた。

「もう間に合わない」

数馬は吐き捨てるように言った。

近隣の鐘楼《しょうろう》で鳴らされる梵鐘の響きが、聖護院で撞かれる鐘の響きと重なり合って、幽遠《ゆうえん》な木霊《こだま》のように数馬の耳朶《じだ》を襲った。

「何が間に合わないと言われるのか。出来たら聞いて進ぜよう」

不動明王を遥拝していた修験者が、何を思ったのか恩着せがましく言った。

「貴僧はしばらくこの場におられるか」

数馬は藁《わら》にも縋《すが》る思いで訊いた。

「拙僧《せっそう》は聖護院の御本尊に、お別れ申したばかりだが、迷える衆生《しゅじょう》から頼まれるも他生《たしょう》の縁。しばらくはこの場へ残ってもよい」

修験者は数馬の醸《かも》し出す只ならぬ気配を察して、願いがあれば聞き届けてやろうと、仏心を起こしたらしかった。

「是非とも伝言を頼みたい。拙者は鮎川数馬と申す学徒でござる。もうすぐこの門前に、お蘭という娘が訪ねて来るはずでござる。出来たらその娘に、にわかに急用が生じてここを立ち退くが、たとえ何があろうとも、数馬は再会を期していると伝えてほしい」

修験者は怪訝な顔をした。

「これは心外な。世俗を捨てた修験者に、頼むようなこととは思われぬが」

俗の俗たる男女の逢引きに、荒行を積んだ貴い僧が、手を貸す筋合いのものではない、とでも言いたいのだろうか。

「さよう。貴僧から見れば、卑怯未練な、生臭い煩悩《ぼんのう》と思われるであろう。引き裂かれるような思いに苦しみながら、どう願ってもわが身は二つになれぬ。ここには貴僧のほかに、頼めるお人はおらぬのだ」

そう言っている間に、早くも二つめの鐘が鳴った。

「間に合わぬかもしれぬ」

戸惑う修験者の返答も待たず、数馬は丸太町通を鴨川に向かって走った。

近隣の寺院で撞《つ》かれる梵鐘が、あるいは高く、あるいは低く、殷々《いんいん》と響き合って、逢魔《おうま》の時を告げていた。

あるいは遠く、あるいは近く、さまざまに変容する梵鐘の響きが、競い合うように重なり合って、耳朶の奥まで染みわたる。

この鐘が鳴り終わらないうちに、主膳が待っている錦屋へ行かなければならない。

数馬は生ぬるい風を頬に受けた。

それは風が吹くのではなく、数馬が走ることによって、巻き起こされた風の流れだった。

もう間に合わぬかもしれぬ、と思って数馬はゼイゼイと息を吐いた。

暮れ六つの鐘は、未練がましい余韻を残して鳴り止んだが、街角に薄闇が迫るころになっても、蒸すような暑さは街中から去らなかった。

鴨川まで出ると、さすがに川風が吹くのか、わずかに暑気は去ったように思われたが、数馬は聖護院から休まず駆け続けてきたので、乾いた咽喉《のど》が貼り付きそうな、ひどい渇きに襲われた。

暮れなずむ川辺に繁る群葦《むらあし》を掻き分け、水辺まで下りて鴨川の流れに浸ると、数馬は両手で川の水を掬《すく》って乾いた咽喉を潤した。

そのまま川面《かわも》に倒れ込んで、暑さで蕩けそうな全身を流れる水に浸けた。

止めどもなく汗が吹き出る肌に、柔らかな鴨川の水は心地よく沁みた。

これで元気を取り戻した数馬は、濡れた袖を絞る暇も惜しんで、同志たちが待つ旅籠に向かって走った。

主膳が宿を借りている錦屋に近づくと、路地裏に張り込んでいる捕り方たちの姿が、木の葉隠れにちらほらと見え隠れしている。

「すでに町奉行所の手が回っているのか」

主膳はどうしているのだろうか、と数馬は心配になった。

捕り方たちに囲まれても、暮れ六つに同志たちを呼び集めた手前、主膳は逃げるわけにはいかないだろう。

師匠の竹内式部が、思想犯として捕縛されたからには、式部塾の門弟たちにも、町奉行所の手が回っていると見るべきだろう。

騒動の陰に必ず龍造寺主膳あり、と言われた男は、あらかじめ町奉行所の動きを読んで、なんらかの手を打っているはずだ、と数馬は思っている。

主膳ならどうするか。

濡れた着物の雫を払っているとき、それは川だ、と数馬は唐突《とうとつ》に覚《さと》った。

危険が迫れば鴨川から逃れるつもりで、主膳は川端に建つ錦屋へ宿を移したのだ。

捕り方たちの襲撃から逃れる道があるなら、その逃げ口を逆に辿《たど》ってゆけば、捕り方たちに包囲されている主膳の部屋に、辿り着くことも出来るはずだった。

数馬はふたたび鴨川に浸かり、水音をたてないように注意しながら、岸辺から突き出たように建っている旅籠屋へ向かった。

川の中から見れば、なんとも頼りない建物だった。

立地が狭いからなのか、旅籠の半分は鴨川に突き出し、流れに打ち込まれた数本の丸太柱で支えられている。

「ここから見れば、まるで巨大な高下駄《たかげた》でも履いたような造りだな」

数馬は思わず失笑《しっしょう》したが、主膳がこのような変わった造りの安宿を選んだのは、捕り方に不意を襲われたら、鴨川に逃れるつもりだったからだろう。

麩屋町に斬り込みを掛け、竹内式部を奪還することより、捕縛される同志たちを逃がすことを、主膳は優先しているのだ、と数馬は思った。

流れのままに身を浮かしていると、水中の数馬は溺死体にしか見えなかった。

しばらくすると、数馬は錦屋の高床《たかゆか》の梁《はり》を支えている、丸太の棒杭《ぼうくい》まで流れ着いた。

特別に太い一本の柱には、足掛かりになりそうな刻みが彫られている。

「さすがに用意がよいことだ」

これは逃亡を期した主膳が、ひそかに刻み込んだ痕跡に違いない。

「ならばこの丸太柱の上が、主膳の部屋になるのだろう」

数馬は棒杭の刻みに両足の指を掛けて攀《よ》じ登り、頭上の床板を押し上げてしばらく待った。

怪しい者の侵入とみて、主膳から一刺しにされては堪《たま》らない。

「鮎川数馬か」

しばらくして、頭上から主膳の声が聞こえてきた。

「このからくりを見破る者は、奇妙な性癖を持つ鮎川しかおるまい。敵ならば一刺しと構えていたが、手槍の矛先《ほこさき》は鞘《さや》に納めた。安心して登って来るがよい」

主膳の座敷に上がっても、そこには床下よりもさらに濃い闇があるばかりだった。

錦屋が捕り方たちに囲まれたのを知った主膳は、討手《うって》の目印になる灯火を吹き消して、闇よりもなお暗い闇の中で、同志たちが集まるのを待っていたのだ。

「町奉行所が川舟の手配に手間取っている虚《きょ》をついて、鴨川から脱出しようと企てたが、そのためには闇が迫るのを待たねばならない。おぬしが表口から入れないようなら、すでに辻々は包囲されたと見るべきだな。もうすぐ鴨川にも捕り方の舟が浮かぶだろう。脱出するなら今しかない。苦労して忍び込んできたばかりなのに気の毒だが、おぬしも鴨川に浸かって川下まで流されてもらおう」

闇の中に蠢く数人の影があった。

主膳が招集した緊急の会合は、すでに終わっているらしい。

黒々とした人の影は、手探りで腰の物を取ると、数馬が登ってきた丸太の棒杭に取りついて、物も言わず水中に下りた。

「数馬は最後でよい。おぬしにはまだ何も伝えていない。川の流れに浮かびながら、ゆっくりと話そう」

蓋を開けられた床下には、黒々とした鴨川の水が波打っている。

六

「さて、これからが正念場《しょうねんば》だ」

鴨川に浮かんだ龍造寺主膳は、並んで流れている数馬に言った。

流れの勢いに乗るために沖へ出ると、岸から離れた奔流《ほんりゅう》が川下に向かっているので、主膳の声は川波の音に掻き消されて、河岸を見張っている捕り方たちにまでは届かない。

「暮れ六つまでに集まった仲間たちは、信頼に足る同志と見てよいだろう。どうあっても生き延びてもらいたいと思っている」

では、威勢のよいことを言っていた連中は、主膳の呼びかけに応じず、錦屋にも来なかったということか。

「わたしも危うく、裏切り者にされるところでしたな」

皮肉っぽい口調で、数馬は主膳に抗《あらが》ってみた。

「そうではない」

主膳は笑って打ち消した。

「裏切るとか裏切られるとは別のことだ。錦屋に来なかった連中は、どのような窮地に陥《おちい》っても、逃げ方を心得ている輩《やから》だろう。いわば危なげのない世渡りが出来る者たちだから、いちいち見守ってやる必要はない。心配なのは逃げ方を知らない真面目な連中だ。仲間たちを煽ってきたわしには、事が敗れたとき、不器用な者たちを逃がしてやらねばならぬ義理がある。彼らをそのままにしておくと、これまで誠実に生きてきたように、窮地に陥っても逃げることなく、誠実に死んでゆくだろう。事敗れたからには、斬り死も辞さないと思い込んでいる、融通《ゆうずう》の利《き》かない輩だ。残念ながら、おぬしもそのひとりであったな」

主膳は苦笑した。

数馬も仕方なく苦笑を浮かべて、

「おぬしが煽ったわけではない。仲間たちから勝手に担がれたのだ」

たとえば二階堂重之のように、主膳を同志たちの頭目《とうもく》に仕立てようと、陰に陽に煽ってきた連中がいたことを、数馬はよく知っている。

「いずれにしても同じことだ。志を同じくしたからには、担ぐか担がれるかはその場のなりゆきにすぎない」

それにしても今日の集まりは、予想していた以上に少なかった、と数馬は思っている。

「暗闇の中で、顔の判別は付かなかったが、いずれも見知らぬ者ばかりだったような気がする」

しばらく無言が続いた。

川の流れに身をまかせていても、流れに乗っている数馬の思いは、川浪のうねり以上に揺れていた。

高く低く唸っている梵鐘の響きが、いまも耳朶にこびりついて離れない。

お蘭はどうしているのだろうか。

闇の迫った聖護院の門前で、石像のように凝固《ぎょうこ》したまま、いまも立ち尽くしているに違いない。

すでに逢魔が時も過ぎている。

暗闇の中でひとり待つ、お蘭の身が気になってならないが、いまの数馬は追われる身で、京に戻ることは許されないだろう。

もはやお蘭との再会は望めまい。

逢えば数馬の身元が割れ、式部の一件とは縁のないお蘭までを、不幸に巻き込んでしまう恐れがある。

夢のように出逢って、夢のように別れてしまったが、もう同じ夢を見ることはあるまい。

お蘭のことも、これで終わりだ。

眼《まなこ》に映る夜空は暗く、数馬の思いはさらに暗かった。

いきなり水の跳ねる音がした。

水音がしたほうに眼をやると、薄闇を照り返す川浪の向こうから、捕り方たちの騒《ざわ》めきが聞こえてきた。

町奉行所から駆け付けた手の者が、鴨川の河原に下りて逃亡者を探し始めたらしかった。

主膳は無言のまま、岸辺のようすを窺っている。

「大丈夫だ。われらに気づいてはいないらしい」

主膳はそう呟いて、しばらく途絶えていた会話を続けた。

「おぬしに見覚えがないのも無理はない。どこかで顔を合わせているはずだが、暮れ六つ刻に集まったのは、ほとんど目立つことのない者たちばかりなのだ。そういう連中のほうが危ないのだ。真面目すぎて身を守る手立てを知らないからな」

鴨川の対岸が赤く染まった。

「火だ。錦屋がもぬけの殻と知って、追手は鴨川に沿って探しているようだな」

捕り方たちは、河岸に繋る枯れ葦を燃やして、川面を照らそうとしているらしい。

数馬はふと兆した疑念を口にした。

「そういえば、いつも過激なことを言う二階堂が、あの場には居なかったようだが」

仲間たちを煽るだけ煽って、捕り方たちが錦屋を囲んだ隙を突いて、手薄になった街中の包囲を脱したのかもしれなかった。

「心配することはない。二階堂という男は、なぜか敵や味方の動きに詳しく、今回の件でもあれこれと役に立ってくれたが、危ないところには近づかないという臆病さを身に着けている。それも生き抜くための賢さと言えようか」

主膳は低い声で笑った。

「賢いのか口が軽いのか分からないが、あの男が言うことは、話半分に聞いておいたほうがよいだろう」

錦屋の密会を町奉行所に垂れ込んだのは、敵と味方の動きに詳しい二階堂ではないか、という疑惑を数馬は抱《いだ》いている。

あの男は町奉行所に仲間を売り、捕り手に錦屋を包囲させ、洛中の警固が手薄になった隙に乗じて、京から脱出したのではないかと疑ってみたが、これはあくまでも憶測と猜疑《さいぎ》で、確かなことは分からない。

主膳は鷹揚《おうよう》に笑って、

「いやいや、二階堂はいつも的《まと》を射たことを知らせてくれる。今夜の襲撃を予告したのもあの男だ。おかげで捕り方たちを迎える用意が出来た。なかなか使える人物ではないか」

つまり、融通が利きすぎる二階堂は、融通の利かない仲間たちを、結果的には助けたのだ、と主膳は愉快そうに付け加えた。

「助かったかどうかはまだ分かるまい。鴨川の岸辺を焼かれては、陸に上がることは出来ないぞ。岸辺は捕り方たちに固められている。もうすぐ川舟が漕ぎだすだろう。溺死体に化けて川を下っても、そのまま本物の溺死体にもなりかねない」

数馬の危惧を跳ね返すように、主膳は自信ありげに笑った。

「心配するな。手は打ってある」

しかし用意周到な主膳にも、危惧するところがなかったわけではない。

「ただひとつだけ気になるのは、先に流れていった溺死体（生真面目な同志たち）が、火影《ほかげ》に映る捕り方たちの姿を見て、こらえきれずに岸へ上がることだ。たとえ斬り死

を覚悟で闘っても、着物が濡れては動きが鈍《にぶ》って身動きもままなるまい。そうなれば
われら一党、ことごとく捕えられてしまうだろう」
彼らは苛酷《かこく》な拷問にかけられて、逃げた仲間たちの名を、白状せざるを得なくなる。
「遅かれ早かれ一網打尽ということか」
数馬は仲間たちの行く先を危惧した。
「いや、そうはなるまい。二階堂をはじめ目端《めはし》の利く連中は、手薄になった洛中から
逃れ、安住の地を求めて諸国に散ってゆくはずだ」
つまり龍造寺主膳の一党は、おのずから崩壊するということか、と数馬は思った。
「しかし彼らの落ちゆく先に、安穏《あんのん》な日々が待っているとは思えないが」
数馬が反問すると、
「それは杞憂というものだ」
重い流れに漬かったまま、主膳は豪快に笑った。
「竹内式部の処分は、禁中に関わる秘事だった。そこを突かれては、幕政への不満が
噴出しかねない。政権を握っている幕閣としては、事件の真相を他に洩らしたくはな
いはずだ。何ごともなかったかのように、頬被りしておきたいところだろう。よほど
の大物でもないかぎり、諸国に手配書が廻るはずはない」

主膳は楽観しているらしかった。

よほどの大物と見られていることを、主膳は知らないのだろうか。

「しかし、京を追われた同志たちは、どうやって食い繫いでゆけばよいのだろうか」

お蘭と暮らそうと思っても、先行きが見えなかったのもそこのところだ。

数馬はわが事のように、京を追われる仲間たちの暮らしを懸念《けねん》した。

主膳はむしろ、明るい見通しを持っているらしい。

「聞くところによれば、文字を知らなかった百姓町人の子も、近頃は旦那寺《だんなでら》に通って読み書きを覚えているという。たとえ京を追われても、竹内式部の門下に学んだ俊才たちだ、寺子屋で漢籍や史書などを教えれば、なんとか食ってゆくことは出来るだろう。百姓町人の子が読み書きを覚えれば、少しずつだが世の仕組みも変わってゆくはずだ。最後まで残った同志たちは、たとえ世に隠れても初志を曲げることはあるまい。式部に学んだ尊皇斥覇の考え方は、じわじわと諸国に浸透してゆくに違いない。まことに気の長い話だが、そうなればわれらの初志も、広く世に伝わることになるだろう」

ほんとうに気の長い話だと思って、数馬は主膳の楽観的な構想に呆《あき》れてしまった。

「そこまでなるには、百年の歳月が必要ということか」

いまはこうして鴨川の「水」に流されているが、これを「時」に流されていると言い換えてもよいだろう。

いつの世も絶えることのない鴨川の流れに比べたら、百年や二百年などという歳月は、はかなくも消えてゆく夢のようなものかもしれない。

「ゆく川の流れは絶えずして、しかも元の水にあらず」

川の流れに身をまかせて、数馬は小さな声で呟いてみた。

主膳はわが意を得たりと頷いたが、

「うっぷっ、うっぷっ、ぷうっ」

肝腎なところで咳込んでしまった。

あまりにも深く頷きすぎて、鴨川の水を呑み込んでしまったらしい。

しかし流石に主膳は慌てず騒がず、誤飲《ごいん》した水を鯨《くじら》の潮吹《しおふ》きのように吐き出すと、

「世の仕組みを変えようとして、われらは機が熟するまで待てなかった。百年後にはこの国がどうなっているのか、残念ながらわが眼で見ることは叶うまい。(宝暦八年は一七五八年、明治維新は一八六八年) われらの取り組みが、百年後には吉と出るか凶と出るか (維新は果たして成功か失敗か)、いまは誰にも分からぬところが面白くもあり、また面白くもないというところか」

主膳はわざとらしく声高に笑った。

その声は鴨川の波濤《はとう》を越えて、捕り方たちが集まって来る岸辺まで、伝わってゆくように思われた。

「ここは岸辺に近い。声が洩れますぞ」

数馬は機嫌よく笑っている主膳を軽く制した。

主膳はすぐに笑い止んで、

「もう少し行けば川幅が広くなる。川筋が変わるところに砂洲《さす》があって、そこに二《に》挺櫓《ちようろ》の早舟《はやぶね》を隠してある」

あらかじめ用意していた逃走経路の説明を始めた。

「砂洲といっても、水辺には葦が繁り、二挺櫓の早舟を隠すには手頃なところだ。早舟に乗り込んで川下に漕ぎ出せば、流れに助けられて舟足は速くなる。櫓は二挺、漕ぎ手は二人。仲間たちが入れ替わり立ち替わって懸命に漕げば、追手が手配する一挺櫓の小舟が、数に任せて追ってこようと、振り切ることは容易《たやす》かろう。城南宮《じようなんぐう》を過ぎるあたりから、鴨川の流れは細くなって、やがて桂川《かつらがわ》と合流するが、そこまで舟でゆくことはあるまい。追手を引き離したところで早舟を捨て、そこから高槻《たかつき》に向かう一隊と、宇治《うじ》に出る別動隊の二手に分かれよう」

主膳は軽く一息入れると、数馬が頷くのを確かめてから先を続けた。

「あの融通の利かない連中を、すべて引き連れての逃亡は、さすがにわしも手にあまる。ここは二手に分かれて東と西に散ろう。おぬしは武州《ぶしゅう》多摩の生まれだから、土地柄をよく知る東国《とうごく》へ向かえ。わしは肥前鍋島《ひぜんなべしま》に縁がある男だから西国《さいごく》へ廻る」

京から逃げ延びた先のことまで、主膳は考えているらしかった。

「そこでおぬしに頼みがある。実直で融通の利かないあの連中は、われらが望みを託すことが出来る最後の手札《てふだ》なのだ。彼らこそは、諸国に蒔かれる貴重な種子とは思わぬか。いわば草莽《そうもう》の士と言ってよい。だが生真面目ゆえに、遣り方を間違えれば自滅してしまいそうな危うさがある。おぬしは目端が利く男だ。あの連中が芽を出し枝を伸ばすまで、人知れず見守ってもらいたいのだ」

またいきなり強引に、面倒なことを押し付けて、と数馬はいつに変わらぬ主膳の遣り口を、いまさらながら恨めしく思ったが、頼まれた内容に不服はなかった。

「それにしてもなんとも手回しのよいことよ。捕り方たちが錦屋を包囲するだろうと、おぬしは前もって知っていたようだな。危険と知っても来るか来ないか、あえて危ない橋を渡らせることで、おぬしは同志たちを振り分けたのか」

数馬が難詰《なんきつ》すると、

「ありていに言えば、そうかもしれぬ」

主膳は真顔で嘯《うそぶ》いた。

「いわば彼らの生き方を選ばせたのだ。逃げるか来るか、どちらに回ってもわしは恨まない。人にはそれぞれの持ち味がある。誰もがおのれに相応《ふさわ》しい役割を選ぶべきだろう」

数馬は嗟嘆《さたん》して、

「拙者の役割とは、融通の利かない連中のお守り役か」

主膳は気の毒そうな顔をして、

「そう嘆くな。自分では気づいていないかもしれないが、おぬしにはそういう役割が相応しいのだ。これは誰にでも出来ることではない」

いつものように決めつけたが、ふと寂しげな口調で言った。

「今宵をかぎりとして、東国と西国に別れるからには、おそらく再会は期しがたいが、おぬしの幸運を祈っている」

そのようなセリフ、よくも軽々しく言えたものだ、と数馬は呆れて物が言えない。

これからの暮らしを思えば、幸運というより悲運と言ってくれたほうが納得出来る。

融通の利かない連中を、このまま放置しておくわけにはいかないと、主膳に言われるまでもなく、数馬も考えていたことだった。

しかし、たとえこの場は逃げ遂《おお》せても、この一件で日陰者となった者たちに、否応《いやおう》もなく課せられているのは、どう考えてみても退屈極まる余生だろう。

そこには長い低迷と、永遠の持続があるだけなのだ。

若くして頓挫《とんざ》してしまった、彼らの生涯に思いを致せば、悲運という言葉しか思い浮かばない。

それは数馬にしても同じことだった。

追われる身となって京を離れたら、お蘭と逢うことは永遠にあるまい。

逢うべくして逢えなかったお蘭に思いが至ると、数馬は鈍刀《どんとう》で胸をえぐられたような痛みに襲われて、始まらずして夢を絶たれてしまったわが身の運命に、暗澹《あんたん》とせざるを得なかった。

「もう少しゆけば、溺死体（主膳と数馬）の川流れも終わる」

黙り込んでしまった数馬を励まそうと、主膳は冗談めかして声をかけたが、なんの慰めにもならなかった。

数馬たちを浮かべた鴨川の流れは、ときには早くときには遅く、ゆったりと揺れ動く川面に漆黒《しっこく》の闇を映している。

放心して泳ぎをやめると、数馬は高くうねる波に揺られて、並んで浮かんでいた主膳から、ぐんぐん引き離されてゆく。

川浪の向こうから、くぐもったような主膳の声が聞こえてきた。

「ようやく砂洲に着いたぞ。闇は深い。もう立ち歩いても人目につくことはあるまい」

流れが淀んだところに、葦の生《お》い繁る砂洲があった。

砂洲の岸辺に黒い人影が動いている。

先に流れ着いた融通の利かない連中が、めずらしく融通を利かせて、岸辺に繋る葦原から二挺櫓の早舟を引き出し、遠浅の水辺に浮かべようとしているところだった。

七

「その後はどうしておったのか。おぬしはあれから変わったように見え、あるいは何も変わってなどおらぬようにも思われるが」

鴨川の別れから二十数年を経て、御老女の招きで雑司ヶ谷を訪ねた洒楽斎に、いまは渋川虚庵と名を変えた龍造寺主膳は、いかにも感慨深げに話しかけてきた。

その夜は激しい雨になった。

夜も更けたので、御老女初島の勧めもあって、虚庵に招かれた洒楽斎、猿川市之丞《さるかわいちのじょう》、津金仙太郎《つがねせんたろう》の三人は、福山藩十万石の下屋敷、雑司ヶ谷の別邸に泊まることになった。

市之丞と仙太郎は別室に案内され、洒楽斎は虚庵の寝所に床を並べた。

すぐには寝付けないらしく、薄闇の中では二人の会話が続いている。

「そうさな」

まだ酔いが残っているらしく、洒楽斎は夢の続きを見ているような気分で、鴨川の下流で東西に分かれた後の、長くて短かった歳月のことを思っていた。

「あれから二十数年が過ぎている。世間も表向きは穏やかになって、おぬしの噂も聞かなくなった」

つまり二人とも、世に埋もれたということか。

そう思って、洒楽斎は寂しげな笑みを浮かべた。

枕元を照らしていた燭台は、灯芯がじりじり焦げて光も乏しくなり、深い闇の底に、ぼんやりとした影を落としている。

「よくも生きていたものよ」

渋川虚庵が笑うと、眼尻《めじり》の皺が深くなって、その奥には冷え錆《さ》びた苦《にが》みが、秘められているように見えなくもない。

酒楽斎は不思議な錯覚に捉われた。

過ぎてしまった長い歳月も、いまとなってみれば瞬時のものとしか思われない。

あのころといまが、曲がりくねった迷路のように繋がっていて、あれこれと迷い迷った末に、同じ場所、同じような時の帯に、いつしか戻って来たような気がする。

闇に隠されている虚庵の影に向かって、酒楽斎は小さな声で呟いた。

「おぬしの噂なら、あれから九年後に、一度だけ聞いたことがある」

酒楽斎が言ったのは、明和《めいわ》四年（一七六七）に起こった『明和事件』のことだった。

「宝暦八年夏の夜、鴨川の水に流されながら、おぬしはいつもの流儀で、拙者に終わりなき退屈な日々を押し付けたが、しかし当のご本人は性懲《しょうこ》りもなく、江戸の騒動に関わっていたとは、どう考えても情理《じょうり》に叶わぬではないか。そう思って、あのときは本気でおぬしを恨んだぞ」

宝暦の一件は、禁裏《きんり》に関わる嫌疑だが、その九年後に起こった明和事件は、大江戸を騒がせた露骨な思想弾圧だった。

桃園天皇に「日本書紀講義評解《ひょうかい》」を侍講した竹内式部が、所払いに処せられた宝暦事件と比べて、幕府の膝元で起こった明和の一件では、幕政に異を唱える『柳子《りゅうし》新論《しんろん》』の著者、山県大弐《やまがただいに》が狙い撃ちにされ、刑の執行は前回よりも格段に厳しかった。

上野《こうずけ》の小幡《おばた》藩の内紛別件に関わる容疑で捕縛された山県大弐は、八丁堀《はっちょうぼり》の長沢《ながさわ》町《ちょう》で兵学《へいがく》を講じていた兵法師範《へいほうしはん》だが、一年余の取り調べでも謀反の証拠が挙がらないまま、反幕という危険思想の持ち主として、禁錮《きんこ》されていた牢獄の庭で斬首《ざんしゅ》された。

幕閣の咎《とが》めを受けた山県大弐の『柳子新論』は、宝暦九年に出された冊子で、この著者が処罰されたときには、冊子の出版から八年を経ていた。

暗喩《あんゆ》を用いた幕政批判は、出版された当時は問題にされなかったが、歳月が経つにつれて巷間《こうかん》に流布《るふ》し、そこに書かれている反幕的な言辞に、幕閣が過敏になってきていたからだろう。

宝暦事件に連座《れんざ》し、京を逃れて江戸へ走り、山県大弐のもとに身を寄せていた藤井《ふじい》右門《うもん》は、やはり取り調べ中に獄死したが、遺骸は鈴ヶ森《すずがもり》の刑場に晒されている。

反幕の気運が高まるのを恐れて、確たる証拠もないままに執行された明和事件の苛酷さは、秘密裏に処された宝暦のころとは比較にならない。

宝暦の一件で、京を追放された竹内式部は、明和事件を教唆《きょうさ》した疑いで流罪《るざい》に処せられたが、八丈島《はちじょうじま》に向かう流人舟の中で病に倒れ、停泊した三宅島《みやけじま》で客死《かくし》したという。

いわゆる尊皇論は、幕府の屋台骨を揺るがし兼ねない危険思想として、奉行所の取り調べは長きにわたったが、どちらの事件にも、首謀者らしい首謀者はいなかったらしい。

竹内式部と山県大弐は、反幕論者への見せしめとして処刑されたのだ。

「陰の首謀者は、龍造寺主膳ではないか、という風聞もあったらしいな」

洒楽斎は揶揄《からか》うような口調で言った。

「はっはっは。そうありたいと思わぬでもないが、おぬしも知るように、残念ながらそれは根も葉もない風聞にすぎぬ」

渋川虚庵は一笑に付した。

「しかしおぬしは、その風聞を利用していたのではなかったか」

洒楽斎は間髪を入れず皮肉を飛ばした。

虚庵は鷹揚に頷いて、

「そうかもしれぬ。そう思わせておくほうが、何かと動きやすかったからな」

何を思ってか寂しげに笑った。

「だからおぬしは、いろいろなところで誤解を招くのだ」

京にいたあのころは、まだ若くて血気盛んで、キナ臭い噂話に、むしろ酔い痴《し》れていたのかもしれない、と洒楽斎は思っている。

「誤解なくして運動は起こらない。誤解された者は運動の捨石として、それなりの働きをすることが出来るのだ。まあ以《もっ》て瞑《めい》すべしと言うべきか」

それが虚庵の唱えていた変革というものか。

違うだろう。

「虚《むな》しいことだとは思わぬか」

洒楽斎は呟いた。

「そう思った途端に、世を変えようという動きは止まる。いまのわしを見れば分かるだろう」

それで虚庵と名を変えたわけか。

「しかしおぬしは、性懲りもなくまた動き出した」

虚庵は諏訪藩の騒動に関わり、千野兵庫《ちのひょうご》を追って江戸に出てからは、旧知の人脈を掘り起こして暗躍しているらしい。

奏者番を務める阿部正倫《あべまさとも》の下屋敷に、わざわざ洒楽斎を呼び出したのも、ただの偶然とは思えない。

渋川虚庵は自嘲《じちょう》するように低く笑った。

「誤解されては困る。これは世捨て人となったわが身の安寧《あんねい》を得るためで、世の仕組みを変えようという、往年の野心からはほど遠い」

それは主膳の照れ隠しではないか、と洒楽斎は思った。

「いずれにしても、おぬしが動き出したことに変わりはあるまい」

ふと思い出したように、虚庵は話題を変えた。

「あのときおぬしに託した、融通の利かない連中はいまも無事か」

洒楽斎が諸国を放浪したのは、京を逃れて諸国に散った融通の利かない連中が、その後どう暮らしているかを見届けるためだった。

仏門に入って安寧を得た者や、小さな寺子屋を開いて、百姓町人の子弟を教えている者もいる。

「なんとか食いつないではいるようだ。教え子たちからの評判も悪くはない」

融通の利かない不器用さが、草深い田舎では、かえって美徳と思われているらしい。

「おぬしの見込みどおりの働きをしているはずだ。それぞれに芽を育《はぐく》み、枝を伸ばし、根を張っていると言ってよい」

しかし山深い寒村で、漢籍や国史を教えている彼らが、好んで世を捨てた変人と見做されていることも事実だった。

彼らは変人として世に埋もれ、貧しい村々に養われながら、このまま朽ち果ててゆくのだろう。

しかし虚庵は楽観していた。

「わしの計算だと、あと八十年後には実を結ぶということか。もっともそのころには、あの連中もこの世には在るまいが」

洒楽斎は話題を転じた。

「おぬしは西国筋に廻った。そちらは地方に根を張ることが出来そうか」

虚庵もそれに応じて、

「まずまずというところだ。長州《ちょうしゅう》と薩摩《さつま》には根を張りそうだが、少し元気がよすぎて危険かもしれぬ。土佐《とさ》や佐賀《さが》は勢いがあるものの、これも上滑《うわすべ》りで危なっかしそうな気がする。おぬしが担当した東国筋に、うまく育ちそうな種は蒔けたのか」

言われて洒楽斎は苦い顔になった。

「それはちょっと難しい。東国という土地柄には、実直だが頑迷《がんめい》なところがある。そのような辺地では、時の流れに竿《さお》さすような連中に、かえって気骨《きこつ》ある者が多い。蒔いた種がどう育つかは土地柄にもよる。おぬしが思うようにはならぬかもしれぬな」

虚庵は満足そうに笑った。

「それでよい。すべてが一色に染まっては面白くない。それどころか、危険が伴うと言うべきだろう。世の仕組みを変えるとは、さまざまな色を持つ者たちが、混じり合っても混じることなく、互いに輝きを増すような世にすることなのだ」

血気盛んだった龍造寺主膳は、世を捨てて渋川虚庵と名を変えても、昔の夢を忘れてはいないらしかった。

「それでおぬしは、騒乱の元凶となる武を捨てて、好むところの絵筆を選んだというわけなのか」

それなら分かる、と洒楽斎は思う。

「おぬしは絵筆を捨てて剣を選んだ。しかも名利《みょうり》を求めず俗塵《ぞくじん》に沈み、おのれが欲するところを貫こうとしている。おぬしが東国の気質を諷《ふう》したように、実直だが頑迷な生き方を選んだわけだ」

虚庵は昔の主膳に戻ったような言い方をした。

洒楽斎は照れ笑いを浮かべて、

「それほど気取った理由があるわけではない。成りゆきに任せているうちに、なるようになっただけのことだ。おぬしのような大望《たいもう》は、そもそもの初めから持てなかった男だ。器量が狭いと言われても返す言葉はない」

そうではないか、選択の余地などなかったのだ。

「いまを見て昨日を語っても仕方がない。わしは明日を見ることに疲れたから、いまをどう過ごそうかと思っているだけなのだ」

短くなった灯芯はすでに燃え尽きて、寝所は漆黒の闇に沈んでいた。

隣の蒲団には、老いた主膳が寝ているはずだが、洒楽斎には二十数年前の、活気に満ちていた顔しか思い浮かばない。

どうしたことだろうか。

洒楽斎は感慨《かんがい》を込めて呟いた。

「龍造寺どのは、いまもあのころと変わってはおられぬ」

だとしたら、この夜はなんという夜であろうか、と洒楽斎は思った。

「闇の中では互いの顔が見えぬから、見慣れていた昔の顔しか思い浮かばないのだ。それは他者の眼から見られるおのれの顔ではなく、おのれの顔と思い込んでいる在りもせぬ顔にすぎない。だが、それこそがおのれの顔なのだ。おぬしが闇の中で幻視するわしの顔が、昔と変わらぬと思うなら、渋川虚庵と称している龍造寺主膳は、二十数年前から変わっていない、ということになる」

渋川虚庵はしんみりとした口調で言った。

「たとえ闇の中に幻視する昔の顔であろうとも、二十数年前の鮎川数馬と、今宵ここで再会出来たことは嬉しいぞ。わしもあのころの龍造寺主膳を、取り戻したような気がしている。すでに世を捨てたはずの虚庵だが、おぬしとこうして会い遇うことで、行き詰まっている現状を、少しでも変えようという元気を貰えた」

虚庵は洒楽斎が寝ているはずの闇へ向かって、寝返りを打ったようだった。

「おぬしたちの力を借りたいと思って、今宵は強引な手を使って招いたのだが、今回の一件は、たぶんわし一人で乗り切ることが出来るだろう。おぬしたちはわしの動きを見ていてくれればよい。思い余ったら手を貸してくれ。あるいは理が通らないと思えば、反対派に廻ってくれてもかまわん。わしは目先の安寧を求めて動くだけで、有りもせぬ大義名分を振りかざして、派手な動きをするつもりはない」

闇の中から聞こえてくる虚庵の声には、宝暦のころと同じような張りと活気があった。

八

「今夜の話を、どう思いますかね」

何か懸念が残るのか、別室で床を並べていた猿川市之丞が、隣に寝ている津金仙太郎に話しかけた。

すると闇の中から応じる声があって、

「渋川虚庵どのから諏訪の事情を聞かされたことで、芝金杉《しばかなすぎ》の藩邸に潜入していた市之丞さんの調べに、裏付けが取れたのではありませんか」

かすかな寝息を立てているように見えた仙太郎も、やはり眠っていたわけではなさそうだった。

「よその家のゴタゴタに、好き好んで首を突っ込む気はありませんがね」

市之丞は低い声で言った。

それでも女忍びの掬水《きくすい》が、廊下か天井裏に忍んでいれば、この声を聞き逃すはずはない、と市之丞は警戒している。

「あっしにはどうも納得がいかねえ。だいたいあっしらが、このお屋敷に呼ばれたわけがよく分からねえ。あの渋川虚庵というお人は、洒楽斎先生の、いってえ何に当たるというんですかね。いつでも独立独歩を押し通している先生が、なぜか虚庵さんを慕っているような、あるいはどこかで警戒しているような、妙なところが気になってならねえ」

仙太郎は微《かす》かに笑ったようだった。

「市之丞さんには甲賀忍《こうがしの》びとしての矜持《きょうじ》があって、御自身が調べたことしか信じない。それは仕事柄と言うよりも、持ち前の気質かもしれませんが。わたしは至って単純なので、このお屋敷に招かれたのは、あくまでも御老女の好意で、渋川どのとは別の筋だと思っています」

「しかし人と人の流れが妙に絡み合って、あっしらを騒動に巻き込もうとする手立てが、あらかじめ整い過ぎているような気がして仕方がねえ」

「市之丞さんには、表と裏、さらに横合いから、いろいろなことが見え過ぎるんですよ。わたしには見えるものしか見えないから、複雑なことは考えないことにしているのです」

いつも口数の少ない仙太郎が、こういう言い方をするのも珍しかった。

「御老女がわたしたちを招いたのは、乱菊《らんぎく》さんが殺し屋に襲われたあの晩、闇夜の待ち伏せから斬り抜けることが出来たことを、たぶん恩に着ているからだと思います。以前に先生と親しかったという虚庵どのが、たまたまこのお屋敷に寓居《ぐうきょ》していたので、そこでおふたりの合意があった、と単純に考えたほうが気が楽だと思いますよ」

市之丞はもどかしげに舌打ちした。

「あんたは剣を持たせれば天才だが、世俗のしがらみについては何も知らねえ。まるで赤ん坊のようなところがある」

邪念《じゃねん》を持つ者の邪気《じゃき》を気にせず、あからさまな欲でも欲と思わないところが、塾頭という人の分からなさだ、と市之丞は思っている。

かつて洒楽斎から言われたことがある。

「それでよいのだ、仙太郎はおのずから天然流《てんねんりゅう》を極めておる。余計な心配をすることは無用じゃ」

さらに重ねてこうも言った。

「剣は力だ。仙太郎にはどのような窮地に陥ろうとも、自力で脱け出すことの出来る力が備わっている。さらに弛《たゆ》まぬ剣術の修行によって、人や物の真贋《しんがん》を見抜く鋭い直観を身に着けている。ゆくえ定めぬ風来坊のように見えながら、流れのままに身を任せ、くよくよと思い悩まぬところを見るがよい。それゆえ天然流に達していると言えるのだ」

天然流の看板を掲げている洒楽斎は、門弟の前で他の門弟を褒める、などという依《え》怙《こ》なことをしたことはない。

「つまり塾頭の仙太郎さんは、先生が開いた天然流の境地に、生まれながらに達しているということですかい」

あのとき市之丞は、多少の反発を覚えながら、詰め寄るようにして洒楽斎に問い返した。

「それは違うな」

と言って洒楽斎は寂しそうに笑った。

「わしは剣を極めようとして剣に悩み、人界を離れて深山幽谷《しんざんゆうこく》で修行してみたが、迷いから脱け出ることは出来なかった。たまたま仙太郎と一緒に春夏秋冬を山中で過ごしたが、迷い迷って座禅を組んでいたとき、夢想の中で悟るところがあって天然流を開眼した。それはたぶん、天然のままに剣を遣っている仙太郎を見ているうちに、いきなり思いついた境地であったかもしれぬ」

そう言われても、市之丞には洒楽斎の意図することがよく分からず、

「つまり、なんですかい」

もどかしげに問いかけたが、その先に言葉が続かなかった。

洒楽斎は微笑んで、

「そうなのだ。仙太郎が無意識にしてきたことを、流儀として定着したのが天然流なのだ。わしは天然流の開祖ではあるが、わし自身が天然流なのではない」

「なんだかややこしくって、よく分かりませんが、先生が天然流でないとしたら、天然流はどこにあるんですかい」

そんな曖昧な流派など聞いたことがない、と市之丞は思う。

「市之丞にも乱菊にも、天然流の認可を与えたであろう」

洒楽斎は微笑みながら、泰然《たいぜん》として答えた。

「しかし、あっしらを天然流皆伝《かいでん》と認可された先生が、天然流でないとしたら、あっしの天然流は贋物《にせもの》ですかい」

市之丞は切羽詰まった口調で問い詰めた。

「いや、仙太郎が天然流であるように、乱菊も市之丞も、まごうことなき天然流じゃ」

洒楽斎は自信ありげに保証する。

「ますます分からなくなった。あっしらを天然流と認可された先生だけが、天然流じゃあねえとおっしゃるんですかい」

洒楽斎は鷹揚な口調で、

「先生と呼ばれる者は、大抵がそんなものだ。わしは認定者であっても資格者ではない。そのことに気づいたとき、わしは天然流というものに開眼したのだ」

謙遜《けんそん》なのか自嘲なのか、分からないような言い方をした。

だから先生は、諏訪藩の派閥争いで斬り合う宿命にある、新弟子の上村逸馬《うえむらいつま》と牧野《まきの》平八郎《へいはちろう》を、いずれも失いたくないと思っておられるのだ、と市之丞は理解している。

分かったような分からぬ事として、そのときは一応の納得をしたのだが、やはりよく分からない、というのが、ほんとうのところだった。

先生の言われることを、そのまま信じるなら、天然流の開祖は洒楽斎ではなく、津金仙太郎ということにならないか。

しかし市之丞の師匠は洒楽斎であって、いくら剣術の腕が絶妙でも、自分より歳の若い仙太郎を、天然流の師匠と思ったことは一度もない。

その仙太郎がいま眼の前にいる。

本人から聞いてみるには、滅多にない機会だった。

「塾頭は今夜の話をどう思われます」

さりげなく切り出してみたが、仙太郎は別のことを考えていたのか上《うわ》の空で、

「乗り掛かった舟です。最後まで付き合うつもりですよ」

どうやら何の配慮もしていないらしかった。

「それが天然流のやり方ですかい」

「さあ、どうでしょう。わたしは気が向くままに動くだけで、あまり難しく考えることは苦手です」

「それがいつもぴったりと、壺《つぼ》に嵌《は》まっているのだから、下手な考え休むに似たり、てえわけですかね。それこそが天然流、と洒楽斎先生なら言われるんでしょうが、あっしにはそこのところがよく分からねえ」

仙太郎は苦笑した。

「先生はわたしを、買い被っておられるのですよ。わたしから見れば、市之丞さんのほうが天然流師範に相応しい」

市之丞は軽く制して、

「おっと、あらぬ仲間褒めはやめましょう。塾頭の腕には遠く及ばねえと知りながら、あっしは忸怩《じくじ》たる思いで師範代を務めているんです。居ると思えば居なくなる。消えたと思えば現れる。気ままな塾頭が羨《うらや》ましい、と時には恨むこともありますが。そんなあっしが塾頭と同じように、天然流の免許皆伝を名乗るのは、騙《かた》りじゃねえかと思うこともありますぜ」

やや自嘲気味に呟いた。

仙太郎は苦笑を抑えながら、

「かつて先生に言われたことですが、天然流とは剣のみを言うのではない、人には短所もあれば長所もある、生き方のすべてを晒して、その総量をこそ問うべきなのだと。わたしはまだまだ総量が至らないと思っています。狭くて浅いわたしなどに比べたら、市之丞さんは変幻自在で、先生の言われる総量の幅が広くて深い」

落ち込んでいる市之丞を励ました。

「ここだけの話ですが、若いわたしは自惚《うぬぼ》れていて、先生は剣客のくせに剣が下手だと思っていました。あのころのわたしは、人や世を見る眼も浅く、すべての価値基準を剣に特化して、全体を見ることが出来なかったのです。しかし人のすべてを量《はか》ることなど、容易に出来るものではない。先生が夢想のうちに天然流を開眼されたのは、そのことに気づかれてからのことでしょう。剣の型も資質も、それぞれ違って当然だし、むしろその違いを、違いとして伸ばしてやるのが、天然流指南なのだと悟ってから、先生は腹を決めて居直られた。だから市之丞さんも天然流、乱菊さんも天然流、そしてわたしも先生のお眼に適って、天然流の認可を許されたのです」

今夜の塾頭はよく喋るな、と市之丞は思った。

「でも奥義《おうぎ》まで達しているのかどうかは疑問です。それぞれが天然流を名乗っても、太刀筋もそれぞれに違い。剣の流儀を同じくするわけではない。むしろそれぞれが特殊すぎると言ってよい」

一息入れてから仙太郎は続けた。

「上村逸馬と牧野平八郎を闘わせたくない、と先生が言われるのは、あの二人が死を賭《と》して闘えば、わが流派もそのとき終わるのではないか、と危惧されているからです。長い迷いの末に悟達《ごたつ》した、天然流の消滅を惜しむからでしょう。わたしたちは運よく先生に見出されたが、乱菊さんと市之丞さん、それにわたしを加えれば、三人とも生《お》い立ちや境遇が違いすぎて、一般の遣り方を拒んでいる。このままゆけば天然流は後世に伝わらないだろう、と先生は悩んでおられると思います。市之丞さんは剣術の指南に熱心だが、わたしは門弟たちに教えることが好きではない。門人たちとわたしの前に立ちはだかっているのは、善くも悪しくも、生まれ育った境遇の違いによる格差の壁です。それは市之丞さんや乱菊さんにしても同じことでしょう。伝えたいと思うことがそのまま伝わらない。しかしそんなわたしたちと違って、ありふれた生まれ、ありふれた境遇で育った逸馬や平八郎には、他の門弟たちとの間に格差の壁はなく、わたしたちよりさらに広い層まで、天然流を伝えることが出来るだろう、と先生は思っておられるのです」

夜の闇がそうさせるのか、仙太郎はいつになく饒舌《じょうぜつ》だった。

「そこのところは、塾頭に言われずとも承知しておりますが、そのために諏訪藩の騒動に巻き込まれるのは、あっしはどうかと思いますね」

市之丞はよその家のゴタゴタに、巻き込まれることを懸念しているらしい。

仙太郎は笑いを抑えながら、軽い冗談のつもりで言った。

「それは甲賀忍びとしての見方ですか」

市之丞は憤然として、

「忍びってえものは、おのれの意思を捨てて、事の善悪を問わず、上忍《じょうにん》から命じられるままに動くのです。あっしはそれが嫌で抜け忍になった。よそ様の争いには関わりたくねえ。諏訪藩の派閥争いに巻き込まれるのを忌むのは、あくまでもあっしの勘ですよ」

思わず声高になってしまったが、天井裏に潜《ひそ》んでいる女忍びの掬水に聞かれてもかまわない、という覚悟が市之丞には出来ていた。

女忍びを抱いた肌の温《ぬく》みはまだ残っている。

市之丞の真意を見抜いているかのように、仙太郎は静かな口調で言った。

「慎重であることは美徳です。しかし躊躇《ちゅうちょ》していては何も動きません。何がどう変わるのか、先のことは分からなくとも、ひとたび関わったことは、最後まで見極めたいというのは、わたしの気質かもしれません。市之丞さんはいつもそうですが、あれこれと危惧しながらも、いざとなれば熱心に関わってしまう。それというのも、甲賀忍びとしての勘が働くからでしょう。わたしのように無用心な男は、周到な市之丞さんの陰働きに、いつも助けられているのです」

洒楽斎の気ままな蘊蓄（知性）、津金仙太郎の絶妙な剣（武力）、猿川市之丞の変幻自在な陰働き（情報力）、乱菊の舞踏（優美さ）があれば、この世に恐れるものはない。

つまり、と市之丞は考えた、天然流道場の高弟がひとりでも欠けたら、たとえ思うことがあっても、思うようには出来ないということだろう。

「分かりましたよ」

市之丞は腹を決めたようだった。

「ひとり残されては面白くねえ。これまでの腐れ縁だ。あっしも乗り掛かった舟に乗ることに決めましたぜ」

なにしろ諏訪ってえところは、古い伝説として語り継がれている甲賀三郎《さぶろう》が、いまも竜神《りゅうじん》さまとして鎮座している聖地ですからね、と言って市之丞は急にはしゃぎ出した。

「しかし渋川虚庵どのから聞いた話では、諏訪藩の国元では下級藩士たちが徒党を組み、まさに風雲急を告げているらしい」

　仙太郎が困惑した顔をすると、市之丞はポンと胸を叩いた。

「そこは昔取った杵柄《きねづか》だ。この甲賀三郎に任せてくだせえ。前のときは奥女中に化けた乱菊さんが居たおかげで、邸内のようすは手に取るように分かったが、近頃は藩士たちの出入りが複雑で、誰が誰なのか、いまの諏訪藩がどう揺れているのか、天井裏や床下から覗いただけでは見当がつかなくなって、さすがの甲賀三郎もお手上げでした。しかし今夜、事情通の渋川虚庵さんから、国元の藩士たちの動きを知らされて、わけの分からなかった江戸藩邸の動揺にも、ようやく筋道が見えてきましたぜ」

　芝金杉に張り付いていた仙太郎も、諏訪藩邸との関わりを告げた。

「わたしもひょんなことから、諏訪藩邸に出入りする身になって、派閥争いが激化すれば、真っ先に斬られて埋められるかもしれない穴掘りに、酷使されている逸馬や平八郎と、言葉を交わすことが出来ました。天井裏や床下に忍ぶ市之丞さんの調べと、虚庵どのから聞いた国元の動き、それとわたしが検分した藩邸内のようすから類推《るいすい》すれば、わけの分からない諏訪騒動の実体を、正しく知ることが出来るかもしれません」

仙太郎の言葉に市之丞は驚いて、

「そいつは初めて聞く話だ。近頃は藩邸内の警戒が厳しくなって、あっしもここしばらくは、調べを怠《おこた》っておりました。塾頭はいってえどんな手を使って、あの殺気立った邸内に潜《もぐ》り込んだんですかい」

仙太郎は苦笑した。

「藩邸内で賭場が開かれていることを、市之丞さんは知っていましたか」

そう言われて、市之丞は虚《きょ》を突かれたように、

「面目ねえ話だが、気がつかなかった」

甲賀忍びとしては、とんだ失態と思ったらしい。

「わたしはほんの偶然から、権助《ごんすけ》という渡り中間《ちゅうげん》の手引きで、藩邸内に出入りするようになったのです」

権助との滑稽《こっけい》な遣り取りを説明すると、市之丞は悔しそうな顔をして呻《うめ》いた。

「そいつは惜しいことをした。塾頭が藩邸内にいると分かれば、あっしの働きも楽になっていたかもしれませんぜ。いってえどこの何さまに化けて、あんな危ねえところに潜り込んでいたんですかい」

仙太郎は悪戯っぽく笑った。

「わたしの姿を邸内で見かけたとしても、たぶん市之丞さんには、わたしだということが分からなかったと思いますよ」

市之丞は甲賀忍びの矜持を傷つけられたらしく、

「何故ですかい」

不満そうな声で問い返した。

「母から譲られた緋縮緬《ひぢりめん》の長襦袢《ながじゅばん》に、黒繻子《くろじゅす》の帯を巻いた異様な恰好で、邸内の侍長屋で開かれていた、あまり品の良くない賭場に出入りしていましたから」

二之丸《にのまる》派の側用人渡邊助左衛門《わたなべすけざえもん》は、邸内で賭場が開かれることを嫌って、侍長屋の出入口を厳重に見張らせていたから、仙太郎はかなり危ない橋を渡っていたことになる。

市之丞は悔しそうに言った。

「たとえ緋縮緬を見かけたとしても、あっしはあえて眼に入れなかったでしょうな」

市之丞が調べていたのは、逸馬と平八郎をめぐる二之丸派と三之丸《さんのまる》派の動きで、女装した遊び人など、眼中になかったということだろう。

「取り締まりが厳しくなった邸内に、側用人でも踏み込めねえような、禁断の侍長屋があったんですかい」

仙太郎は思わず声を潜《ひそ》めて、

「これは離縁された奥方さま(福山どの)に関わることですが、御正室お輿入《こしい》れのとき、御実家から派遣された、山中左男路《やまなかそうじ》という福山藩士がいて、客分扱いを受けている左男路の侍長屋は、諏訪藩の側用人も立ち入り出来ない禁断の場だったのです」

これは賭場に出入りしている渡り中間の権助から、秘密めかして聞かされた話ですが、と照れくさそうに言い添えた。

「福山藩から付け人として派遣された山中左男路は、側用人渡邊助左衛門の讒言《ざんげん》で、お仕えしてきた奥方さまが離縁されたのを恨み、諏訪藩への嫌がらせに、鼬《いたち》の最後っ屁《ぺ》をかまそうとして開いた賭場だったのです。福山十万石を後ろ盾にした山中左男路と、諏訪藩邸を取り仕切っていた渡邊助左衛門の攻防は、かなり熾烈《しれつ》なものだったらしい。いまから思えば、わたしは邸内で最も危ないところに身を置いていたようです」

さりげない風に仙太郎が言うので、抜け忍の市之丞は呆れかえって、

「だから言わねえこっちゃねえ。これからはあっしが前もって調べますから、もう無鉄砲な真似はしねえでくだせえよ」

よその家のゴタゴタに、みずから身を乗り出すようにして関わってきた。

九

宝暦八年の夏、京から脱出した鮎川数馬は、約束した刻限に逢えなかったお蘭のゆくえを訪ねて、ひそかに洛中へ潜入したことがある。

お蘭が住んでいた先斗町《ぽんとちょう》で、思い切って京舞の宗家を訪ねると、数馬は丁重に奥の間へ通されて、お蘭の養母と名乗る家元に会うことが出来た。

「お恨み申しますよ。あなたさまのことはお蘭から聞いております。でも、すべてを打ち明けてくれた翌日に、あの娘《こ》は姿を消してしまいました。京舞の弟子たちや旦那衆など、大勢の人々を使って捜しましたが、どこに行ったのか、いまも分かりません」

お蘭の養母を名乗る京舞の師匠は、凜《りん》とした佇まいを見せる美女だったが、お蘭が失踪してからは、夜も昼もよく眠れないらしく、華やかに繕《つくろ》った外見とは裏腹に、身も心もひどく窶《やつ》れているようだった。

「お蘭が失踪した二年前に、うちは連れ添ってきた亭主を亡くしました。その上に、大切に育ててきた養女までを失って、いまやこの世に望みはなく、弟子たちに京舞を伝えるためだけに、こうして生きているのでございます」

さすがに京舞の師匠をしているだけあって、悲嘆に暮れているといっても、背筋を立てて凜とした姿勢を崩さない。

「鮎川さまとおっしゃいましたね、あたくしの何が不満なのか、あの娘はあなたと駆け落ちをすると言って聞かないので、屈強な女弟子に命じて、奥座敷に監禁したのですが、それがかえって仇《あだ》となって、どうやって見張りの娘を籠絡《ろうらく》したのか、お蘭はその晩から失踪してしまったのです」

それは聖護院の門前で、数馬と逢う約束をした当日のことだろう。

お蘭は養母に軟禁されていて、数馬と約束した暮れ六つには間に合わなかったのだ。

養父を失ったことは、数馬も聞いているが、お蘭はそれ以上のことを語ろうとしなかったので、亡くなったのがいつの日かは知らなかった。

それが失踪する二年前のことだとすれば、お蘭が竹内式部の家塾に来なくなった日と、符合《ふごう》している。

お蘭は幼いころから養母に京舞を仕込まれ、稽古はかなり厳しかったと聞いている。

数馬はお蘭の養母を、鬼のような怖ろしい女と思っていたが、会ってみれば挙措《きよそ》は厳しいが端正な美女で、京舞の師匠として申し分のない貫禄も備えていた。

しかし母と娘としては、芸に厳しく情が薄いと思われるところがあって、お蘭は養母よりも養父に懐いていたのかもしれない。

お蘭を高名な竹内式部の家塾に通わせたのは、詩歌《しいか》が好きな養女を可愛がっていた養父だろう。

養父が亡くなってからは、ひとり残された養女に家元を譲ろうと、これまで以上に厳しく京舞を仕込むようになった養母に、お蘭はますます馴染めなくなっていったのではないだろうか。

お蘭が数馬と出逢ったのは、養母の厳しい稽古に疲れて、気晴らしに梅園を散策していたときだから、久しぶりに逢った塾生の鮎川数馬に、式部塾に通っていたころの懐かしさと嬉しさが重なって、ついつい深みに嵌まってしまったのかもしれなかった。

「でも、よくぞ訪ねて来られましたな。ほんとうのところ、こうして鮎川さまを間近に見て、少し安心いたしました。あの娘はよくない男に騙《だま》されて、一生を棒に振ったのかと、悔しさと怒りで夜も眠れない日々が続きましたが、お蘭の惚れた相手が、あなたのようなお方と知って、娘に裏切られたという、切なくて悔しい思いもほぐれました。お蘭は男を見る眼がなかったわけではない。そう思えることが、せめてもの救いかもしれません。今夜は久しぶりに、ぐっすり眠ることが出来るでしょう」

それまで張りつめていた京舞家元の表情が、心なし穏やかになったようだった。

「あの娘の相手が鮎川さまでよかった」

家元は不意に涙ぐんだ。

「京舞の家元を継がせようと、あの娘には厳しい稽古を課して参りましたが、それが裏目に出てしまったのかもしれません」

お蘭は養母の仕打ちに対して、詳しく語ることはなかったが、数馬との逢瀬にはかなり気を使っていたようだった。

「しかし、お蘭さんは、どうして家を出てしまったのですか」

待ち合わせた聖護院の門前に、暮れ六つが過ぎても数馬が来ず、薄闇が襲う逢魔が時になっても現れない。

お蘭は絶望して、そのまま失踪したのだろうか。

しかし、どこへ、なんの当てがあって。

「知らなかったのですか」

養母は怪訝そうに言った。

「お蘭は身籠《みごも》っていたのです」

そうだったのか、と数馬は蒼白《そうはく》になった。

いまになってみれば、さまざまなことが思い当たる。

「京舞の師匠となるには、御贔屓筋《ごひいきすじ》の後ろ盾が要るのです。子持ち女となれば、もうその望みは叶いません。お蘭に京舞の家元を譲ろうと思って、あたくしは情を押し殺して厳しく躾けて参りましたが、あの娘からすれば、生《な》さぬ仲の養母が鬼のように見えたのかもしれません」

養母の眼からひとしずくの涙が流れ落ちた。

「あたくしは厳しく問い詰めましたが、お蘭が父親の名を言うことはありませんでした。それがかえって、あなたとの駆け落ちを、決意させることになってしまったのかもしれません。お蘭は覚悟を決めていたらしく、失踪する前日に、すべてを打ち明けてくれました。鮎川数馬さまのお名を、初めて知ったのはそのときのことです」

京舞の師匠は、すべてを諦めていたのか、お蘭との遣り取りを、隠すことなく数馬に告げた。

「すぐに堕胎《だたい》しなさい、いまなら間に合います。さもなくば生涯の悔いを残すことになりますよ。とあたくしは鬼のようなことを言ってお蘭を責めましたが、あの娘は声を押し殺して涙も見せず、ただ眼を伏せて、小刻みに震えている膝を凝視しているだけでした」

そのときお蘭が何を思っていたのか、いまの数馬は手に取るように分かった。

最後の逢引きで、お蘭が幸せそうな笑みを浮かべたのは、数馬の子を身籠ったことを告げようとしていたからで、その直後に見せた切羽詰まった表情は、可愛がられてきた養家を捨てて、行きて帰らぬ数馬との駆け落ちを、覚悟していたからに違いない。

「身重になったお蘭さんは、どこでどうしているのでしょうか」

血を吐くような思いを、数馬は俯いたまま呟いた。

「お蘭には、あたくしが生涯に極めたすべての技を伝えてあります。それは京舞だけのことではなく、女が生きて行くためのすべてです。お蘭はひとりで生きてゆけるでしょう」

京舞の師匠がサバサバとした口を利いたのは、生みの親ではないことからくる冷たさか。

数馬は断腸《だんちょう》の思いで言った。

「わたしは幸か不幸か、京を追われた浪々の身です。この脚で諸国を廻り、生涯をかけてもお蘭さんを捜します」

京舞の師匠は冷たく笑って、

「男はんは決まって、そないなことを言わはりますが、すぐに忘れてしまいはるのとちゃいますか」

急にくだけた口調に変わった。

「お蘭は見かけによらず、芯の強《こわ》いおなごどす。もうあんさんのことなど、忘れてるかもしれまへんな」

十

鮎川数馬は間道《かんどう》を通って武蔵へ向かった。

京を出奔《しゅっぽん》したお蘭が、さしあたって訪ねてゆくとしたら、数馬の生国《しょうごく》しか思い当たらないだろう。

宝暦の一件で竹内式部は所払いになり、多くの門弟たちが追放刑に処せられたことは、洛中で誰ひとり知らない者はない。

京を追放された数馬が帰ってゆくところは、生まれ育った郷里しかあるまい。

お蘭はそう思って、東海道《とうかいどう》を東に向かったはずだ、と数馬は推測した。

それは龍造寺主膳に押し付けられて、数馬が融通の利かない同志たちを、村々の寺に預けてまわった道筋でもあった。

もしかしたら、二人はどこかですれ違っていたのかもしれなかった。

しかし数馬は、そのときは融通の利かない連中と一緒の逃避行で、他のことに気を配るゆとりはなかった。

東海道で二人、中山道《なかせんどう》に三人、北陸道《ほくりくどう》に二人を配置したが、数馬はそれだけのことをするのに手一杯で、お蘭のゆくえを訪ねるのは後回しになってしまった。

手持ちの資金も尽き掛けていた。

早舟を捨てて西と東に別れたとき、龍造寺主膳から餞別として十五両を渡されたが、その金はたちまち路銀に消えた。

実家の権利を譲るとき、親戚筋からお情けで貰った学資も底をついている。

数馬は仕方なく、旅先で泊めてもらった百姓家の庭先を借りて、村の百姓たちに剣術を指南して口を糊《のり》した。

一緒に旅した融通の利かない連中にも、村の悪童たちに文字を教えたり、太平記《たいへいき》読みの口調で漢籍を語らせて、わずかばかりの束脩を稼がせた。

それが功を奏して、村人たちから慕われ、寺子屋の師匠となって居残る者もいたので、数馬の肩の荷はそのたびに軽くなった。

「鮎川どのはこの旅で、一段と逞《たくま》しくなられたな」

融通の利かない連中からそう言われても、なぜか皮肉っぽく聞こえて素直に受け取れず、たとえ褒められたとしても嬉しくはなかった。

「世俗に染まるのはわたしの望みではない」

そう言っておきながら、しかしおぬしたちにはそれを望んでいる、とあからさまに無理強いすることも憚られる。

「とにかくこの村に残るからには、地元の人々とうまく溶け合ってもらいたい」

そして世に知られることなく、僻遠《へきえん》の地に埋もれることで、根を張り枝を伸ばしてほしいと願っている。

「また会おう。またいつの日か訪ねてくる。われらは志《こころざし》を同じくする仲間なのだ」

途中から北陸道に抜ける者もいたので、武蔵の多摩に着いたとき、数馬はたったひとりになっていた。

相変わらず草深い田舎だ、と久しぶりの郷里を見て数馬は思う。

生い茂る草木は勢い盛んで荒々しく、人の手が入ってのっぺりとしていた京の山野とはどこか違っている。

鮎川家の門は鄙《ひな》びた草葺き屋根で、ところどころにペンペン草が生えていたが、その奥に見覚えのある家構えを見たとき、数馬は抑えがたい郷愁に襲われた。

夢遊病者のような足取りで母屋《おもや》に向かうと、

「数馬ではないか。どうして戻ったのだ。おまえは鮎川家の遺産を受け取って、この家とは縁が切れたはずではなかったのか」

薄暗い土間から出てきた叔父は、甥の数馬に上がれとも言わず、胡散臭《うさんくさ》そうな眼をして睨みつけている。

「この家に住もうというわけではありません。留守中にわたしを訪ねてきた娘がいたかどうか、確かめるために立ち寄ったのです」

すると老いた叔父は、髪の毛を逆立てて怒り出した。

「留守中だと。まだそのようなたわ言を申しておるのか。ここはもう、おまえの家ではなくなったのだ。いまさら留守も居留守もないわ。今後は二度と立ち寄らぬという約束で、くれてやる謂《い》われもない遺産金を、お情けで恵んでやったのを忘れたのか」

けんもほろろに言い捨てると、叔父は荒々しく奥に引っ込んで、それっきり顔を見せようともしなかった。

数馬が茫然《ぼうぜん》と立ち尽くしていると、

「坊ちゃんではねえですか」

物陰からおずおずと呼びかける声があって、腰の曲がった襷掛《たすきが》けの農婦が姿を現わした。

「お竹《たけ》か。達者で何よりだ」

数馬が幼少のころから、親身になって世話をしてくれた婆やだった。

「もう一年以上も前のことになりますか。幼子を抱いた綺麗な娘さんが、坊ちゃんを訪ねて参ったことがありましたよ。たしかお蘭さんと言われたが、その娘さんが坊ちゃんの名を出した途端に、旦那さんは図々しい子持ち女めと罵《ののし》って、疫病神《やくびようがみ》扱いをして追い返してしまったのですよ」

数馬は胸が熱くなった。

京を出奔したお蘭は、慣れない旅の途中で出産し、生れたばかりの乳飲み子を抱えて、草深い多摩まで訪ねて来たのだ。

「お蘭は取り乱していただろうか」

数馬の問いに、

「いいえ、いいえ。いきなり旦那さんから罵詈雑言《ばりぞうごん》を浴びせられても、お蘭さんは黙って耐えていましたが、旦那さんが怒鳴り終わるのを待っていたかのように、分かりました、もう二度とお邪魔することはないでしょう、と言って深々と頭を下げると、そのまま後も見ずに、しっかりとした足取りで帰ってゆかれました。花も恥じらう可《か》憐《れん》な顔をしているのに、随分と気丈な娘さんでしたね」

いかにもお蘭らしい、と数馬は思った。

お蘭の養母だった京舞の師匠が、女が生きてゆくためのすべてを教えてある、と自信ありげに言っていたのは、そういうことだったのか、といまになれば思い当たる。

それでもお蘭の行き先が気になった。

「どこへ行ったのだろうか」

女ひとりで、しかも乳飲み子を抱えて、ゆく当てもない旅を続けられるはずはない。

「さあ、どこへ行かれたのか」

お竹にも分からないらしかった。

「乳飲み子を抱えて、どこへゆかれるのか、心配になって後を付けてみましたが、しばらくしたら娘さんが振り返って、あまり遠くまでいらっしゃったら、帰り道が大変になりますよ、あたしのことなら大丈夫です、安心してお帰りください、と言ってにっこりと笑いかけた。それを見て、この娘さんなら大丈夫、女ひとりでも気丈に生きてゆけるだろうと思って、そのまま行先も聞かずに帰ってきたのです」

お蘭はゆきて帰らぬ旅に出たのだ、と数馬は思った。

男の数馬さえ旅先では食うや食わず、ゆく道々で剣術の指南をして口を糊してきたのに、まして乳飲み子を抱えた女の一人旅が、飢えず病まずに続けられるものではない。

お蘭は数馬と駆け落ちするつもりで、ひそかに旅の用意を整えていたはずだから、多少の金子《きんす》は持ち合わせているだろうが、それもいつまで保《も》つかわからない。

ゆきて帰らぬ死出の旅と、お蘭は覚悟を決めていたのだろうか。

第二章　森と湖のまつり

一

昨夜の雨も朝には上がっていた。

雑司ヶ谷にある福山藩下屋敷の別邸で、洒楽斎は気持ちのよい朝を迎えた。

雨あがりの邸内からは、枝から枝へと渡る小鳥たちの囀《さえず》りが聞こえてくる。

二十数年ぶりで龍造寺主膳と再会し、宴席では危機に瀕《ひん》した派閥争いの裏話まで聞かされたが、寝所に入ってからの話題は、若き日を過ごした宝暦のころに移って、夜が更けるまで倦むことはなかった。

どうやら朝寝坊をしてしまったらしい。

千切れ雲の隙間から洩れる柔らかな陽光も、洒楽斎には目が眩《くら》むほどにまぶしかった。

　隣に敷かれていた夜具は畳まれ、渋川虚庵の姿はすでになかった。

「よく眠られましたか」

　洒楽斎が目覚める瞬間を待ち受けていたかのように、薄墨で松竹梅が描かれた襖越しに、ひかえめな声が聞こえてきた。

　襖越しのわずかな気配だけで、客人の目覚めを察知出来るのは、腰元の掬水、実は謎の女忍びしかいないだろう。

　洒楽斎は掬水の案内で、昨夜とは趣《おもむ》きが違う瀟洒《しょうしゃ》な部屋に通された。

「あまり眠れなかったようだな」

　朝餉《あさげ》の膳に向かっていた渋川虚庵が、遅れて席に着いた洒楽斎をねぎらった。

「昨夜のような話の後、すぐに安眠をむさぼれるほど図々しくはない」

　洒楽斎は照れくさそうに苦笑した。

　どちらが世捨て人なのか分かりはしない、と洒楽斎は思った。

　世捨て人と称して、すべてを諦観《ていかん》していると言いながらも、渋川虚庵はまだまだ気力旺盛で、龍造寺主膳と名乗っていたころと変わらず、俗臭芬々《ぞくしゅうふんぷん》とした騒動に関わっているのだ。

「まだまだ語り足りないところはあるが、話の辻褄《つじつま》を合わせるのはまたの日にしよう」

渋川虚庵は梅干しの湯漬けを食べ終わると、

「わしにはこれから廻るところがある」

せわしげに朝餉の席を立った。

「今日はこれで失礼する。これはわしからの依頼だが、改めて訪ねて来てはもらえぬか。出来たら今夜がよい。いま起こっている騒動の顚末も、そのころまでには、詳しく話せるようになっているかもしれぬ。どうなることかまだ先は読めぬが、今日の談合次第では、混迷していたお家騒動にも、出口らしきものが見えてくるだろう」

事態はかなり差し迫っているらしい。

「なるほど、いまは風雲急を告げているわけか。事もあろうにその最中に、わざわざ拙者たちを呼び出して饗応《きょうおう》しようとは領けぬ。何か魂胆《こんたん》でもあるのではないのか」

洒楽斎はわざと皮肉っぽい口調で、よそよそしいことを言う虚庵を揶揄《からか》った。

「それは勘弁してくれ。いまはなんとも言えぬ。おぬしたちの力を借りねばならぬとしたら、お家騒動の渦中にいる千野兵庫の護衛だが」

虚庵はめずらしく言い淀んだ。

それだけではないらしい。

「諏訪藩に人がないことはなかろう。よそ者が出る幕などあるまい」

洒楽斎はそれとなく探りを入れた。

すると虚庵は、お国自慢でもするような口調で言った。

「峻厳《しゅんげん》な山々に囲まれた小藩だが、諏訪には人材が溢れていると言ってよい。それがいま怒濤《どとう》のように動き出したのだ。わしのような世捨て人の、安寧を脅かすほどにな。これはわしひとりで手に負えるような動きではない。おぬしの助力を願おうと思って来てもらったが、これは藩内の派閥争いで、わしのようなよそ者が介入しようにも、その頃合いが難しい。わしは争いの外郭《がいかく》にいて、打てるだけの手は打ってある。おぬしたちは、さしづめ最後の隠し札と言えよう。いまは黙って見守っていてくれるだけでよい」

そう言い残すと、虚庵は慌ただしく席を立った。

めずらしく裃《かみしも》を着けて、威儀《いぎ》を正しているところを見ると、諏訪藩の親戚衆と重ねてきた会合も、いよいよ大詰めを迎えているらしい。

虚庵が去ってからしばらくすると、腰元の掬水に案内されて、津金仙太郎と猿川市之丞が入ってきた。

「おぬしたちも寝坊したのか」

梅干しの湯漬けを掻き込んでいた洒楽斎が、照れくさそうな顔をして声をかけると、

「あっしらは小半時ほど前に、熱々の朝餉をいただきました。いまは邸内の散歩がてら、渋川虚庵どのを通用門まで見送ってきた帰りです」

市之丞はいつになくそわそわしている。

「昨夜は豪雨に降り籠められ、御老女から勧められるままに雨宿りをしましたが、今朝は雨も上がったのですから、いつまでも長居するもんじゃありませんぜ。早く朝餉をすませて帰りましょうや」

市之丞は何か気になることがあるらしく、まだ朝餉が終わらない洒楽斎を急《せ》き立てた。

「まあまあ、そう慌てずともよいではありませんか」

めずらしく掬水が引き留めた。

「そうはいきませんや。このお屋敷には、奥方さまと御老女さま、それに腰元の掬水さんしか居《お》られねえ。色っぽい女性《にょしょう》ばかりの所帯に、むくつけき男どもが居残って、変な噂でも立てられたりしたら、とんだ御迷惑がかかりますぜ」

市之丞が落ち着きを失っているのを見ると、掬水は口元を袖口で覆って笑いを隠し、

「ここは場末の裏店《うらだな》ではございませんのよ。変な噂を立てる者も、浮いた噂を聞いて喜ぶ者もおりませんから、何も気になさることはありませんわ」

すると御老女の初島までが聞き付けて、

「そうなさいませ。今朝は奥方さまも御気分が優《すぐ》れ、みなさんにご挨拶したいと申しておられますから」

御老女は妙に馴れ馴れしく、朝餉の終わった洒楽斎の手を取るようにして、奥方さまが住んでおられる奥の間へ案内した。

奥女中たちの躾に厳しかった御老女が、初めて訪れた男客に、これほど馴れ馴れしく振る舞う姿を、誰が想像しただろうか。

腰元の掬水も驚いたように、

「まあ、御老女さまったら」

と言ったまま、口元に着物の袖口を押し当てて、込みあげてくる笑いをこらえている。

二

安芸守《あきのかみ》（忠厚《ただあつ》）から離縁された御正室（福山どの）は、鷹《たか》の掛軸を飾った床の間を背に、端然《たんぜん》として姿勢を崩さなかった。

掛軸は天龍道人《てんりゆうどうじん》、すなわち渋川虚庵から、宿代のつもりで献上された鷹の絵だろう。

鋭い眼で下界を睥睨《へいげい》する鷹の図柄は、女人が床の間に飾る絵としては相応しくないが、福山どのは客人となった虚庵への礼儀として、掛けておられるのだろうと洒楽斎は推測した。

そのことから、福山どのが気遣いの細《こま》やかな女性《によしよう》で、それゆえに、小藩に輿入れした福山藩十万石の姫君として、逆に気苦労を重ねてきたのかもしれなかった。

「いつぞやは世話になりました」

芝金杉の諏訪藩邸から、雑司ヶ谷の福山藩下屋敷に移るとき、殺し屋に狙われている乱菊を救おうと、駆け付けてきた天然流の面々に、女たちの行列を護衛してもらったことを、よほど恩に着ているらしかった。

福山どのは御老女の初島と同じ、三十半ばの年頃だが、いつも奥殿に籠ってばかりで、滅多に陽に当たることがないらしく、白蠟《はくろう》のような肌をしている。

「昨夜は思いがけない御馳走にあずかり、まことに恐れ多いことでござる」

洒楽斎が柄にもないことを言っているので、背後にひかえている市之丞は、下を向いて畳の目を数えながら、思わず込みあげてくる笑いをこらえている。

どうもおかしい、とそれを見て仙太郎は思った。

笑いをこらえなければならないほど、おかしいことだとは思えない。

掬水と市之丞がふたりそろって、嬉しそうな笑みを隠しているのは何故なのか、どう考えても仙太郎には分からなかった。

市之丞ときたら、食事中の洒楽斎先生を急かして、一刻も早く内藤新宿《ないとうしんじゅく》に帰ろうとしていたのに、居残れば居残ったで妙に嬉しがり、同じように笑いをこらえている掬水と、ちらちらと眼を合わせては喜んでいる。

安芸守から離縁された福山どのは、あの夜のことをよく憶えていて、平伏したままの仙太郎と市之丞にも、それぞれお礼の言葉をかけてから、

「乱菊と申すお女中はご健勝ですか」

と洒楽斎に問うた。

「はい、ありがとうございます。乱菊は元気がよすぎて、拙者の手には余るほどでござる。われらが道場を留守に出来るのも、乱菊が弟子たちの指南役を、一手に引き受けてくれるからです」

洒楽斎にはめずらしい剽《ひょう》けた言い方に、やや蒼ざめて見えた福山どのの唇に笑みが浮かんだ。

乱菊はどうしているだろうか、と洒楽斎はふと思った。

昨夜は豪雨に見舞われたので、洒楽斎たちが雑司ヶ谷の別邸に泊まったことを、道場で留守をしている乱菊は知らないはずだった。

あらぬ心配をかけたかもしれぬ、と洒楽斎は余計なことを考えたりした。

「あのとき、わらわのために命がけで尽してくれた乱菊が、この場に居《お》らぬのは残念です」

福山どのは寂しそうに言い添えた。

一応の挨拶がすむと、福山どのを疲れさせては、と遠慮して、洒楽斎たちは早々に奥の間を辞した。

十万石の姫君が隠れ住むところとして、この下屋敷は閑静《かんせい》というよりも寂し過ぎるな、と洒楽斎は思った。

誰もいなくなった奥の間で、天龍道人が描いた鷹の絵と対峙《たいじ》している福山どのの心中を思いやっているうちに、洒楽斎はふとあることに気づいて、背筋が寒くなるような恐ろしさを覚えた。

天龍道人が描いた鷹の絵は、女人の館を飾るのに相応しくないどころか、福山どのの心境にぴったりの絵だったのではないか、と洒楽斎は突然に思い至ったのだ。

三

雑司ヶ谷から内藤新宿へ向かう田圃《たんぼ》道を、高弟たちと連れだって歩きながら、洒楽斎は先ほど閃《ひらめ》いた思いを口にした。

「福山どのが床の間に掛けていた鷹の絵は、渋川虚庵が宿代のつもりで納めたものではなく、福山どのが伝手《つて》を頼りに買い求めて、以前から居間にかけていた軸なのかもしれぬな」

吹く風に稲穂が騒いだ。

昨夜の豪雨に打たれて、重くなった稲穂は昨日より垂れ、いよいよ刈り取る季節に近づいているようだった。

陽を受けて黄金色に輝く稲穂は、気まぐれに吹く風に揺られて、高波に襲われた海辺のように波打っている。

「いよいよ夏も過ぎて秋に近い」

それも大荒れに荒れた秋になるかもしれない、と洒楽斎は思った。

気まぐれに吹く風は思いのほかに強い。

「まだ昨夜の余波があるのでしょう」

あまり関心がなさそうに、仙太郎は言った。

「夏の盛りは好きですが、盛りの夏に隠されて、いつとは知れずに始まっていた、という風情を見せている、秋の始まりもまた好いものですな」

市之丞はなぜか楽しそうに、あたりに広がっている田園風景を眺めている。

仙太郎は何を考えているのか、黙然と歩を進めているが、ときどき眼の奥を煌《きら》めかすことがあって、頭の中ではまぼろしの「夕日剣《ゆうひけん》」に、あれこれと工夫を加えているのかもしれない。

三人が三人とも、別なことを考えているようだが、それぞれの歩調に乱れはなく、呼吸も合っているように思われた。

洒楽斎は先ほどから、雑司ヶ谷の奥の間で見た、渋川虚庵が描いた鷹の絵と、別邸に隠棲している福山どののことを考えていた。

射るような鋭い眼で、見る者を逆に見返している鷹の眼こそ、安芸守から離縁された福山どのが隠し持っていた、真の姿ではないだろうか。

たぶん福山どのは御自身でも、そのことを知っておられるのだ。

もしその推測が間違っていなかったら、投げ込み寺の門前で、骸骨男《がいこつおとこ》に斬り殺された実香瑠《みかる》が、最後に口にした「リュウジンノヒゲ」とは、天龍道人の知恵にすがれ、という意味を持つ暗号ではなかったか。

福山どのと天龍道人のあいだには、どのような繋がりがあったのか、洒楽斎は知らない。

天龍道人が描いた鷹の、天下を睥睨するような眼光を見れば、福山どのは渋川虚庵（天龍道人）と相通ずる気質を共有しているに違いない、と洒楽斎は類推せざるを得なかった。

福山どのが床の間に掛けていた鷹の絵は、もしかしたら奥女中の実香瑠に命じて、わざわざ買い求めたものなのかもしれなかった。

そして福山どのが購入した鷹の絵が縁となって、奥女中の実香瑠と俗世を捨てた天龍道人は、その後も親しいやり取りを交わす心の友になっていたのではないだろうか。

実香瑠は殊勝《しゅしょう》にも、気難しいと言われる流浪《るろう》の隠士《いんし》、天龍道人から気に入られたのだ。

天龍道人にしても、実香瑠は可愛い孫娘のように思われて、あの娘が望むことなら、どんなことでも聞き入れてやろう、という気持ちになっていたのかもしれない。

御老女の初島はそこに目をつけて、天龍道人を動かすための最後の切り札として、実香瑠を密使に立てて、人知れず国元へ送り込もうとしたのではないのか。

幕府の禁制には、入り鉄砲と出女《でおんな》という条項があって、江戸府内では女人の出入りが厳しく咎められ、一目で奥女中と見破られるような若い女が、江戸から抜け出るのは御法度《ごはっと》破りになる。

御正室の福山どのにとって心許せる味方で、しかも天龍道人と親しい者は、奥女中の実香瑠しかいなかった。

しかし狡猾《こうかつ》な渡邊助左衛門が、この動きを察知しないはずはない。

道中の危険を承知で、実香瑠を諏訪に遣わして天龍道人を動かし、渋川虚庵（天龍道人）と風雅《ふうが》の友である謹慎中の国家老、千野兵庫を蹶起《けっき》させる以外に、膠着《こうちゃく》した派閥争いを打開するやり方はない、と福山どのは思い詰めていたに違いない。

君命《くんめい》に逆らえない国家老の千野兵庫を、蹶起に向けて動かすことが出来るのは、風雅に遊ぶ天龍道人、すなわち諏訪藩の禄《ろく》を食《は》まない渋川虚庵しかいなかった。

そして天竜道人を動かすことが出来るのは、見る者を逆に睥睨する鷹の絵を媒介《ばいかい》にして、不思議な縁に繋がれた奥女中、実香瑠の他に人はいない、と奥方さま（福山どの）は思いつめていたのだろう。

諏訪藩士たちの騒動がどちらに傾くのか、鍵を握っているのは天龍道人の知恵と経験、すなわち『竜神の髭《ひげ》』なのだ。

世捨て人の天龍道人が、世俗にまみれたお家騒動のために動くとは思えないが、孫娘のように可愛がっている実香瑠の頼みなら、聞き入れてくれるかもしれなかった。

俗世とは縁のない奥方さまらしい思い付きだが、政事向きのことにくわしい御老女初島は、これを派閥の力学として利用しようと考えた。

そのためには、天龍道人と不思議な縁で繋がれている実香瑠に、危険な役割を引き受けてもらうしかないだろう。

こうして密書を持たない密使が遣わされることになった。

江戸から諏訪へ向かう街道には、甲州《こうしゅう》街道と中山道の二筋がある。

しかしそれ以外にも、深山幽谷を縫って諏訪へ向かう間道が、太古の昔から幾筋かあって、いまも山々を抜ける古道《こどう》には、杣人《そまびと》たちの足跡が残されているという。

予想される敵の追撃を避けて、実香瑠は間道を抜けようとしたらしい。

密命を帯びた実香瑠には、道ならぬ道をゆく女のひとり旅は心細く、たまたま江戸に出てきている弟、かつて神童《しんどう》と言われた上村逸馬の剣に頼ろうとした。

弟が居る内藤新宿の、天然流道場を探しているところを、二之丸派を主導している佞臣《ねいしん》、渡邊助左衛門から差し向けられた刺客に襲われて、皮肉にも身寄りのない遊女たちを埋めた塚のある、投げ込み寺の門前で斬られたのだ。

殺された女の美貌が評判となり、投げ込み寺門前の美女殺し一件は、内藤新宿で知らない者はないほど知れわたったが、深夜の殺人ゆえに下手人の手掛かりは得られず、あやうく迷宮入りになるところを、町方の杉崎《すぎさき》同心が、下《した》っ端《ぱ》役人の意地で聞き込みを続け、江戸の目明しを総動員して、どうやら下手人は諏訪藩の江戸屋敷に匿《かくま》われているらしい、というところまでは調べが付いた。

しかし町方同心は大名屋敷に立ち入れない。

下手人の捜索はここで打ち切りになるところを、この事件が縁で天然流道場に出入りするようになった町方同心の杉崎が、舞踏を武闘に援用《えんよう》している女師範代の乱菊を拝み倒して、諏訪藩江戸屋敷に潜入し、下手人を割り出してもらいたいと頼み込んだ。

実香瑠を暗殺した下手人を突き止めようと、乱菊は奥女中に化けて芝金杉の諏訪藩邸に潜入している。

実香瑠が殺されて奥女中に空きが出たので、乱菊は伝手を頼って、実香瑠の後釜に滑り込んだわけだ。

それは諏訪藩の派閥争いが、熾烈さを加えてきたころにあたる。

「乱菊さんは、とんだところに飛び込んでいったわけですな」

市之丞は溜息をついた。

「そのとばっちりを受けて、いよいよ甲賀三郎の登場と来りゃ、芝居の筋書きならこれから面白くなるところだか、おかげで蜘蛛《くも》の巣が張った床下や、煤《すす》けた天井裏を這いずり回ることになったあっしには、これが苦労の始まりってえわけですぜ」

実香瑠の役割を中に据えた洒楽斎の推測は、直感と直感を結びつけたものだが、納得出来る筋立てと言ってよい。

「なるほど、うまく結びつきましたね」

と言って仙太郎も話に乗ってきた。

死んだ実香瑠に代わって、奥女中に化けた乱菊が、御老女の初島や福山どのの信頼を得たのも、当然の成り行きだったのかもしれない。

「諏訪の湯之町にいた渋川虚庵の話と、江戸で乱菊が聞き出した御老女の話、甲賀忍びの市之丞が、蜘蛛の巣だらけになって調べ上げた江戸屋敷の動き、藩邸内の侍長屋で開かれていた賭場に入り込んで邸内を探り、上村逸馬と牧野平八郎に連絡を取った仙太郎の働き、さらに天龍道人が描いた鷹の掛け軸と御正室福山どの、その仲立ちをした実香瑠の役割、それらの話を組み合わせてみれば、錯綜《さくそう》していたお家騒動の筋道も見えてこよう」

この先は慎重に事を進めねばならぬ、と洒楽斎は言った。

「道端の立ち話では、この秘事を誰に聞かれるか分からぬ。道場に帰ったら、書庫を兼ねた奥の間で乱菊を交えて、長年にわたって諏訪藩で燻《くすぶ》ってきたという、お家騒動の実態を洗い出してみよう」

四

奥の間に顔をそろえた天然流の高弟たち、津金仙太郎、舞踏の乱菊、猿川市之丞を前にして、洒楽斎はおもむろに口を開いた。

「下諏訪の湯之町に寓居している世捨て人、天龍道人から聞いた国元の動きや、二之丸派と三之丸派の派閥争いについて、ここで簡単に整理しておくことにしよう」

　すると乱菊が、

「天龍道人とはどなたのことですか。あたしは初めて聞く名ですけど」

　怪訝そうな顔をして問いかけた。

「先日わしが四谷《よつや》の大木戸《おおきど》で見かけた、あの龍造寺主膳のことじゃ」

　洒楽斎が答えると、乱菊は不安そうに、

「騒動の陰に必ず龍造寺主膳あり、と言われていたという策謀家のことですか」

　そんな男と関われれば、先生は危ないことに巻き込まれてしまうのではないかしら、と乱菊は心配になってきたらしい。

「それは二十数年以上も昔のことだ。乱菊もまだ生まれておらぬころじゃ。いまは俗世を捨てて虚庵と名乗り、百年後を期して隠棲しているという世捨て人で、気が向けば漢詩を作り歌をひねり、興のおもむくままに絵筆を執っては、諏訪の鷹や甲州の葡《ぶ》萄《どう》を描いて、気ままに生きているという風流人だ。乱菊が心配するようなことは何もない」

　洒楽斎が苦笑すると、

「しかしあのお方は、あっしが知るだけでも、龍造寺主膳、渋川虚庵、天龍道人と名を変えているので、話がややこしくなって困ります。せめてあっしらに話すときだけでも、同じ名を使ってもらえませんか」

市之丞は些細《ささい》なことで苦情を言った。

「分かった、分かった。ここでは渋川虚庵や天龍道人でなく、宝暦のころから呼び慣れている、龍造寺主膳という名を使おう。そのほうがわしにも馴染みがある」

洒楽斎がすぐに妥協すると、このどうでもよい遣り取りを聞いていた仙太郎が、思わず下を向いてクスッと笑った。

洒楽斎は甲州街道沿いの多摩に生まれ、京に遊学して竹内式部の門に学んだが、龍造寺主膳と共に天下国家を論じていた若いころは、ごく平凡で当たり前な、鮎川数馬という名前だったのだ。

仙太郎が師匠の本名を知ったのは、二十数年ぶりで洒楽斎と再会したという龍造寺主膳が、なつかしげに「鮎川どの」と呼びかけた昨夜のことだった。

これまで洒楽斎は、寝食を共にしてきた内弟子たちにさえ、みずからの来歴を語ることはなかった。

隠そうが隠すまいが、封印された洒楽斎の過去など、知ろうとする者は誰もいなかったのだ。

仙太郎の場合は、ちょっと特殊な例に当たるだろう。

剣術の下手な師匠に対して、どこかに及び難さを感じていたのは、封印された過去に対する畏怖《いふ》があったからかもしれない。

洒楽斎が封印した過去とは、天然のままに生きてきた仙太郎には及び難い、むしろ凄《すご》みさえ覚えさせるような歳月ではないかと思ってきた。

誰にも隠しておきたい過去はあるだろう、という当たり前な思いから仙太郎は遠かった。

仙太郎には人生の屈折というものがなく、好きなことを好きなようにやりながら、天然自然に生きてきたので、嗜好《しこう》の赴くままに生きることが、誰にでも許されているものではないことを知らないからだった。

知らないことは畏怖に繋がる。

いまは虚庵と名乗り、風雅を生きているという龍造寺主膳は、ありもせぬ虚実を織り混ぜた風評に、みずから好んで晒されてきた人物のように思われた。

洒楽斎に言わせれば、主膳は根も葉もない風評を敢《あ》えて利用し、世の仕組みを変えようと画策していたことがあるらしい。

名を変えても本人が変わらなければ意味はない、と仙太郎は思っている。

しかし本質が変わってしまった人物を、昔と同じ名で呼ぶことには抵抗がある。

いまの洒楽斎を、鮎川数馬と呼ぶことに、仙太郎としては違和感があった。

仙太郎が知っている洒楽斎にブレはないが、鮎川数馬と名乗っていた若者は、いまの洒楽斎とは違う人物だったように思われてならない。

つまり仙太郎と出会う前から、鮎川数馬は洒楽斎になっていたのだ。

その間に何があったのか、かえって謎が深まったようなものだが、仙太郎は敢えてその先まで知ろうとは思わなかった。

五

「さて」

と洒楽斎は改めて言った。

「これまで知ることのなかった諏訪藩の動きだが、宝暦と明和の一件に関わり、逃亡の果てに諏訪へ流れ着いた龍造寺主膳から、昨夜の会同でその詳細を聞くことが出来た。乱菊や市之丞、それに仙太郎がこれまで調べあげた、江戸屋敷の動きとは異なる視点から、諏訪藩のお家騒動を見直してみよう」

するとと乱菊は怪訝そうな顔をして、

「でもそれは、龍造寺主膳と申されるお方が見た諏訪藩内の争いで、その見方には片寄りがあるのではありませんか」

酒楽斎が昔なじみに嗾《けしか》けられて、深みに嵌まってしまうことを、懸念しているような口ぶりだった。

「ちょっと待ってくださいよ。天然流道場が諏訪藩のお家騒動に関わったのは、もの好きで向こう見ずな乱菊さんが、あっしが止めるのを振り切って、鬼刻斎《きこくさい》に殺された実香瑠さんの代役を引き受け、芝金杉の諏訪藩邸に潜り込んだのが、そもそもの発端《ほったん》じゃなかったんですかい」

市之丞は恨みがましい言い方で、いつになく慎重な乱菊を茶化《ちゃか》した。

「それを言うな。もとはといえば月影もない闇の晩に、投げ込み寺の成覚寺《じょうかくじ》門前で、わしが若い娘の殺されるところに遭遇したのが、そもそもの始まりと言えるのだ。いくら仲間内の冗談でも、これまで身を挺《てい》して働いてきた乱菊を責めては気の毒だ」

酒楽斎が慌てて取りなした。

「あのときは市之丞さんも、甲賀忍びの技を駆使《くし》して、めざましい働きを見せてくれたじゃないですか」

仙太郎にしてはめずらしく、急に落ち込んでしまった市之丞をなだめた。

「あたしは御老女さまから、おおよそのことは聞いていますけど、まだまだ分からないことがあるわ」

乱菊が折れて出たので、

「あるいは繰り返しになるかもしれぬが」

と遠慮がちに断わってから、洒楽斎は龍造寺主膳から聞いた話に説明を加えた。

「宝暦の一件で京を逃れた龍造寺主膳は、旅絵師に化けて諸国を放浪したが、葡萄を描きたくなって甲斐《かい》にとどまり、そこで知り合った加賀見光章《かがみみつあき》という山王《さんのう》神社の宮司《ぐうじ》と、詩文の友として肝胆相照《かんたんあいて》らす仲になったという」

市之丞がすかさず訊いた。

「誰です、それは」

加賀見光章という名は、昨夜も主膳の口から出ている。

知らない名を出されても、流れに乗った話の腰を折るわけにもいかず、そのまま聞き流してきたが、市之丞はその後も気になっていたらしい。

「甲斐では高名な学者だという」

加賀見光章は、甲斐の小河原村にある山王神社の神官で、山王さまの境内に学塾を開いて、山崎闇斎《やまざきあんさい》の学統に連なる垂加神道を説いていた。

「その学者先生があの主膳さんと、どう繋がっているんですかい」

市之丞が問い返すと、洒楽斎は事もなげに言った。

「明和の一件だ」

「葡萄つながりですかい」

明和事件で処刑された山県大弐は、武田遺臣《たけだいしん》を名乗る甲斐の郷士で、少年期には加賀見光章の私塾環松亭《かんしょうてい》で垂加神道を学んだ。

その後も大弐は、京に遊学して高名な竹内式部の門を叩き、さらに江戸に出て、八代将軍家重のお側御用人大岡忠光《おおおかただみつ》に仕え、その伝手で勝浦陣屋《かつうらじんや》の代官となるが、そこで理不尽な統制を肌で感じたのか、幕政を批判する『柳子新論』を書き始め、宝暦事件の翌年には脱稿している。

「主膳が明和の一件と関わりを持ったのは、竹内式部の学塾で、大弐と相識《そうしき》の仲になっていたからなのか、甲斐の加賀見光章に紹介されたからなのか、主膳が何も言わぬのではっきりしたことは分からぬ」

主膳は他人を扇動《せんどう》するための弁舌《べんぜつ》は巧みだが、必要以上のことは語らない男だった。

洒楽斎は軽く付け加えるように言った。

「あのとき主膳が江戸に出たのは、京を追われた竹内式部の冤罪《えんざい》を晴らそうと、ひそかに画策していたのかもしれぬ」

市之丞は、まさか、という顔をした。

「そんなことが出来るはずはありませんぜ。百戦錬磨《ひゃくせんれんま》の主膳さんに、それが分からねえはずはねえでしょうが」

洒楽斎は軽く眼をつむった。

「そうとも限らん」

内心ではあれこれと、思いをめぐらしているらしい。

「何故です」

三人が声を揃えて訊き返した。

「ああ見えても、主膳は意外な人脈を持っている。宝暦や明和の一件では失敗したが、今回の諏訪騒動で江戸に出てきたのは、これまで培《つちか》ってきた人脈を使えば、必ず勝てると踏んだからだろう。世を捨てて風雅に遊んでいると言いながらも、あの男にはそういった生臭さが、相も変わらず付きまとっているらしい」

市之丞がすかさず問いかけた。

「明和の一件でも、宝暦と同じように騒動の黒幕となって、人知れず暗躍していたってわけですかい」

酒楽斎は頷いて、

「しかし宝暦に続いて明和でも失敗した。今度こそ失敗しない、と主膳は思っているに違いない」

主膳の思惑がどこにあるのか分からず、酒楽斎の胸の内には、複雑な思いが去来《きょらい》している らしい。

「でも、どうしてかしら」

乱菊が首を傾けたので、酒楽斎はすぐに説明した。

「三之丸派に担がれた千野兵庫は、若くして甲斐の加賀見光章に学んでいる。長じて筆頭家老となった千野兵庫が、諸国を放浪して諏訪へ流れ着いた龍造寺主膳と、身分や境遇を超えて、すぐに親しくなったのは、同じ学統に連なるという縁もあって、打てば響く相手と認め合ったからだろう」

「なるほど、そこですかい。葡萄の繋がりだけではねえんですね」

市之丞は納得したようだった。

「ひょっとして、主膳どのが諏訪に住み着いたのは、甲斐で昵懇《じっこん》になった加賀見光章を介して、小藩の執政に苦しむ千野家老から、相談役として招かれたのではないでしょうか」

これまで黙っていた仙太郎が、ふと思いついたことだが、と断わりながら呟いた。

「そうかもしれぬ。主膳が住み着いたのは下諏訪の湯之町だという」

下諏訪には諏訪社の春宮《はるみや》と秋宮《あきみや》が鎮座し、和田峠《わだとうげ》を越えて江戸に出る中山道と、甲府を経て内藤新宿に向かう甲州街道が、諏訪湖の北岸で合流している宿場町だった。

すると市之丞はなつかしそうに、

「あっしも上諏訪の嘉右エ門《よしえもん》さんに勧められて、諏訪の温泉でゆっくりと湯治《とうじ》でもしようと思っていたんですが、先生と約束した期限が過ぎていたので、物見遊山《ものみゆさん》などする暇もなく、大慌てで駆け戻ったんですよ」

最後には恩着せがましく愚痴《ぐち》った。

「惜しいことをしたわね」

乱菊は可笑《おか》しそうに笑いながら、汗まみれ泥まみれになって帰ってきたときの、旅役者の一枚看板、江戸一番の色男らしからぬ、市之丞の姿を思い出して同情した。

「主膳はおのれのことを語らぬが」

と前置きをして、洒楽斎は先を続けた。

「諏訪に姿を見せたのは、明和三年（一七六五）のことらしい」

宝暦事件（一七五八）で京を逃れてから七年、主膳は旅絵師に化けて諸国を放浪していたが、ようやく永住の地を見つけたようだった。

「ならばどうして、それからわずか二年後には、性懲りもなく江戸に出て、物騒な明和の一件なんかに関わったんでしょうかね」

市之丞は呆れたように言った。

「それが龍造寺主膳という男なのだ」

洒楽斎が当然のように言うのを聞いて、甲賀の抜け忍となって、見えない敵に怯え、旅から旅へと逃げまわっていた市之丞には、主膳と親しかったという師匠までが、危ない男に見えてきたのかもしれなかった。

「あっしはやっぱり反対だな。そういう人には近づかないほうがいい」

すると仙太郎は可笑しそうに、

「でも、昨夜は主膳どのに賛同して、やりましょう、是非やりましょう、と威勢のよいことを言っていたのはどなたでしたっけ」

と皮肉まじりに市之丞を励ました。

「主膳は京にいたころ、竹内式部の私塾に出入りして、過激派の藤井右門とも親交があった。式部の門を叩いた山県大弐とは、親しい仲であったかもしれぬ」

洒楽斎が宝暦と明和の関連を説明すると、

「つまり主膳どのは、竹内式部を通して山県大弐と藤井右門に繋がり、甲州では大弐の先生だった加賀見光章を通して、山県大弐と千野兵庫にも繋がれていたわけですね」

津金仙太郎は念を押すようにして、主膳をめぐる人の流れを確認した。

「そうなると主膳さまは、江戸でお咎めを受けた山県大弐に、京都系と甲斐系という、二重の人脈で繋がれていたわけね」

乱菊が頷いた。

「なるほど、それじゃあ逃れようがねえな。そんな繋がりがあったんで、主膳さんは明和の一件に関わらざるを得なかったわけですかい」

市之丞は渋々《しぶしぶ》ながらも、どうにか納得したようだった。

六

「主膳から聞いたことをまとめてみると」

龍造寺から聞き出した諏訪藩の内部事情を、洒楽斎は手短に復唱した。

「宝暦十三年（一七六三）、五代藩主の因幡守《いなばのかみ》忠林《ただとき》が隠居し、翌日から嫡子《ちゃくし》の伊勢《いせ》守《のかみ》忠厚が安芸守と改め、六代藩主となって先代の封《ほう》を襲《つ》いだ」

　これでは簡単すぎて、かえって分からないと思ったのか、

「名君と言われた四代藩主の安芸守忠虎《ただとら》は、嫡男の出雲守忠尋《ただひろ》が二十三歳で病死したので、晩年になってにわかに後継を失い、別家《べっけ》して旗本に取り立てられた諏訪肥後《すわひご》守《のかみ》頼篤《よりあつ》の次男、忠林を末娘の婿養子に迎えた。因幡守（忠林）は江戸生まれの京育ちで病弱のため、寒冷地の諏訪を厭《いと》って江戸屋敷から離れなかった。その跡を継いだ安芸守（忠厚）も江戸屋敷で生まれ育ったが、父親の因幡守にも増して病弱で、ほとんどお屋敷から出ることがなかったので、世間知らずで癇性《かんしょう》持ちの殿さまになったという。安芸守は幕府に願い出て参勤交代を免除してもらい、諏訪の殿さまとしてお国入りしたこともないらしい。国元の行政は諏訪圖書《ずしょ》と千野兵庫の二家老に委ねられたが、ただでさえ物入りの多い江戸屋敷で、遊び事が好きな隠居と若い当主という、贅沢《ぜいたく》に慣れた両家を養わねばならず、このころから藩の財政は逼迫《ひっぱく》してきたらしい」

　これまでの調べで分かっていることを、洒楽斎は主膳から聞いたとおり、几帳面に繰り返した。

　三人は押し黙って、退屈そうに聞いている。

　これまでに諏訪藩邸を調べてきた、乱菊、市之丞、仙太郎にしてみれば、洒楽斎が

言っていることは自明の理《じめいり》で、いまさら興味も関心もなかったからだ。

　洒楽斎はさらに続けた。

「主膳は風雅の友として千野兵庫と親しく、これまで知らなかった諏訪藩の内情を、国家老を通して詳しく知るようになったらしい」

　疑わしそうな眼をして市之丞が言った。

「甲賀忍びとして言わせてもらえば、三之丸派に担がれている御家老の言い分を、そのまま鵜呑《うの》みにするわけには参りませんぜ」

　天然流の師範代を務める市之丞としては、ただでさえ貧乏な天然流道場が、小藩の派閥争いに巻き込まれることを、かなり警戒しているようだった。

「慎重なのはいいけど、先生の言うことを、最後まで聞いてからにしてね」

　乱菊は軽く眉根を寄せて、饒舌になりそうな市之丞をたしなめた。

「諏訪大助の二之丸派と、千野兵庫を担ぐ三之丸派の派閥争いは、すでにこのころから始まっていたらしい」

　ざわついた座が静まるのを待って、洒楽斎はおもむろに話を進めた。

「翌宝暦十四年（一七六四）は、長いこと梅雨が明けず、低湿地に開拓された田や街は、氾濫《はんらん》する千野川《ちのがわ》と上川《かみがわ》の濁流に呑まれたという。長雨で諏訪湖は満水になって、岸に近い城下町は軒並み浸水したらしい」

山岳から流れ下る急流は、勢いが激しく破壊力がある。

八ヶ岳《やつがたけ》や蓼科山《たてしなやま》や霧ヶ峰《きりがみね》は、遠望すれば一枚屏風《びょうぶ》のように、尾根続きで裾野が広く、網目状に張り巡らされた細流《さいりゅう》が、谷ごとに流れを速めて、山裾《やますそ》を流れる千野川、上川、砥川《とがわ》など、諏訪湖に流れ込む本流に向かって奔り下る。

長雨が続けば水量が増し、橋は流されて渡れなくなり、そのため交通が遮断されて孤立する邑《むら》も出るという。

峻厳な山々に四方を囲まれ、諏訪盆地に降る雨は、すべて諏訪湖に流れ込むが、巨大な水瓶《みずがめ》から流れ出る河といえば、伊那谷《いなだに》を潤す天竜川《てんりゅうがわ》が、たった一本あるだけなのだ。

農作物や魚たちにとっては、生命を繋ぐために貴重な水瓶も、長雨が続いて満水になれば、あふれ出た水は湖岸の田畑を押し流し、街道筋の宿場を水浸しにしてしまう。

梅雨が長く続けば、満水になった諏訪湖は、湖岸に水害をもたらすだけではなく、天竜川を駆け下る濁流が、伊那谷の村々を情け容赦もなく押し流してしまうという。

いわゆる『暴れ天竜』は、みずうみに住むと伝えられる諏訪大明神（甲賀三郎の化身）の、氏子《うじこ》たちに対する怒りなのかもしれなかった。

酒楽斎は続けた。

「翌年の正月明けには、宝暦は明和と改元されたが、前年の水害によって年貢の収納は困難になり、そうかといって、飢餓に苦しむ百姓たちから、無いものまでを取り立てることも出来ない。しかも江戸屋敷で掛かる経費は、年を追うごとに増えている。殿さまの御意向と称して、側用人の渡邊助左衛門からは、国元に矢のような催促が届く。収益が限られている藩財政を再建するため、三之丸家老千野兵庫の主唱《しゅしょう》で、税制を改革しようと新役所が設けられた」

その辺のことなら、乱菊は御老女の初島から、耳にタコが当たるほど聞かされている。

「明和二年（一七六五）には、藩主安芸守忠厚の名で、給人《きゅうにん》に宛行《あておこない》状《じょう》および知行目録を与え、畑方《はたかた》は四分の一を金納《きんのう》、四分の三を米納《べいのう》と決めて、領内全域に申し渡したという」

これが貨幣など縁がない貧農層に不評だったことは、御老女から聞いた乱菊の話で、仙太郎と市之丞も知っている。

同じく明和二年の暮れに、安芸守の名で「郡中法度《ぐんちゅうはっと》」が出された。

どちらも筆頭家老千野兵庫の肝煎《きもい》りで新設された「新役所」が出した法令だが、藩財政の窮状は小手先の操作で誤魔化しきれるものではなく、運悪くこの年も大不作となって、諏訪領内の米相場は、金十両につき米十俵まで高騰《こうとう》した。

「先ほど申したが天龍道人が諏訪に流れ着いたのは、明和三年のことだという」

酒楽斎が言いかけると、

「そこそこ。そんな言われ方をされると、聞いてるほうはまぎらわしくてならねえ。名を聴けば同一人物と分かるように、ここは龍造寺主膳で統一してくださいよ」

いきなり市之丞が横槍《よこやり》を入れた。

「そうであったな」

酒楽斎は素直に受け入れて、

「宝暦事件の渦中にいた龍造寺主膳は、真面目過ぎて融通の利かない連中を引き連れて、鴨川を早船で下って京から逃れ、旅絵師に化けて諸国を放浪していたということだ」

すかさず市之丞が半畳《はんじょう》を入れた。

「それで食えたんなら、結構な話じゃねえですかい」

酒楽斎は鷹揚に応じた。

「やむなく身をやつしたはずだった仮の姿でも、それこそが本来の姿であったと知ることがある。主膳は絵師に化けたつもりが、いまは鷹と葡萄の天龍道人と言われる絵師になった。何が幸せで何が不幸なのかは、そのようにして生きてきた当人が決めることだ」

天然流を創始した洒楽斎は、あたかも自分のことのように話している。

「騒動の陰に必ず龍造寺主膳あり、なんて陰で言われるより、放浪する絵師のほうがよっぽどましですぜ」

市之丞が混ぜ返した。

「主膳がどう思ってきたかは知らぬ。そういえば宝暦のころ、鴨川の岸辺で主膳と夜を徹して話したこともあるが、わしが即興に描いた素人臭い絵を見せると、殺戮《さつりく》のための剣などを選ばず、本質を見極める絵師になったほうがよいと言っていたな」

洒楽斎は苦笑した。

「絵師もいいけど、絵を描いて暮らしを立ててゆくのは大変よ。どちらが良かったのか分からないけど、先生が絵ではなく剣を選んだから、あたしたちはこうして此処《ここ》にいるのよ」

乱菊は幸せそうに微笑んだ。

絵師になった主膳が、放浪の末に諏訪に住み着いたことを、洒楽斎は喜んでいるらしい。

「主膳は本質を捉えずに描くことを好まぬ。頼まれて鷹の絵を描いたが意に満たず、音に聞く諏訪流の鷹狩りを見ようと、美しい湖を抱くようにして、雪を頂く峰々に外周を守られた天空の城に迷い込んだ。漂泊《ひょうはく》の旅に疲れた主膳は、水清く空の高い湖畔の城下町を気に入って、湯けむりが立ち上る諏訪の温泉で、老後を養おうと思ったらしい」

市之丞は相槌《あいづち》を打って、

「主膳さんの来歴を洩れ伺えば、抜け忍狩りを恐れて旅役者に化け、古寺や神社の境内で、見様見真似の芝居を打ちながら、明日をも知らぬ身となって、諸国を放浪していたころのあっしと、あまり変わらねえ境遇だったようですな」

漂泊の旅絵師に親近感を抱いたようだった。

洒楽斎はかまわずに続けた。

「諏訪流の鷹狩りは由緒《ゆいしょ》も古い。狩猟で暮らしたわれらの祖先は、野を駆け山を越え、終生《しゅうせい》にわたって放浪する日々を送っていたという。まだ国もなく境界もない時代には、狩猟は支配者から強《し》いられた労働ではなく、楽しみながら日々を過ごすための、面白い遊びだったのかもしれぬな」

すかさず市之丞が半畳を入れた。

「しかし飢えと紙一重《かみひとえ》の暮らしですぜ」

持ち上げては落とすいつもの遣り口だが、洒楽斎は相手にせず、

「鷹狩りは貴人《きじん》の遊びと言われている。諏訪には古くから、猛禽《もうきん》を飼いならす鷹匠《たかじょう》がいた。天下布武《てんかふぶ》をめざした信長《のぶなが》や、江戸に幕府を開いた家康《いえやす》が鷹狩りを好んだので、いまも将軍や大名たちから、鷹狩りは高貴な遊びとして重んじられているらしい」

仙太郎が合いの手を入れた。

「諏訪と鷹狩りはどこで繋がっているのですか」

退屈そうな空気を読んで、話を元へ戻そうとしたらしい。

でも洒楽斎は、それと気づかないらしく、

「諏訪大祝《おおほうり》の支族と称する神党の根津神平《ねづじんぺい》は、古今を絶する鷹狩りの名手として知られている」

洒楽斎は性懲りもなく、余計な蘊蓄をひけらかした。

「そこで旅絵師に化けた主膳さまは、諏訪でも名高い鷹匠の家に寄食《きしょく》して、鷹という猛禽の真髄を極めようとされたわけね」

乱菊は洒楽斎を気遣って、御老女から聞いた話の受け売りをした。

「山県大弐が処刑されたのは、たしか明和四年の夏ですから、主膳どのはその前年から諏訪に移り住んでいたことになりますね」

仙太郎が遠慮がちに、横道に逸《そ》れた話題を修復した。

洒楽斎はすぐ仙太郎の話に乗って、

「いやいや。移り住んだというよりも、風雅の友となった千野兵庫の屋敷に立ち寄って、甲斐の加賀見神官から学んだ御家老に、山県大弐を救出する相談を持ちかけたのかもしれぬ。幕閣が大弐の『柳子新論』を危険視していることは、垂加神道を学んだ者たちのあいだに知れわたって、戦々恐々としていたころだからな」

甲斐の加賀見光章はすでに老齢で、古くからの門弟だった山県大弐を、救済するほどの力を持たなかった。

「そこで主膳さまが動いたわけね」

同情を込めて乱菊が言った。

すると洒楽斎は前言を打ち消して、

「いや、そうではあるまい。諏訪藩の家老職にある千野兵庫が、安易に動けないことは分かっているはずだ。むしろ主膳は、事敗れたときの逃げ場を確保するために、家老の了解を得たかったのかもしれぬ」

妙にしみったれたことを言い出した。

「なるほど。諏訪の地は昔から、政争に敗れた者が逃げ込む聖域として、知られていましたからね」

剣術の他は興味がないはずの仙太郎が、思いがけない蘊蓄を披露した。

「よく知っているな。聞くところによれば、いまは解読不能になっている『古事記《こじき》』という史書があるらしい。わしは竹内式部先生から『日本書紀』の講義を受けたが、『古事記』が編纂《へんさん》されたのは書記よりも古く、なかなかに含蓄《がんちく》のある古書だという。しかし古語の発音を漢字の音読みを用いて伝えているので、歴代の文章博士にも読み解けず、読まれないままに打ち捨てられていたらしい。ところが近年になって、伊勢《いせ》の松坂《まつざか》で医業を営んでいる本居宣長《もとおりのりなが》という博識の士が、宝暦十四年ごろから『古事記』の解読を始めたと聞いたことがある。まだ版が起こされないので、詳しい内容は知らぬが、巷《ちまた》の噂では、正史から削られた古代史の挿話《そうわ》が、幾つか書き残されているらしい」

洒楽斎は一息入れると、滅多にないことだが相好《そうごう》を崩した。

「仙太郎は剣のみに生きる男と思っていたが、難解不読と言われる『古事記』に叙述されていることまで知っていたとは驚いたな」

　褒められた仙太郎は、却《かえ》ってたじたじとなり、

「わたしには難しいことなど分かりません。ただ甲州と信州は近いので、諏訪に伝えられている古事《ふるごと》を、どこかで聞いた覚えがあるだけです」

　慌てて弁解したものの、洒楽斎はわが意を得たとばかりに言い添えた。

「その土地に残されている言い伝えこそ、古《いにしえ》を知る手掛かりになる、というのが、式学《しきがく》や権威とは無縁なわしの立ち位置なのだ。本居宣長という御仁《ごじん》は、故《ふる》きを温《たず》ねて新しきを知る、という論語の教えに従って、この国に伝わる本来の姿を見極めようとしているらしい」

　それを聞いた市之丞は、いかにも感心したように、

「そんな偉い学者先生がいたんですかい。あっしはてっきり、うちの先生ほどの物知りは、そんじょそこらにいるはずはねえ、と思い込んでいたんですがね」

　肝腎なところで茶々を入れた。

「市之丞さんは、先生が一番、と思い込んでいればいいのよ。だってあたしたちの身近に、先生と仰ぐ人は先生しか居ないんだから」

　乱菊は半分笑いながら市之丞をたしなめた。

「まあ、わしのことなど、どうでもよい。それよりも『古事記』の国譲《くにゆず》り神話には、

この国を統《す》べていたのは大国主命《おおくにぬしのみこと》で、いまの天皇家に繫がる外来の一族が、武力を誇示して原住の民に脅しをかけ、国を譲らせたという記述があるらしい」

酒楽斎がまた余計な蘊蓄を語り出した。

「そんなことを言うのは不敬《ふけい》じゃあねえですかい」

驚いた市之丞が酒楽斎を諌《いさ》めた。

「その考えは、先生が竹内式部から学んだ『勤王斥覇』に対する批判ですか」

仙太郎は冷静に問いかけた。

「そうかもしれぬ。勤皇を唱えて斥覇を叫んでも、そもそも国家というものは、侵略者が原住の民を服従させ、王権を占有《せんゆう》することによって建てられたのだ。勤皇の名のもとに斥覇を唱えて、たとえいまの政権を覆《くつがえ》したところで、支配の構図そのものが変わることはない。新来の覇者《はしゃ》に服従を強いられた者たちは、さらに新たなる斥覇を唱えるだろう。その図式は未来永劫にわたって変わることはあるまい。どこまで行っても切りのない話だ。勤皇と言い斥覇と言っても、支配される側から見れば、簒奪《さんだつ》と追放の繰り返しに過ぎない」

それを聞いて弟子たちは動揺した。

「先生っ」

市之丞の顔が蒼ざめている。

さらに何か言おうとする洒楽斎を遮《さえぎ》ると、市之丞は唇に人差し指を当てたまま、鋭い眼を光らせて周囲を窺っている。

主膳が関わってきた宝暦の一件と同じように、洒楽斎は危ないことを言っているのではないだろうか。

乱菊と仙太郎も市之丞に倣って、あたりの気配に神経を研《と》ぎ澄ましているらしい。

緊迫した数瞬が過ぎた。

「人の気配はないようです」

しばらくしてから、市之丞は低い声で言った。

「先生は宝暦の一件で、懲りているんじゃありませんか。いまのような言い方は、ここだけの話にしてください」

洒楽斎をたしなめる市之丞の顔から、いつもの剽《ひょう》げた表情が消えている。

「おっしゃることはよく分かります。あっしが抜け忍となった理由もそれと同じですから。でも、人前で口にすることはしないでください」

いつになく真面目な顔をして、甲賀の抜け忍は洒楽斎に念を押した。

独自な尊王論を唱えた竹内式部が、一族や門弟たちを巻き添えにして、京から追放された宝暦の一件は、門弟たちの過激な議論を隣室で立ち聞きされ、京都所司代の手入れを受けたことが、その後の徹底した弾圧のきっかけになっている。

さらに江戸で起こった明和事件では、首謀者とみなされた山県大弐と藤井右門は、確たる証拠もないまま、斬首されて獄門に晒された。

山県大弐に連座して捕縛され、八丈島に流された竹内式部は、流刑地《るけいち》に向かう途中で病死したことになっているが、ほんとうは密殺《みっさつ》されたのではないかとも言われている。

それを聞いた市之丞は、野放図《のほうず》な洒楽斎の言動に、いつもハラハラしながら周囲に神経を張りめぐらせるようになった。

「分かった。そうしよう」

洒楽斎は低い声で約束すると、すぐに何ごともなかったかのように後を続けた。

「これは人伝てに聞いた話だが、本居宣長が古語の解読を始めたという『古事記』には、出雲を統治していた大国主命（大己貴神《おおなむちのかみ》）の子に、国譲りを迫る天孫族《てんそんぞく》と戦った、建御名方命《タケミナカタノミコト》という英雄の話が出てくるという」

市之丞が首をひねった。

「聞いたことのない名前ですね」

酒楽斎も頷いて、

「正史には見当たらぬ名だ。養老《ようろう》年間に『日本書紀』を編纂したとき、簒奪者の子孫にあたる皇孫にとって、都合の悪い伝承と見做されて、正史から抹消《まっしょう》されたらしい。天孫族の軍勢を迎え撃って、戦いに敗れた建御名方命は、出雲から海路を東に向かって、海岸に沿って転戦しながら北陸の古志《こし》に逃れた。そこから翡翠《ひすい》が出る姫川《ひめかわ》を溯《そ》上《じょう》して信濃《しなの》に入り、険しい杣道《そまみち》をたどって森と湖が広がっている州羽《すわ》まで逃れたという」

聞き慣れない地名を連発した。

「ますます分からなくなった。どこの話ですか」

当惑したように市之丞が問い質《ただ》すと、酒楽斎は物知り顔に説明した。

「古志とは古い呼び名だが、波荒い北海と峻厳な山塊《さんかい》に挟まれた広大な越《こし》のことだ。北方の海岸に沿って東西に連なる北陸の大国であったから、いまは都に近い順に、越《えち》前《ぜん》、越中《えっちゅう》、加賀《かが》、能登《のと》、越後《えちご》と五つの国に分けられているが、もともとは古志と呼ばれて、沼河比賣《ぬなかわひめ》という女王が統治していた海運の国だという」

「やはり分かりませんな」

と言って市之丞が匙を投げると、

「古志の沼河比賣って、出雲の大国主命から求婚された美貌の女王でしょう」

乱菊が眼を輝かして言った。

「よく知っているな」

と洒楽斎が褒めると、乱菊はほんのりと頰を染めて、

「好きなものを読むがよい、と先生から言われて、奥座敷に積まれた蔵書の中から、たまたま手に取ってみた絵草紙《えぞうし》が、大国主命と沼河比賣の恋物語だったのです」

なぜか恥ずかしそうに言い訳をした。

市之丞に師範代を任せてから、書斎で過ごすことが多くなった洒楽斎は、奥座敷に入って来るたびに、壁際に積まれている色褪《いろあ》せた書物を、乱菊が羨ましそうに眺めていることに気づいていた。

洒楽斎は乱菊の書物好きを喜んで、いつでも好きなときに好きな本を読むがよい、と乱菊が顔を見せるたびに勧めてきた。

貧しい財布の底を叩いて、少しずつ買い集めてきた蔵書だが、いつの間にか壁面を埋め尽すほどの書物が溜まっている。

残された寿命から逆算しても、小遣いが乏《とぼ》しい若いころから、夢中になって蒐集《しゅうしゅう》してきた書物を、すべて読みつくすことは出来そうもなかった。

奥座敷に出入りする客人や門弟たちで、壁際に積まれている書物に眼を向ける者は誰もいない。

わしが死んだら、これらの書物はどうなるのだろうか、と思えば、洒楽斎は底知れない無常観《むじょうかん》に陥らざるを得なかった。

これを伝えるべき子孫もなく、読みたいという弟子たちも居なければ、洒楽斎が世を去れば、厄介な紙屑《かみくず》として処分されるだけだろう。

しかし乱菊がこれらの書物を読んでくれたら、大袈裟《おおげさ》な言い方になるが、洒楽斎の意思は死後もこの世に残ることになる。

書物は読まれなければただの紙屑に過ぎないが、読まれることによって、著者や所有者の思いは後の世に伝わるだろう。

そうなれば、さまざまに屈折してきた不器用な生き方も、まんざら無駄ではなかったことになる、と洒楽斎は思うようになっている。

洒楽斎が鮎川数馬であった若いころは、この世の仕組みを理不尽に思い、失われた恋人への未練を残しながらも、わが身ひとつを守るために、不敗の剣を極めようと励んできたが、それもいまとなっては虚しい、としか言いようがない。

洒楽斎はいまも書物に淫《いん》しているが、系統だった読書とは違って、その日の気分次第で、好みのままに読み散らすという一種の雑学に過ぎず、若い鮎川数馬が極めようと思っていたような、整然とした系統に収まる学問ではない。

宝暦事件の後、鮎川数馬は同志たちが開いた寺子屋を訪ねて、足りないところがあれば手助けしてきたが、もうこのままで大丈夫だ、それぞれが地に根を下ろし、枝を伸ばしてゆくだろうと見極めると、名もなき草莽になろうと決意している同志たちに、いつまでも介入していては、かえって根を損ね、葉《そこ》を枯らすことになるだろうと判断して、きっぱりと手を引くことにしたのだった。

そうなると、すべきことは何もなかった。

これで若き日の後始末は終わった、と思ったとき、鮎川数馬はすでに若くないことに気がついたのだ。

これからどう生きたらよいのだろう。

臆病者のくせに威勢のよいことを言って、仲間たちを扇動しておきながら、いざとなると真っ先に逃げてしまう、二階堂某《なにがし》のような卑怯者たちは、いまも相変わらず付和雷同《ふわらいどう》して、ある意味では調子のよい世渡りをしているに違いない。

しかし鮎川数馬は、二階堂に扇動されて動いたわけではない。

そしてあの二階堂も、あのころは若かった数馬と同じように、眼に見えない何ものかに、衝き動かされていたのだろう。

あの熱狂は何だったのだろうか。

洒楽斎はあれから幾多の歳月を経たいまも、若い鮎川数馬が間違っていたとは思わない。

その後の鮎川数馬は、あのころの熱狂とは違った道筋をたどってきた。

しかしそれも別のかたちをした、静かなる熱狂であったのかもしれない。

信じることが出来るのは、人がもつ人としての信頼で、流行《はや》り廃《すた》りがある思想や思惑ではない、と数馬は宝暦の一件で思い知らされている。

宝暦の弾圧を逃れて、地方に散った融通の利かない同志たちが、いまもあのころの熱狂は人生を狂わせる。初志を捨てず、名もなき草莽のひとりとなって、これまで学問とは縁がなかった子どもたちを相手に、寺子屋で教えていることを疑ったことはない。

その場かぎりの熱狂は人生を狂わせる。

たとえば二階堂のような男は、剣を帯びても剣が遣えず、身の危険を冒してでも素志《そし》を貫くために必要な、個としての自信を持てないのだ。

みずからの節操も守れない臆病者が、他人を扇動するほど危ないことはない。

場数を踏んできた龍造寺主膳が、重い鉄球で筋骨を鍛えていたのは、おのれを貫くために必要な腕力を、日々養うためだったのか、と数馬はそのときになって思い当たった。

数馬は世を厭い人を嫌って山中に独居した。

俗世のしきたりをシャラクサイと冷笑し、学問を捨てて絵筆も捨て、わが名も洒楽斎と改めて、鮎川数馬だった過去を捨てた。

一身を剣に託したのは、この世の仕組みを変えようにも、おのれの身ひとつ守れなければ、どれほど高邁《こうまい》な理想を語ろうとも、どこかが歪んでしまって、結果として上辺だけを繕う虚言《きょげん》となり、真の力とはなり得ないことを、身をもって思い知らされたからだった。

宝暦の一件以来、洒楽斎は徹底して「個を生きた」と言えるだろう。

むしろ「孤を生きた」と言い変えたほうがよいかもしれない。

学問を捨てても剣を捨てなかったのは、剣だけが孤独を生きるために不可欠な「最後の砦」であり、だからこそ何ものをも懼《おそ》れることなく「孤を貫く」ことが出来るのだと信じてきたからだ。

しかし、いまになってみればそれも怪しいものだ、と洒楽斎は思うようになっている。

個を貫くことによって何を得たのか。

残ったのはただ、おのれはそうしてきた、という根拠のない自負心だけで、それも時が経つと共に薄らいで、やがて何もかも消えてしまうだろう。

ならば、失われた恋人はどうであったか。

お蘭のことを思えば、いまも甘ったるい感傷に誘われて胸が痛む。

世の仕組みを変えようと策謀をめぐらし、まだ機が熟していないと喝破《かつぱ》して、百年後を期して草莽の種を蒔き、みずからは旅絵師となって放浪した龍造寺主膳はどうなのか。

あるいは嫁入り先の派閥争いに巻き込まれ、お世継ぎ騒動に関与したばかりに、夫の安芸守から離縁された福山どのはどうだったのか。

さらに安芸守に嫁いだ姫君（福山どの）を守って、藩邸に巣くっている佞臣たちを相手に、孤軍奮闘してきた初島はどうなのか。

星明かりもない闇夜に殺された謎の美女、実香瑠の場合はどうだったのか。

迷いの末に開眼した洒楽斎が、これぞ天然流と認可した、気ままな津金仙太郎、乱舞の乱菊、抜け忍の猿川市之丞はどうなのか。

そして天然の資質がありながら、家中の派閥争いに巻き込まれ、両派の尖兵《せんぺい》となって斬り合わなければならない、上村逸馬と牧野平八郎はどうなるのか。

酒楽斎の脳裏には、さまざまな思いが去来して、

「どうなさったんですか、先生」

と心配顔をした乱菊から、遠慮がちに声をかけられるまで、どうやら放心していたようだった。

「旧知の龍造寺主膳と、宝暦以来、二十数年ぶりに再会し、なつかしさのあまり寝所に入ってからも歓談したので、ゆうべは明け方近くまで眠れなかったのだ。いまになって睡魔に襲われたものらしい」

酒楽斎は照れくさそうに弁解して、虚を突かれてしまった間《ま》の悪さを誤魔化した。

七

「なるほど。わたしが聞いた古老の話と、どこか符合するところがありますね」

剣術にしか興味がない、と思われていた仙太郎が、読まれざる史書と言われる『古事記』に、なぜか興味をそそられたようだった。

酒楽斎は途切れてしまっていた話題を継いだ。

「天孫族との戦いに敗れて、遠い出雲から海路と川筋を辿って、峨々《がが》として聳《そび》える峰々に囲まれた山中に入り、森と湖が広がっている州羽（諏訪）まで逃げてきた建御名方命は、追撃してきた賊軍の将（建御雷《タテミカヅチ》）に父大国主が治めていた故国を譲り、子孫代々にわたってこの地から出ないことを誓ったという。全国に一万を超える摂社《せっしゃ》や末社《まっしゃ》を持つという諏訪神社の総本山には、封じ籠められた神が祭られているのだ」

するとと仙太郎は意外なことを言った。

「たぶん敗軍の将を追ってきた天孫族は、諏訪に逃げ込んだ建御名方命を、殺すことが出来なかったのだと思いますよ」

これには洒楽斎もつい釣り込まれて、

「ほほう。なぜかな」

と思わず問い返した。

「たまたま耳にした伝承の聞き覚えです。確かな証拠があるわけはなく、わたしの勝手な妄想かもしれません。聞き流してください」

仙太郎が言い渋っていると、洒楽斎は苦笑して、

「どうしたのだ。いつもの仙太郎らしくもない。変に気を持たせる言い方をするではないか。勿体ぶらずに聞かしてくれ」

かえって好奇心を掻き立てられたらしい。

「甲州と信州は、地続きの縁もあって、しばしば領界を侵したり侵されたりしてきましたが、いわば同族争いのようなもので、甲斐には郷村ごとに諏訪大明神の摂社が祭られています。これは神主から聞いた話ですが、諏訪大明神の本宮《ほんみや》で最大の神事と言えば、狩り装束を着た騎馬武者たちが、八ヶ岳の裾野に広がる神野《こうや》に鹿を追う御射山《みさやま》祭《さい》で、まだ人々が農耕を知らず、狩猟で暮らしていた太古の昔から、絶えることなく続けられてきた祭祀《さいし》だということです」

驚いた乱菊が思わず問いかけた。

「どうして殺生戒《せっしょうかい》を犯すことが神事なんですか」

すると市之丞が、得意げな顔をして割り込んできた。

「そうそう。あっしが甲州から諏訪まで足を延ばしたとき、土地の者たちが平然として鹿肉を食っているんで驚きましたぜ。諏訪には米を主食とする瑞穂《みずほ》の国とは異質な、祟《たた》りなす怖ろしい神が君臨しているんですかい」

すると洒楽斎が物知り顔をして、さらに不可解なことを付け加えた。

「諏訪大明神の本宮では、鹿食免《かじきめん》という有り難いお札を出している。そのお札をいただけば、鹿の肉を食べても神罰は下らないという。犬公方《いぬくぼう》と言われた五代将軍（綱《つな》吉《よし》）が生類憐《しょうるいあわれ》みの令を出したころは、野犬を殺しただけでも極刑に処されたが、常《じょう》憲院《けんいん》綱吉の厳しい禁令も、諏訪大明神さまの御領内だけは例外で、鹿食免のお札さえあれば、鹿肉を食することが許されていたらしい」

最近の洒楽斎は奥座敷に籠って、これまで気ままに蒐集してきた文反古《ふみほうぐ》の中から、諏訪について書かれた史料の断片を、拾い集めていたのかもしれない。

「どうしてなんでしょう」

動物好きな乱菊には、聞けば聞くほど分からなくなる。

「諏訪大明神の氏子たちは、鹿は人に食べられることによって、西方極楽浄土《さいほうごくらくじょうど》に生まれ変わると信じているらしい。食う者と食われる獣の魂が、食われることによって一体化するのだ。鹿は人のように念仏を唱えられないが、鹿を食べた者が功徳《くどく》を積めば、食べられた鹿も人と一緒に浄土へゆける、と古くから言い伝えられてきたという」

市之丞が不満そうな顔で問い返した。

「古いと言っても、いつごろからの信仰ですか。食べられた鹿までが極楽往生出来るなんて、都合のよすぎる屁理屈じゃあござんせんか」

洒楽斎はかまわずに続けた。

「御射山の鹿狩りは、古代から続けられてきた伝統行事だ。そもそも諏訪信仰そのものが、御射山神事に始まると言われている。征夷大将軍に任じられて東征に向かった坂上田村麻呂《さかのうえのたむらまろ》も、蝦夷地《えぞち》への道筋（古代の東山道《とうさんどう》は諏訪を通っていた）にある諏訪神社の本宮に立ち寄って戦勝を祈願し、御射山神事によって馬術を鍛えられ、弓馬に達者な信濃兵たちを、蝦夷地へ向かう討伐軍に加えたという」

市之丞は咄嗟に反発して、

「それこそマヤカシじゃあねえですかい。兵力の足りねえ田村麻呂将軍は、諏訪の武神への信仰と見せかけて、現地民を募兵《ぼへい》しただけで、世間知らずの諏訪武士たちは、征夷大将軍の甘口《あまくち》に騙されて、戦場に駆り出されたんじゃあねえんですかい」

抜け忍となったころの、憤懣《ふんまん》を思い出したらしかった。

「そもそも諏訪の神さまは、天孫族に制圧された建御名方命なんでしょう。武力で敗れ権力に負けて、地の果て（当時の諏訪）に封じ籠められた神の子孫（神党）が、故国の簒奪者（大和朝廷）の手先になって、蝦夷（原住の民）を討とうなんて、道義に外れているとは思いませんかい」

市之丞の勢いに押されて、仙太郎は重い口を開いた。

「わたしが土地の古老から聞いた話では、御射山祭はそれよりもはるか昔から、神事として行われていたようですよ」

市之丞は呆気《あっけ》に取られて、

「それじゃあ、天孫族に追われた建御名方命が、諏訪へ逃げ込んで来たころには、すでに御射山で御狩り神事が行われていたって言うんですかい。出雲の国譲りは、神代《かみよ》の時代のことでしょうが。それより昔のことなんか、分かるはずはありませんぜ」

思わず眼を剝いて反論すると、まあまあ、と言って洒楽斎が割って入った。

「この世にはまだ書物というものがなく、さらに文字も持たなかった昔でも、口伝えで語られることには、いにしえの記憶が残されている。仙太郎が古老から聞いた話とは、そのようなものであったかもしれぬではないか」

仙太郎はホッとして話を続けた。

「諏訪の盆地には、八ヶ岳連峰、蓼科山と南北に続く連山の北辺に、ゆるやかな高原が広がる霧ヶ峰があります。山容《さんよう》は優しく起伏もなだらかですが、山頂にはいつも霧が湧いていると言われる神秘境で、好天《こうてん》の日でも雲の動きは激しく、濃い霧に巻かれたら山中の迷路に迷い込んで、白骨にならなければ出られなくなる、と言い伝えられる人外《じんがい》の魔境に一変します。霧ヶ峰の山中には、七島八島《ななしまやしま》と呼ばれる高原の湿原が広がり、その近くには旧御射山《もとみさやま》と言われる神々の狩り場があるそうです」

仙太郎が控えめに話すのは、実際にその地を踏んだことがないからだろう。

「星ヶ搭《ほしがとう》のことを言いたいのであろう」

洒楽斎がもどかしそうに先手を打った。

「そうなんです。御射山について語ろうとすると、いつごろから始まった神事なのかと気になります。神代の時代から、と言われても、御射山の起源はさらに古いような気がします。何故なら狩りに使われていた鏃《やじり》は、鉄ではなく黒曜石《こくようせき》を加工していたからです」

それを聞いた洒楽斎はさすがに驚いて、

「御射山の近くに星ヶ搭がある。律令制が敷かれる前の遠い昔から、そこには南北を貫く幹線路となる東山道が通っていた。時代は下って、大徳院《だいとくいん》（徳川家二代将軍秀《ひで》忠《ただ》）のとき定められた五街道《ごかいどう》のひとつ中山道も、ほぼ同じ道筋を通っている」

また長い話になりそうだった。

「中山道随一の難所と言われるのが和田峠だ。その一角に星ヶ搭と呼ばれる黒曜石の採掘場があり、さらに霧ケ峰高原から小県《ちいさがた》へ向かう途中に星糞峠《ほしくそとうげ》がある。星ヶ搭も星糞も、夜空から落ちてきたキラ星の破片と思われていたが、じつは宝玉《ほうぎょく》の瑠璃《るり》や玻璃《はり》に似た、半透明に輝く黒曜石のことだ。石槌《いしづち》で割れば貝殻《かいがら》状に剝離して加工しやすい。破片は鋭利な刃物となって、野獣の毛皮を剝ぎ、肉を捌《さば》くのに適しており、太古の昔から調理に使う包丁や、鹿狩りや猪狩りに用いる鏃として使われていたという。しかも黒曜石は貴重品で、国中のどこでも採れるわけではなく、産地は和田峠に限られていたので、貴重な黒曜石を求めて、遠路を厭わず多くの人々が集まってきたらしい。まだ地上に国も境界もなかった、はるかに遠い大昔のことだ」

洒楽斎の話はいつも気宇壮大《きうそうだい》で、聞いているだけでも疲れてしまう。

「石鏃《せきぞく》の加工は原石を掘り出した場所で行われたので、黒曜石を求めて集まってきた人々は、広々とした八ヶ岳の裾野や、なだらかな霧ヶ峰の麓に住み着くようになる。それぞれに出処《しゅっしょ》も違えば種族も違う。人々は貴重な黒曜石を与えてくれた土地の神々への感謝を込めて、御射山で盛大な狩りを催し、獲物の鹿肉を神前に捧げたという」

洒楽斎は眼を輝かして、ここぞとばかりに蘊蓄を傾けた。

「これが諏訪信仰の始原《しげん》だという説もある。仙太郎が言うように、御射山神事がそのころから行われていたとしたら、天孫族が鉄製の武具と武力を誇示して、大国主命に国譲りを迫ったころより、さらに古い時代から行われていた祭祀ということになるだろう」

仙太郎はしばらく呆気に取られていたが、

「わたしの話は聞き覚えですから、詳しいことは分かりません。わたしが言いたかったのは、天孫族と戦って敗れた建御名方命が、険しい山々に囲まれた諏訪まで逃げてきた理由です。いま先生が言われたように、良質の黒曜石を求めて、全国各地から集まってきた狩猟の民が、黒曜石と鹿の肉を与えてくれた土地神（後に諏訪の神となる）への感謝を込めて、盛大な御狩神事を催したのだとしたら、御狩り神事を行う御射山での諍《いさか》いは、固く禁じられていたのではないかと思うのです。さまざまな部族が、さまざまな土地から集まって来たのだから、中には対立している部族や、仇敵《きゅうてき》となっていた部族もあったでしょう。しかし御射山神事には、如何なる争いも持ち込まないという暗黙の了解が、長いあいだには出来ていたのではないでしょうか。つまり土地や部族を異にする人々が、四方八方から集まってくる諏訪の地は、それ故に、如何なる争い事も起こしてはならない『聖域』になっていたのではないかと思うのです」

洒楽斎が説いた蘊蓄に力を得て、古老の話を聞いたときから、仙太郎が胸の内でひそかに描いていたらしい思いを述べた。

「すてきなお話ね」

と言って、乱菊は笑みを浮かべた。

「そのことを知っていた建御名方命が、険阻《けんそ》な山々を踏み越えて、狩猟民の聖域だった地の果て（諏訪）まで逃げてきた。追撃してきた天孫族の将軍も、聖域へ逃げ込んだ亡命者を殺すことは出来ない。聖域にたどり着いた建御名方命は、子々孫々まで諏訪の地を出ないと誓約した。なるほどね。かなり穿《うが》った見方だが、そうかもしれねえ、という気がします。塾頭は剣のみに生きるお人かと思っておりましたが、どうやらそれだけではなかったようで。あっしとしても、ぐんと付き合いやすくなりましたぜ」

市之丞は余計な一言を付け加えて、洒楽斎の失笑を誘った。

「たとえ仙太郎さんの夢でもかまわない。そうあってほしいとあたしも思っているわ」

奥女中となって潜入した諏訪藩の江戸屋敷で、騒動の渦中に身を投じてきた乱菊は、仙太郎の見方に賛同しているようだった。

「そんな聖域があれば、あっしも旅役者などにならず、真っ先に逃げ込んだんですがね」

市之丞は皮肉っぽく応じた。

「ところで」

と言って洒楽斎は話を続けた。

「ところで諏訪の殿さまは、諏訪大明神として祭られている建御名方命の、直系と言われている一族の長《おさ》なのだ。すなわち諏訪の殿さまは、下剋上《げこくじょう》や国盗りでのしあってきた貪欲な領主ではなく、神の末裔《まつえい》という信仰上の権威と、古くから諏訪信仰圏の支配者であった、という地上の権力とを併せ持っている。しかも領民はすべて、諏訪大明神の氏子なのだ。古くからの繋がりがあるので、領主が領民に苛政《かせい》を課して虐《いじ》めることはなく、領民も神の血を引く殿さまを慕っているので、支配者が頻繁《ひんぱん》に入れ替わってきた他国とは違って、たとえ暮らしが苦しくとも、諏訪では百姓一揆が起こらないという。わずか三万石の小藩ながら、国元はよく治まって、廃藩の憂《う》き目にも遭わなければ、諏訪信仰に根差した由緒ある家柄ということで、転封による国替えもなかった。諏訪藩のように、古くから伝えられた根拠地から切り離されることなく、いまだに存続しているという大名は他に例を見ない。東照神君《とうしょうしんくん》（家康）は由緒ある家柄が好きで、諸家の由来にも詳しかったという。坂上田村麻呂将軍このかた、武神として崇められてきた諏訪大明神への信仰も厚く、諏訪信仰と諏訪家との繋がりも、承知していたに違いない。折あらば些細なことにも難癖をつけ、目障《めざわ》りな大名を廃絶してきた幕閣たちも、生き神さまの末裔が治める諏訪藩には、特別な配慮をしてきたのではないだろうか」

推測に推測を重ねた洒楽斎の見解に、市之丞は余計な心配を付け加えた。

「たとえ先生の言われるとおりだとしても、それは四代藩主（忠虎）までのことでしょうな。安芸守（忠虎）は世子《せいし》と定めていた二十三歳の忠尋を失ったので、江戸の旗本として別家を立てた諏訪肥後守（頼篤）の次男（忠林）を、娘（雲台院《うんだいいん》）の婿養子に迎えて藩主家の血筋を繋いだ。つまり江戸で生まれ育った因幡守（忠林）は、建御名方命が天孫族（天皇家の祖）と取り交わした、子々孫々にわたって諏訪（聖域）を出ない、という誓約から外れてしまった人物でしょう。婿入りして五代目藩主となった因幡守は、病弱を理由に領国へ入ることもなく、藩政を国元の家老たちに委ねて、江戸屋敷で風雅な趣味に親しんでいた。さらに因幡守は、病弱を理由に隠居願いを提出し、渋谷《しぶや》の下屋敷に瀟洒な隠居所を建て、大名や文人の隠居仲間を誘って、好きな芸事に遊んでいたとなりゃあ、上屋敷と下屋敷で殿さまは二人、つまり殿さま遊びが二重となれば、江戸屋敷の経費もこれまでの二倍以上は掛かりますよ。嫡子の安芸守（忠厚）は若くして六代目を継いだが、これも江戸生まれの江戸育ちで病弱のため、幕府に願い出て参勤交代を辞退し、住み慣れた藩邸を離れることなく、土の匂いがする国元への関心は薄かった。諏訪藩の行政は、国家老の二之丸（諏訪圖書）と三之丸（千野兵庫）の二家に任されたので、江戸屋敷の出費に苦しんだ国元では、年貢を増やすための政策の違いから、熾烈な派閥争いが起こったというわけですな」

酒楽斎は市之丞の言うことに、いちいち頷いていたが、

「つまり市之丞は、諏訪の地を離れないと誓った建御名方命の後裔《こうえい》が、江戸で別家を立てた頼篤の次男（忠林）を当主に迎えたので、太古から神聖視されていた『聖域』を離れた諏訪家には、もう救済の手は回らないだろう、と言いたいのだな」

と念を押した。

市之丞は甲賀忍びらしい顔になって、

「つまりですな。領主不在のために国元で起こった派閥争いを、うるさ型の幕閣に知られたら、ちょっと面倒なことになりませんかね。建御名方命が誓約した『聖域』の外に出てしまった殿さままでは、権現さま（家康）が安堵した恩恵は受けられず、藩内の熾烈な派閥争いが幕閣に漏れ、閣議にかけられでもしたら、藩政不行き届きということで、藩の廃絶にもなりかねませんよ」

酒楽斎にもそのことは分かっていた。

「謹慎中の国家老千野兵庫は、殿さま（忠厚）の許しもなく出府《しゅっぷ》したが、佞臣（渡邊助左衛門）たちの根城《ねじろ》になってしまった江戸屋敷に入れず、やむなく奏者番を務める松平和泉守《まつだいらいずみのかみ》（忠厚の妹婿）の屋敷に駆け込んだわけだ。これは藩の存続ということ

を考えたら、かなり危険を伴う際どいやり方なのだ」

酒楽斎は苦々しい顔をして黙り込んだ。

市之丞は不機嫌になった師匠の顔色を伺いながら、

「三之丸一派が失脚した明和の一件で、『勝手用向けの下係の致し方宜《よろ》しからず』というよくわからねえ罪状で閉門蟄居を命じられ、八年間の沈黙を守ってきた千野兵庫は、臆病で従順なだけの腑抜《ふぬ》け家老と思っていましたが、今回はどこでどう決断したのか、一か八かの賭けに出たわけですな」

途切れてしまった話の接ぎ穂を、どう繋げようかと苦労しているようだった。

「蟄居閉門中の千野兵庫をけしかけたのは、下諏訪の湯之町に隠棲している旅絵師で、失意の家老と風雅の友になっていた龍造寺主膳（天龍道人）であろう。御老女の命《めい》を受けて、国元の蹶起を促すために諏訪へ向かった奥女中の実香瑠は、内藤新宿で殺し屋に襲われて非業《ひごう》の死を遂げたが、リュウジンノヒゲに託した実香瑠の思いは、死後もなお千里を走り、あるいは一瞬にして時空を超え、龍造寺主膳に伝わっていたのかもしれぬな」

柄にもなく迷信じみたことを呟いて、酒楽斎はしばし瞑目した。

しかし酒楽斎は、実香瑠の思いが届いたことを、喜んでいるわけではないらしい。

「わしが京で学んでいた宝暦のころ、騒動の陰に必ず龍造寺主膳あり、と言われていたあの男は、いまも昔と変わらず、世を揺るがすような騒動に、性懲りもなく関わっているのであろうか」

洒楽斎は苦々しげに呟いた。

「福山藩の別邸に招かれたあっしは、思いがけない馳走を受けてすっかり好い気分になり、主膳さんや御老女の煽りに、つい乗せられてしまいましたが、美酒の酔いから覚めてみれば、うまいこと乗せられてしまったような気がしねえでもねえ。やっぱりあっしが前々から言っていたように、事情を知らねえよその家のゴタゴタには、こちらから関わらねえほうがよさそうですぜ」

抜け忍あがりの市之丞は、主膳と意気投合して叫んだ前言を翻《ひるがえ》して、縁もゆかりもない他藩の騒動とは、距離を置こうと思っているらしかった。

「そうもいかないでしょう」

宥めるような口調で、仙太郎が言った。

「渡り中間権助の手引きで、わたしが素人博徒に化け、緋縮緬の長襦袢という変に目立つ恰好で、危険極まりない諏訪藩邸に潜り込んだのは、派閥の尖兵となって斬り合うことになる門弟たち、上村逸馬と牧野平八郎のいずれかを、藩邸から脱出させようと思ったからです。どちらかが居なくなれば、二人が死を賭して斬り合うことはない。しかしわたしは口下手で、どちらを説得することも出来ませんでした。彼らは若い。あのふたりには、天然流を伝えなければならない義務があります。市之丞さんの言い分も分かりますが、いまこの一件から手を引いてしまえば、これまでわたしたちがやってきたことは、すべてが無駄になってしまいますよ」

義務や説得などという、仙太郎には無縁と思われていたセリフまで使って、これからも諏訪藩邸に関わってゆくつもりだと宣言した。

「そうよ。いまさら後には退《ひ》けないわ」

朱塗りの女駕籠という、芝居じみた大道具を使って、どこぞの姫君のような扱いを受け、雑司ヶ谷の別邸に迎え入れられた乱菊は、待ち構えていた御老女の初島から、福山藩十万石の姫君として諏訪家に嫁ぎながら、よそ者扱いされてきた奥方さまの苦渋を、同じ女の身として、しっかりと刷り込まれてきたらしかった。

福山どのと御老女の怒りは、正嫡《せいちゃく》に恵まれなかった奥方さまが、藩侯《はんこう》の継嗣《こうし》として愛育してきた側室腹の軍次郎君《ぐんじろうぎみ》を暗殺して、殿さまが側妾《そばめ》に産ませた鶴蔵君《つるぞうぎみ》を嫡子に立てようと、呪詛《じゅそ》や毒薬まで用いて画策してきた側用人、渡邊助左衛門に向けられている。

たぶん御老女が乱菊に語った内容は、市之丞たちに話した事とは違っていたはずだ。

それで昨夜の会談には、あえて乱菊さんを加えなかったのか、と市之丞は御老女の深謀遠慮《しんぼうえんりょ》に舌を巻いた。

そんな初島への対抗心も手伝って、

「いいでしょう。あっしは抜けたとは言いませんぜ。不承不承ではありますが、やはり仲間に加えてもらいますよ」

市之丞はそう言って、大袈裟に溜息をついた。

「やれやれ。いつもこうやって、最後には押し切られてしまうんだから、まったくのところ世話はねえや。ええ、ええ、分かっておりますよ。忍びの心得があるのはあっしだけですから、せいぜい役に立たせてくだせえ。だからと言って、無理押しは御免ですぜ。美味しいところは塾頭や乱菊さんに譲って、いつも損な役回りばかり引き受けている、あっしの身にもなってくだせえよ」

市之丞のボヤキを聞くと、乱菊は甘えるような口調で励ました。

「だってあたし、市之丞さんが居なければ、心細くってたまらないもの。あなたはどうしても欠かせない大事な仲間なの。世間知らずのあたしたちだけでは、いま置かれている自分たちの位置も、進むべき方角も分からないまま、手探りで暗闇に踏み込むような気がして、途方に暮れてしまうのよ」

それを聞いた市之丞は、にわかに元気を取り戻して、ドンと勢いよくわが胸を叩いた。

「剣の腕では塾頭に及ばねえが、これでも甲賀三郎と呼ばれた忍びの名手だ。あっしがこうして居るかぎり、そんな思いにはさせませんぜ」

八

「さて、昨夜になって、新たに主膳から聞いた諏訪藩の動きだが」

洒楽斎は話題を変えた。

「二之丸派、三之丸派、と言っても、派閥争いの実態は、両家老の争いというよりも、権勢に付和雷同する、下級藩士たちの動静にあるらしい」

すると市之丞は意外そうな顔をして、

「勢力の拮抗《きっこう》する二家老が、政権をめぐって争っているんじゃあねえんですかい」

そうなりゃ話は変わってくる、と言って膝を乗り出してきた。

「初めはたしかにそうだったらしい。殿さま不在の国元では、筆頭家老の裁量次第で藩政は変わる。城中の御殿には用人部屋があって、御用人たちの合議によって事は運ぶが、最終的には筆頭家老の承認で決済する仕組みらしい。重要と思われる案件は、江戸屋敷の殿さまに報告して裁量を仰ぐが、ほとんどの件は、用人部屋に詰める執政たちの合議に掛けられる。用人は数人いるが、禄高や年功によって序列があり、家老に決定権があるので、審議が揉めることはなかったという」

洒楽斎の説明を聞いて、市之丞は何が気に入らないのか、吐き捨てるように言った。

「それじゃ、形だけの合議制ですかい」

執政たちの行政に、信を置いてはいないらしい。

「いや、初めからそうだったわけではない。初代の殿さま（頼水）は独断で政務を進めていたらしい。戦場での駆け引きに慣れていたので、咄嗟の判断が生死を分けることを知っていたのだ。だから事に当たっては臨機応変。着想も実行も早かった。二之丸と三之丸の両家老は、車の両輪として補佐役に徹していたらしい。殿さまが帰ってきた領国は疲弊《ひへい》していた。六十年にわたる諏訪家の不在と空白を埋めるために、荒らされていた郷里を復旧しようと、帰参した藩士たちと共闘していたと言ってよい。山塊に隔てられて、小国が分立している信州は、武田《たけだ》、上杉《うえすぎ》、北条《ほうじょう》、徳川、豊臣《とよとみ》といった列強《れっきょう》たちに、入れ替わり立ち代わり食い荒らされていたのだ。新参者の苛政に堪えかねて、百姓たちが逃散《ちょうさん》すると、放置された田畑には雑草が繁茂《はんも》して、豊かな田園はたちまち荒野と化した。山裾に広がっていた聖なる森も、侵略してきた新領主の、城づくり、街づくりのために、神が宿った巨木は伐り倒され、耕地は人の手を離れて荒廃していった。因幡守（初代頼水）や出雲守（二代忠恒《ただつね》）のころは、国づくりに励んでいた時期だから、独断専行する体制が効率よく機能したのだろう」

酒楽斎は例によって独自の推測を加えた。

「諏訪の行政は三代目（因幡守忠晴《ただはる》）のころになって安定したみたいね」

乱菊は奥女中に化けて諏訪藩邸に潜入していたとき、諏訪藩の歴史を御老女の初島から詳しく聞いている。

「でも四代目（忠虎）藩主は、晩年になって二十三歳になる世子（忠尋）が頓死し、江戸の血縁から婿養子（忠林）を取った。その時から家臣団がまとまらなくなったんですよね」

乱菊がさりげなく補ったので、酒楽斎は安心してその後を続けた。

「国元に帰らない殿さまの代わりに、国家老の二之丸家と三之丸家が、交代で筆頭家老を勤めることになった」

そんなことは分かっていますよ、という顔をして、市之丞は退屈そうに頰を膨らましている。

「まあ聞け。そこで問題となるのは、殿さまが合議の場にいないということだ。最終的な裁定は殿さまが下すのだから、御用部屋で行われた審議の結果は、江戸屋敷の殿さまにお伺いを立てなければならない。諏訪から江戸までは、片道で五日、往復で十日かかる。殿さまは政務に慣れていない。江戸屋敷での審議が手間取れば、決済を得るまでに一ヶ月は無駄になるだろう。そうなれば、些細なことまで申し出るのはお互いに煩《わずら》わしくなって、首席家老の胸先三寸《むねさきさんずん》で事が決することになる」

市之丞が相槌を打った。

「国元に寄り付かない殿さまに、藩政など分かるはずはありませんからね」

政権という仕組みに対する、市之丞の不信には根深いものがあるらしい。

酒楽斎は仕方なく続けた。

「そうなると藩政の大概《たいがい》は、筆頭家老が握ることになる」

市之丞は頷いた。

「出世を望む藩士たちの中から、筆頭家老におもねる連中が出てくるわけですね」

酒楽斎は苦笑して、

「そうと限ったことでもあるまい。それぞれが義のためだと思っている連中が、些細なことから争うようになるのだ」

　市之丞は皮肉たっぷりの笑みを浮かべた。

「そいつが危ないんですよ」

　洒楽斎も苦笑しながら同調した。

「派閥をつくって争うのは、利害で結ばれている連中と見て間違いはあるまい。しかもそれぞれに、もっともらしい理屈を持ち寄るので始末が悪い」

するとと市之丞は、吐き捨てるように言った。

「ひとりでは何も出来ねえ奴らの集まりでしょう」

　これまで黙っていた仙太郎が話に加わった。

「諏訪藩で起こっている騒動は、いまや全国の各藩が抱えている、典型的な動きなのかもしれませんね」

　仙太郎の賛同を得た市之丞は、すぐに機嫌を直して言った。

「少しまとめてみましょうや」

　いつの間に用意していたのか、乱菊が端渓《たんけい》の硯《すずり》で墨を摺《す》って洒楽斎の前に置いた。

「先生お願いします」

　文机《ふづくえ》の上には仙太郎によってすでに白紙が広げられている。

「そうしよう」

洒楽斎は主膳から聞いた昨夜の記憶を頼りに、乱菊が用意した細身の筆を執って、諏訪家の正系が絶えて、婿養子を取ってからの流れを箇条書きにした。


享保《きようほう》十六年（一七三一）夏、四代藩主忠虎没す。享年《きようねん》六十九。

五代藩主忠林（娘婿）、襲封《しゆうほう》。

この春、牛込《うしごめ》の諏訪屋敷が類焼し、代わって桜田《さくらだ》のお屋敷を拝領する。

延享《えんきよう》四年（一七四七）夏、愛宕下《あたごした》のお屋敷を拝領。

宝暦九年（一七五九）秋、芝金杉にお屋敷を拝領。

宝暦十二年（一七六二）秋、芝金杉の江戸屋敷類焼。

宝暦十三年（一七六三）夏、五代藩主忠林、隠居。

六代藩主忠厚、襲封
明和元年（一七六四）三之丸家老千野兵庫の主唱によって「新役所」設立。

明和三年（一七六六）甲府に仮住まいしていた龍造寺主膳（天龍道人）諏訪に来る。このあたりから主膳の見聞が詳細になる。

明和七年　（一七七〇）　夏、忠林没す。享年六十八。

この直後から諏訪大助が、病弱の父圖書の代理として暗躍。

困窮者はその理由を箇条書きにして大目付に提出せよ、等。

大目付は小喜多治右衛門《こきたぢえもん》。諏訪大助一派の重要人物。

冬、諏訪大助、村々難渋の訳書き上げ方を村々に触れる。

明和八年　（一七七一）　冬、三之丸家老千野兵庫失脚。家禄は据え置き。

安永《あんえい》元年　（一七七二）　冬、諏訪大助、明和ノ一件の功（新役所を撤廃して郷村の不平不満を鎮撫《ちんぶ》）で百五十石の増禄を受け、二之丸家の禄高は〆て千三百五十石。席次は三之丸家千野兵庫の上になる。

以後八年間、国元では二之丸派が藩政を壟断《ろうだん》する。

安永八年　（一七八九）　夏、五月には諏訪湖が満水。その後も水は引かず、この年は豪雨に襲われるごとに満水が重なる。

とりわけ八月二十五日には、諏訪湖岸の街並みに湖水が溢れ、舟止め岸通りでは六十余軒が水没する。

財政逼迫の責めを負って諏訪大助失脚。


安永九年（一七八〇）夏、諏訪大助、家老職を召し上げられて閑居を命じられる。

このころから、凋落《ちょうらく》した派閥を見限って、身の保全を計ろうとする江戸詰めの側用人、二之丸派の渡邊助左衛門は、姻戚の上田宇右衛門《うえだうえもん》、上田宇次馬《うじま》父子、近藤宇左衛門《こんどううざえもん》、近藤主馬《しゅめ》父子を推挙して、殿さまの君側を固め、国元では御用人と奉行を兼ねる小喜多治左衛門と結託する。

殿さま（忠厚）が若い側妾（キソどの）に産ませた庶次子鶴蔵君を寵愛《ちょうあい》するのを見て、二之丸派の側用人渡邊助左衛門は、殿さまの覚えめでたいキソどのと組んで、鶴蔵君を嫡子に立てようと奸策《かんさく》をめぐらし、庶長子軍次郎君の呪殺《じゅさつ》や毒殺を謀《はか》る。

子無きがために、側室腹の軍次郎君を擁立する御正室（福山どの）と、妾腹の鶴蔵君を立てようとする側用人とのあいだに暗闘が起こり、渡邊助左衛門と御老女の初島は、真っ向から争うことになる。

渡邊助左衛門は、殺し屋の鬼刻斎を雇って、事あるごとに御老女の初島を威嚇《いかく》する。

お家騒動の渦中に投げ込まれた御正室は、国元に逼《ひっ》塞《そく》している国家老、千野兵庫の蹶起を促そうと画策する。

密使となった奥女中の実香瑠（上村逸馬の姉）は、不敗の剣を学ぶ弟の助力を得ようと、内藤新宿を彷徨《さまよ》っていたが、星もない夜に殺し屋の鬼刻斎に襲われ、投げ込み寺の門前で殺される。

迷宮入り寸前となった投げ込み寺門前の美女殺し一件に、そうはさせじと執念を燃やす町方同心の杉崎に懇願され、乱菊は奥女中に化けて、芝金杉の諏訪藩邸に潜入する。

諏訪藩江戸屋敷では、渡邊一派に取り込まれた殿さまは、彼らの讒言を信じて、堅苦しい主席家老の千野兵庫を厭う。

天明元年（一七八一）春、千野兵庫は江戸屋敷から国元に帰され、追ってお叱りの上、隠居を命じられる。

同日、代わって諏訪圖書と大助父子が江戸に召し出される。

夏、千野兵庫は、家老職を取り上げられ、一類預け、押し込めを仰せ付けられる。

代わって諏訪大助は、筆頭家老として江戸屋敷に再勤する。

同じ年の夏、謹慎していた千野兵庫は、手長《てなが》神社八朔《はっさく》の宵祭《よいまつ》りの賑わいに乗じて、蟄居謹慎していた三之丸から脱出。

体調を崩していた千野兵庫は、側近に介護され、底板の薄い泥舟を三之丸川に浮かべ、監視が弛んだ城中の流れを漕ぎ下って、街の光が届かない諏訪湖の沖に逃れる。

漁師が漕ぐ寂しい櫓の音を聞きながら、要害堅固の高島城《たかしまじょう》を脱出した千野兵庫は、涼風が吹き寄せる諏訪湖を渡って、渋川虚庵が待ち受けている下諏訪の高《たか》浜《はま》に向かった。

松明《たいまつ》の炎を左右に揺らして、兵庫の川舟を誘導する虚庵の背後には、闇を背負った数人の影が控えている。

千野兵庫脱出の手引きをしたのは渋川虚庵、すなわち龍造寺主膳で、傷心の兵庫を迎えた長浜の岸辺には、江戸へ向かう兵庫の護衛役を買って出た三之丸派の剣士たち（名もなき下級武士）が待ち受けていた。

虚庵も数日後には江戸に出て、伝手を求めて兵庫を援護すると約し、出府後の兵庫がどう動くべきかと策略を練る。

湖岸の長浜で、護衛と合流した千野兵庫の一行は、二之丸派の追手を警戒して、寝静まった下諏訪宿を足早に通り抜け、星明りを頼りに中山道一の難所、険阻な和田峠を越えて、山間の芦田宿《あしだしゅく》、岩村田宿《いわむらだしゅく》を抜け、途中から脇往還に逸れながら、悪路をものともせずに江戸へ向かう。

八月六日の明け方、江戸に着いた千野兵庫の一行は、諏訪へ湯治にきていたとき、文人の渋川虚庵（龍造寺主膳）と親しくなった川越《かわごえ》藩士、坂野弥兵衛《さかのやへえ》の案内で、馬喰町《ばくろちょう》に大店《おおだな》を構える米屋太兵衛《たへえ》の家に入った。

諏訪で湯治療養中に、虚庵を通して兵庫とも親しくなっていた坂野弥兵衛は、白銀町《しろがねちょう》の高須屋宗助《たかすやそうすけ》を介して、飛ぶ鳥を落とす勢いの老中田沼意次《たぬまおきつぐ》を訪れ、お屋敷に千野兵庫を駆け込ませても差し支えないかと相談した。

田沼意次は難しそうに首をひねって、

「老中を務めるわしの屋敷に、諏訪藩の家老が駆け込めば、藩の騒動は公事《おおやけごと》になって、幕閣の裁きを受けねばならなくなる。そうなればお家の廃絶もあり得ると思え。たしか奏者番の和泉守（乗寛《のりひろ》）は、安芸守（忠厚）の妹婿ではなかったか。藩の存続を願うなら、立場の難しいわしのところより、姻戚の屋敷に駆け込むほうが無難であろう。されば親戚同士の相談として、事を内々に済ませることも出来ようし、藩の廃絶を問われることはあるまい」

と暗黙の示唆《しさ》を与えた。

裏では田沼老中の口添えがあったのか、千野兵庫は鍛冶橋《かじばし》に上屋敷がある和泉守の庇護《ひご》を受けることになった。

兵庫は和泉守乗寛に、このたびの一件について詳細を述べ、誓紙《せいし》を差し出して仲裁を約された。

安芸守の妹婿に当たる松平和泉守乗寛は、さっそく諏訪氏と同姓の御分家筋（いずれも旗本）や、縁戚に繋がる阿部備中守正倫《あべびちゅうのかみまさとも》（正妻福山どのの甥）、伊達《だて》和泉守村賢《いずみのかみむらやす》（忠虎娘の嫁ぎ先）を招集して親族会議を開いた。

ここまでは、渋川虚庵と打ち合わせた筋書きどおりに、事は運んでいると言ってよい。

八月十七日、千野兵庫から十日ほど遅れて、江戸入りした渋川虚庵は、白銀町の高須屋で坂野弥兵衛と落ち合い、馬喰町米屋太兵衛方に止宿《ししゆく》する。

風雅に遊ぶ渋川虚庵と、諏訪で温泉治療を受けていた坂野弥兵衛は、いわば湯舟の中で知り合った湯治仲間で、詩歌を介して意気投合した知己《ちき》だった。

四谷の大木戸で、洒楽斎が龍造寺主膳らしき男の後ろ姿を見たのは、たぶんこの日のことであったかもしれない。

千野兵庫のもとには、家士の伊東覚右衛門《いとうかくえもん》、忠治《ちゆうじ》をはじめ、三之丸派の面々が次々と馳せ参じて、いつ騒動が勃発《ぼつぱつ》するか予測出来ない事態になったが、芝金杉を見張っていた洒楽斎たちは、諏訪騒動の震源が和泉守の屋敷に移ったことに気づかなかった。

兵庫が禁を破って江戸に出てきたことは、早くも江戸屋敷の二之丸派の知るところとなったが、殿さまの妹婿、和泉守の屋敷に入ったからには袋の鼠《ねずみ》と甘く見て、打つべき手を打たずに時を浪費している。

親族会議の意見は次の三項にまとめられた。

一、派閥の首魁《しゆかい》となる諏訪大助、渡邊助左衛門を諏訪に帰し、暗君《あんくん》の忠厚から引き離していずれ処分（処刑）する。

一、軍次郎君の嫡子願いを幕府に提出して、燻っていたお世継ぎ騒動に決着を付ける。

一、騒動の元凶となった藩主忠厚の隠居。

「昨夜聞いた主膳と御老女の話には、多少の錯綜するところもあったが、ざっと要点だけまとめてみると、このようなことになるだろう」

筆を休めた洒楽斎は、一座の者たちを見わたした。

「なるほど。こうしてみると分かりやすいですな」

市之丞は食い入るような眼をして、まだ墨跡《ぼくせき》も乾かない洒楽斎の書き上げを睨《にら》んでいる。

「でも、あれほど訳の分からなかった諏訪藩のお家騒動も、こうしてまとめれば、わりと単純な事件だったのかもしれないわね」

乱菊は何を思ってか、ホッとしたように眼を輝かしている。

「いやいや、事態はかなり拗《こじ》れている。容易に片が付く騒動とは思えませんね」

仙太郎は険しい表情をして眉をひそめた。

「そうか。今回はめずらしく、三人が三人とも違った見方をしているようだな。ではそれぞれに、思うところを述べてもらおうか」

洒楽斎はなぜか嬉しそうな顔をして、高弟たちを見回している。

「まず市之丞の考えを聞こう。この書き上げを見て、分かりやすいと思ったのはどのようなところかな」

九

市之丞は得意げな顔をして言った。

「この書き上げから読み取れるのは、諏訪藩主は四代（忠虎）で正系が絶え、江戸の支族から迎えた婿養子（忠林）が諏訪家を継いでから、今年で五十年の節目を迎えたということです。別な言い方をすれば、江戸住まいをしている藩主と、国元との地縁が切れてから、区切り目となる五十年を経て、これまで燻ってきた派閥争いが、ここに来て一挙に噴出したわけですね」

洒楽斎は頷いた。

「そのとおりだ。正系の安芸守（四代藩主忠虎）が没して、江戸から迎えた婿養子の因幡守（忠林）が五代藩主を継いでから、今年でちょうど五十年になるわけだ。これを書き上げるまではわしも気づかなかったが、なるほどな。いまから五十年前に、諏訪の殿さまは江戸屋敷に引き籠もって、諏訪藩の行政を国元の家老たちに任せてきた。二之丸（諏訪家老）と三之丸（千野家老）が、交代で筆頭家老を勤めるようになれば、二家の間に政権争いが生じるのは当然かもしれない」

市之丞はすぐに言葉を継いだ。

「さらにもうひとつあります。因幡守（忠林）が隠居して、芝金杉の上屋敷と渋谷の下屋敷に、殿さま（忠厚）と御隠居（忠林）がそれぞれ一家を構えれば、双方の江戸屋敷で掛かる経費は二倍になって、三万石の小藩では、重なる出費を支えきれない、と思っていましたが、財政赤字の原因は、それだけではなかったのですね」

洒楽斎は大きく頷いた。

「そうなのだ。婿養子の因幡守（忠林）が襲封してから、なぜか江戸では藩財政に響くような出費が重なっている。因幡守が藩主を継いだ享保十六年は、春に牛込の上屋敷が近在の出火で類焼し、代わって桜田のお屋敷を拝領した。生来《せいらい》の病弱だった因幡守忠林は、その後始末に翻弄《ほんろう》されていただろう。焼けた上屋敷の再建と、新しく拝領した上屋敷の新築費が重なって、諏訪藩の出費はかなり嵩《かさ》んだはずだ。忠虎が亡くなって忠林が藩主を継いだのは、その直後のことだった。江戸の経費が掛かりすぎると、国元の藩士たちから苦情が出ても、お上から拝領した江戸屋敷の造成に手抜きは許されない。これはやむを得ぬ出費であったのかもしれぬな」

さらに忠林の不幸は続く。

それから十六年後の延享五年、忠林は屋敷替えとなって愛宕下に上屋敷を拝領したが、その十二年後には芝金杉に屋敷替えを命じられ、それから三年後の宝暦十二年には、新築した芝金杉の上屋敷が貰い火で類焼した。

忠林の隠居願いが幕府に届けられ、代わって嫡男の忠厚が藩主を継いだのは、近隣の出火による類焼で、芝金杉の江戸屋敷が焼け落ちた翌年のことだった。

病弱だった忠林は、打ち続く屋敷替えや火災後の対応に忙殺《ぼうさつ》されて、このころまでには心身ともに力尽きていたのかもしれない。

忠林の治世は、江戸屋敷の炎上で始まり炎上で終わっている。

その間には三度にわたる屋敷替えがあり、たとえ国元と縁が薄く、生涯を芸道に遊んだ藩主とはいえ、江戸での暮らしも安穏とは遠いものだったに違いない。

「数年ごとの屋敷替えと、貰い火で二度もお屋敷が焼けたりしたら、きっと莫大《ばくだい》な費用が掛かったんでしょうね」

乱菊はすぐに同情した。

火事と喧嘩は江戸の華と言われて、歌舞伎でも人気のある見せ場になっているが、人家が密集している江戸の街では、火を使うことの多い冬場になると、江戸っ子たちが火事で焼け出されることなど、日常茶飯事と言ってよい。

しかし、天を衝《つ》くような巨大な火焰《かえん》に追われて、闇の中を逃げ惑う恐怖は、火事場でそれを味わった者でなければ分からないだろう。

深川で芸者をしていた乱菊は、怖しい火焔に追われて逃げたことも、一度や二度ではなかった。

洒楽斎に誘われて移り住んだ内藤新宿でも、失火による類焼はしばしばあって、燃え広がる火焔が、舐めるようにして地を這い、天然流道場のすぐ近くまで迫ったこともある。

「いっそひと思いに燃えてしまえば、この破れ道場を、新しく建て替えられるんですがね」

と師範代の市之丞は強がりを言っていたが、道場の間近まで炎が迫ると、喜ぶどころか顔面蒼白になって、門弟たちを総動員して消火に努めた。

門弟たちの動きの鈍さに苛立って、必死の形相でみずから水桶を運び、見るに見かねた洒楽斎や乱菊まで、情け容赦もなくこき使った。

風向きが変わって火勢は弱まり、道場はどうにか類焼を免れたが、それを見届けて安心したのか、全身が泥まみれになった市之丞は、ふらふらと薄汚い水溜りに倒れ込んで失神してしまった。

焼け残った天然流道場は、火災ではなく水害にでも遭ったかのように、板屋根も床板も崩れかけた土壁も、水浸しで泥だらけになっていた。

そんな師範代の愛すべき狂態を、乱菊は間近から見ている。

洒楽斎は続けた。

「つまり財政赤字の原因は、殿さまの浪費癖だけではなく、幕命で行われた頻繁な屋敷替えや、火災による江戸屋敷の類焼もあって、諏訪藩は想定外の出費に苦しんできた。足りない経費を絞り出すために、どうやったら税収を増やせるかと、江戸屋敷から離れなくなった因幡守（忠林）の在任中は、国元（諏訪）では試行錯誤の虚しい努力をしていたのだ」

それが千野兵庫と諏訪大助による政策の違いとなった。

家老が入れ替わるたびに、おのずから藩士たちも二之丸派と三之丸派に分かれて、熾烈な派閥争いになっていったのだ。

「両派の捨て駒にされ、殺し合いを強いられている逸馬さんと平八郎さんは、派閥に踊らされている最大の犠牲者ね」

大きく見ひらかれた乱菊の眼が、水晶玉のように光っている。

逸馬と平八郎を思い遣って、いきなりあふれ出た涙だろう。

「こんなことを言ったら、笑われるかもしれませんが」

仙太郎はいつになく、おずおずとした口調で言った。

「何を言いたいのか。遠慮せずに申せ」

洒楽斎に促されて、仙太郎は訥々《とつとつ》と話し始めた。

「わたしは正史から抹殺されたという、建御名方命のことを考えていたのです。建御名方命の行跡が正史から削られたのは、武力を誇示して国譲りを迫った天孫族に、敢《かん》然《ぜん》と戦いを挑んだ先住民の英雄だったからでしょう。侵略者との戦いに敗れて海に逃れ、わずかな兵船を率いて、母の国である古志（建御名方命は、出雲の大国主命と古志の女王沼河比賣の子とされている）に逃れた建御名方命は、さらに姫川を遡って山塊の奥にあるという聖域（州羽）にたどり着いたわけですね。わたしが疑問に思うのは、諏訪の民はどうして奥地まで逃げてきた敗者を受け入れ、さらに神として祭ったのかということです」

洒楽斎がまた蘊蓄を披露した。

「いにしえは祟りなすものを祭って神とした。神とは畏《おそ》れるものであり、それゆえに敬《けい》すべきものであったのだ」

ここで一息入れてから、洒楽斎はおもむろに続けた。

「たとえば太宰府《だざいふ》の天満宮《てんまんぐう》には、祟り神として、菅原道真《すがわらのみちざね》が祭られている。道真公は当代一流の学者で、和漢に通じた高邁な詩人だった。その学才を愛され、宇多天皇《うだ》、醍醐天皇《だいご》に親任されて国政に功あり、官位も従二位《じゅにい》右大臣まで上り詰めた。そのため藤原《ふじわら》一門の氏長者《うじのちょうじゃ》、左大臣藤原時平《ときひら》に妬《ねた》まれて、都から遠く離れた太宰権帥《だざいごんのそち》に左遷されたのだ。あたら英才も心楽しまぬ鬱屈した日々を過ごし、都への召還《しょうかん》を許されぬまま、流遇先《りゅうぐうさき》の九州太宰府で客死した。恨みを残して死んだ道真公の怨霊《おんりょう》は、雷神《らいじん》となって京都御所を襲い、道真公を陥れた藤原一門の貴族たちを、閃光《せんこう》きらめく落雷《らくらい》で撃ち殺したという。さらに帝《みかど》がおわす清涼殿《せいりょうでん》までが雷火に焼かれた。朝廷では道真公の祟りを恐れ、荒ぶる怨霊を鎮《しず》めるために、菅公を北野天満宮《きたのてんまんぐう》に神として祭り、祟りなす敗者の怒りをなだめたという」

それを聞いた市之丞がすぐに反応した。

「祟りなす怨霊と言えば、下総《しもうさ》の猿島《さしま》には、平将門《たいらのまさかど》を祭った國王《こくおう》神社ってえのがありますぜ」

抜け忍となった甲賀三郎が、猿川市之丞と名を変えて、神社仏閣の境内から境内へと渡り歩く、放浪の旅役者をしていたころ、國王神社の境内で、怨霊となった将門の芝居を打ったことがあるという。

「あのときの出し物は大当たりで、舞台が終わった後までも、あっしが化粧を落としているムシロ張りの楽屋に、興奮した見物人が雲霞《うんか》のように押しかけて、怨霊を演じたはずのあっしのほうが、かえって怖ろしくなるほどの人気でしたね」

江戸一番の色男、と書き添えた、似顔絵付きの看板を、今日の記念に譲ってもらえないかと、談じ込んでくる数寄者までが現れて、歌舞伎風に仕立てた舞台より、楽屋に押し寄せてきた贔屓筋に、疲労困憊《こんぱい》させられた思い出があるという。

「あっしが将門さまの芝居を打ったのは、猿島の國王神社には、将門の怨霊が祭られていると聞いたからで、ほんの思い付きで演じた舞台が、まさかあれほどの評判を呼ぼうとは、思いもよらねえことでしたよ」

あのときのことを思い出すたびに、市之丞はいまも背筋に、つつっと冷や汗が流れるらしかった。

「あら、江戸でも将門《しょうもん》さまの人気は相当なものよ。神田明神に祭られているのは将門さまの怨霊だし、お堀端には『将門の首塚《くびづか》』まで築かれているのよ」

深川の花柳界で育った乱菊は、民間に流布する将門伝説にも詳しかった。

「平将門の乱は、やがて武士の世が到来する予兆《よちょう》でもあった。関八州《かんはっしゅう》の独立を宣言した将門によって、東国武士は領国の自立を図るようになったのだ」

すると國王神社の霊前で、将門を演じたはずの市之丞が、吐き捨てるように言った。

「まったく余計なことをしてくれたものだ。あれから戦乱と殺戮の世が始まったんじゃねえんですかい」

酒楽斎は苦笑を浮かべて、

「たしかにそのとおりだ。しかし鎌倉に幕府が開かれるまでは、土臭い東国の武士など、都では人として扱われてはいなかったのだ。あの時代には、人が人らしく暮らしていたのは、都に住んでいるほんの一握りの貴族ばかりだった。そんな特権を持つことが出来たのも、『書紀』などには国譲りという柔らかな言い方をして、綺麗ごとで済ましているが、その実態はやはり、戦乱と殺戮によって得た領国の支配ではないのか。近来は王陽明《おうようめい》の『伝習録《でんしゅうろく》』などを読み齧った血気盛んな若輩《じゃくはい》が、心即理《しんそくり》とか知《ち》行合一《こうごういつ》などと言っているが、所詮はみな綺麗ごとで、本音のところでは、この世でよい思いをしている連中を羨み、おのれも同じ思いをしてみたい、というさもしい欲から出た革命伝説にすぎない。同じような欲を持つ者たちが、繰り返し蒸し返し出てくるかぎり、この世の仕組みは、人々の平和や安寧から遠ざかってゆかざるを得ないだろう」

聞いた弟子たちは啞然《あぜん》とした。

人がどこまでも人であるかぎり、この世の見通しは明るくない、と先生は言っておられるのだろうか。

「でも、欲はよくねえと先生はいつもおっしゃるが、平和と安寧こそが、あっしらが持つ最低で、しかも最大の欲なんじゃねえんですかい。少なくとも、永遠に満たされることのねえ欲であることは、間違えあるめえと思いますが」

市之丞はめずらしく真顔になって、逆説的な言い方で洒楽斎に対応した。

「だからこそ、承平《じょうへい》・天慶《てんぎょう》年間に起こった『将門の乱』には、あの時代における変革としての意味があったのだ」

洒楽斎の唇には微かな笑みが浮かんでいる。

誘うような笑みは、仙太郎に向けられたものらしい。

「仙太郎は先ほどから、そのことを語ろうとしているのではないのかな」

洒楽斎から背を押されて、仙太郎はゆっくりと話し始めた。

「諏訪藩の騒動は、いまや切羽詰まったところに来ている、と主膳どのから聞きましたが、ひょっとしたらこれは、神話以前にさかのぼる諏訪の伝説に、活路を見出せるのではないかと思うのです」

仙太郎は何を言い出そうとしているのだろうか。

「言おうとして言い出せないのは、幼いころに聞き覚えた神話や伝説を頼りに、いまの混迷を解《と》き明かそうとすることに、仙太郎には釈然《しゃくぜん》としないところがあるからであろう」

さすがに洒楽斎は、仙太郎の心底を見透しているらしい。

「そのとおりです。これはわたしの妄想か、ただの夢かもしれません。いまの状況からは、あまりにも離れ過ぎている妄想かもしれません。われわれが関わってきた人々の命運が、切羽詰まっているかもしれないこのときに、呑気《のんき》なことを喋りたくはないのです」

仙太郎には迷いがあるようだった。

「あら、いいじゃないの。仙太郎さんの夢なら、あたし、いつだって聞きたいわ。重苦しいことの多いいまこそ、夢らしい夢を語る意味があるのよ」

乱菊は眼を輝かして、渋る仙太郎を励ました。

「わたしが思っていることには、なんの意味もないのです。しかもいまから千年か二千年前の、あるいはもっと古いかもしれない伝承を頼りに、勝手に類推した夢にすぎないのだから、それを口にした途端に、頭のおかしな奴と思われてしまうでしょう」

いかにも躊躇しているような口ぶりだが、しかし仙太郎の心情としては、なぜか語りたくて堪らなくなっているらしい。

「そんなこと思わないわ。あたしたちは夢によって繫がれている仲間じゃないの」

乱菊はもう一押しと思ったのか、言い渋っている仙太郎の気分を和《なご》ました。

「そうですよ。塾頭の脳裏に浮かんだ妄想とやらを、あっしは是非とも聞いてみてえな。切羽詰まっているのは他所《よそ》の家（諏訪藩）の事情で、あっしらを縛るものなど、この世には何もねえんですぜ。天然流の塾頭が遠慮なさることなど、どこを捜したってありゃしませんよ」

市之丞も乱菊と一緒になって、意を決しかねている仙太郎を励ました。

洒楽斎は満足そうな笑みを浮かべて、高弟たちの遣り取りを聞いている。

十

「わたしは生まれ在所が甲州なので、信州や諏訪とは地続きですが、年少のころから江戸に出たので、近くて遠い隣国の、諏訪には行ったことがないのです。だから幼くして聞き覚えた諏訪地方の伝説を、勝手に曲解《きょっかい》しているところがあるかもしれません。それゆえ夢とか妄想と言いましたが、長い歳月（あくまでも仙太郎にとって）をかけて、わたしの中で育ってきた思いであることは確かです。他の人ならそれを信念と呼ぶでしょう。わたしは敢えて妄想とか夢と言いましたが、妄想こそがわが思いであることを、恥じているわけではないのです」

仙太郎は静かな口調で語り始めた。

「前置きが少し長すぎるが、それこそ天然流と言っておこう」

洒楽斎が合いの手を入れた。

「わたしの実家は甲州の津金村で、織田信長に滅ぼされた武田家の遺臣です。主家の滅亡後は野《や》に下り、旧領へ戻って裏山一帯を領する山林地主になったので、津金村に土着してからも、暮らしに窮することはありませんでした。それから数代を経て、亡父は五代目になりますが、なぜか両親が至って寛容で、わたしは幼少のころから、好きなことを好きなようにやってきました。それを許容するだけの財力と家風に、たまたま恵まれていただけのことかもしれませんが」

誰も口を挟む者はいなかった。

共に奥伝《おくでん》を授けられた乱菊と市之丞も、仙太郎の来歴を本人から聞くのは、やはり初めてのことだったのだ。

「武神として知られた諏訪大明神に、敗者（建御名方命）が祭られていることを、これまでは不思議に思っていたのですが、先生や市之丞さん、そして乱菊さんのお話で、なるほどと納得がゆきました」

　そう言ったまま、仙太郎はしばらく沈黙している。

「まさか。それでお仕舞ではないでしょうね。仙太郎さんの夢について、まだ何も語られていないわ。あたしが聞きたかったのは夢のお話よ。怨霊だの敗者などという、陰気なことはどうでもいいの」

　乱菊が痺《しび》れを切らしたように言った。

　仙太郎は苦笑して、

「夢というより、やはり勝手な妄想かもしれませんが、建御名方命が逃げ込んだ狩猟民の『聖域』には、ただ敗者を受け入れるだけではなく、侵略者を退けるなんらかの力が、働いていたのではないかと思うのです」

　唐突なことを語り始めた。

「それが武だ」

　洒楽斎は短く言った。

　すると仙太郎は、改めて洒楽斎のほうに向き直って、

「どうやらわたしは、先生の剣を誤解していたようです。先生が理想とする剣とは、当面の敵を倒すための小技ではなく、侵略者を退けるための大技だったのですね」

訳の分からないことを言い出した。

酒楽斎もそれを受けて、さらに訳の分からないことを言い始めた。

「それゆえわしの流儀では、華麗な太刀さばきや、無敵であることを目的としない。当面の敵への備えなら、降りかかる火の粉を払うことが出来れば十分ではないか。剣術にそれ以上のことを求める必要はない。一介の剣客としてみれば、わしの腕が上らなかったのは、そのような思い込みがあったからであろう」

酒楽斎は一息入れると、自嘲するかのように声高く笑った。

いきなり師匠からこう言われて、弟子たちは戸惑いを隠せなかった。

酒楽斎の笑いに応じる者は誰もいない。

「などと格好をつけてみたところで、所詮は弱者の言い訳にしか聞こえまい。わしの剣はやはり芸域が足りず、仙太郎の剣域に達する技量はなかったのだ」

師匠からこう遜《へりくだ》られても、弟子たちには答えようがない。

「ところで」

仙太郎は咳ばらいをすると、何ごとも無かったかのように続けた。

「諏訪という聖域には、古代から争い事を退けるための見えない力が、どこかで働いていたのではないかと思うのです。天孫族の武力に敗れた建御名方命が、山奥の諏訪まで逃れて来たのは、そのことを知っていたからだろうし、敗軍の将（建御名方命）を追尾して来た天孫族の将軍（建御雷神）が、州羽の聖域から出ないことを条件に、建御名方命軍の討伐を放棄したのも、それが理由なのではないでしょうか。敗残者と侵略者が和睦《わぼく》したのは、諏訪は争い事を禁じられた聖域として、古代人の間に広く知られていたからだと思うのです」

乱菊は眼を輝かして聞いていたが、小首を傾《かし》げるようにして言った。

「すてきなお話だけど、仙太郎さんはどうしてそう思ったの」

市之丞は面倒くさそうに、

「長たらしい話は御免ですぜ。ひとことで言ったらどうなるんですかい」

抜け忍にも似ず気が短い市之丞は、洒楽斎のよけいな蘊蓄に加えて、このごろは仙太郎のお喋りにも煩わされるようになっている。

旅役者のころに鍛えられた市之丞の饒舌も、なんだか影が薄くなったような気がするほどだ。

「これまでの会話で、もう出尽くしていると思いますが」

仙太郎にしてはめずらしく、持って回った言い方をした。

それではますます分からなくなる。

「いじわるをしないで教えてよ」

乱菊が中に入った。

「出来るだけ短く」

と市之丞は注文を付けた。

そうですね、と仙太郎はたった一言、

「御射山の御狩り神事です」

端的に答えたつもりだが、それがどう繋がるのか糸口がつかめず、乱菊はやはり可愛らしく小首を傾げた。

「そう言われても、まだよく分からないけど、御射山って、庶人《しょじん》の立ち入りを禁じられている神野《こうや》で、春、夏、秋にわたって、鹿狩りが行われる聖域でしょ。神事と言っても、狩猟を楽しむ狩猟時代からの遊びで、諸国から集まって来る騎馬武者たちが、諏訪大祝の指揮を仰ぎ、弓矢を射かけて鹿狩りに興じる残酷な狩猟ね。御射山神事の締め括りとして、大祝が祝詞《のりと》を唱えて森と湖の神々に感謝し、狩猟の神（先生はそれが本来の諏訪信仰とおっしゃるけど）に捧げた鹿の肉を、射手たちと勢子《せこ》たちが楽しく共食する、という野蛮な風習でしょ。それと殺生禁断の聖域には、どんな繋がりがあるのかしら」

市之丞も不満そうに、

「そう言われては却って分からなくなる。塾頭は逸馬や平八郎の安否を確かめるため、博徒に化けて邸内の賭場へ出入りするようになってから、知らねえうちに浮世の垢《あか》に染まって、意地悪になったんじゃあねえんですかい」

内輪もめになりそうな遣り取りに、洒楽斎はさりげなく割って入った。

「それが武だ」

市之丞は怪訝な顔をして問い返した。

「先ほどもそう言われましたが、あっしにはよく分かりません」

乱菊がすかさず助け舟を出した。

「侵略者を退けるなんらかの力、と仙太郎さんが言った後を受けて、それが武だ、と先生はおっしゃったのよ」

仙太郎も乱菊の後を受けて、

「先生は武力と言わず、武とおっしゃった。つまり小技としての武力ではなく、大技の武について語られたのですね」

と言いながら、またひとつ教えられた、と胸の内で思った。

すでに十数年前のことになるが、先が見えた道場稽古に愛想をつかした仙太郎は、おのれの限界に挑む修行をしようと決意し、たまたま知り合った異風の剣客、どこかに畏敬の念を覚えた酒楽斎に誘われて、人跡未踏《じんせきみとう》の山中で春夏秋冬をすごしたことがある。

仙太郎はあのころ、名の売れた剣客に挑んで負けを知らず、甲斐の小天狗《こてんぐ》と呼ばれて好い気になっていたが、ある意味では目標を失って心は虚しかった。

剣術とはこの程度のものか、と自暴自棄になっていたところを、流浪の剣客酒楽斎に拾われたのだ。

毎日の日課として、籠っていた山中で酒楽斎と立ち合ったが、仙太郎は一度として、酒楽斎に勝ちを譲ったことはない。

しかしあのとき酒楽斎は、夢想のうちに天然流を開眼し、仙太郎は迷わずその場で弟子入りした。

下山後の仙太郎は、名利や勝敗を脱したおのれの剣を求めて再生した。

剣術が下手な酒楽斎を、先生と呼ぶことに抵抗はあったが、どうしても及び難い酒楽斎の何かに魅せられて、それからも師弟の縁は続いている。

剣術の下手な酒楽斎に対して、ことさら畏敬の念を抱いたものは何だったのか。

それは酒楽斎が決して触れようとしない、封じられた過去の凄みではないか、と天然を損ねず気ままに育ってきた仙太郎は思っていた。

たまたま、内藤新宿の美女殺しの一件に関わったことから、仙太郎もいつしか暗殺事件の渦中に巻き込まれた。

それに関連して、宝暦のころには洒楽斎の同志だったという、龍造寺主膳との出会いがあり、二人のあいだで交わされるさりげない遣り取りから、洒楽斎の封じられた過去が、一枚また一枚と解きほぐされてゆく。

だからと言って、洒楽斎は洒楽斎としていまも変わらず、封じられた過去を知ったところで、仙太郎が新しく得るものは何もなかった。

かつて仙太郎が覚えた、洒楽斎の封じられた過去に対する、いわれなき畏怖の念は消えても、むしろ師匠に対しては、身近なものへの親しみに似た柔らかな気持ちが、日ごと夜ごとに募ってくるような気がしている。


「そのことなんですが」

と言って仙太郎は話を元に戻した。

「森と湖の精霊《せいれい》であった諏訪大明神は、坂上田村麻呂のころから、京の都でも武神として知られるようになって、東国武士たちに信仰されていたようですが、建御名方命が追討軍の将（建御雷神）に、子々孫々にわたって諏訪の地を出ない、と誓ったのは、田村麻呂将軍が参拝したときより、はるか昔のことなのです。よく考えてみれば、ちょっと変だとは思いませんか。出雲に侵略してきた天孫族と戦って敗れ、地の果て（諏訪）まで逃げてきた敗軍の将に、気の荒い関東武士たちが、戦勝を祈願する気になれますか。故国のために立ち上がったとはいえ、天孫族の武力に敗れた建御名方命は、出雲の伊那佐《いなさ》の小浜から軍船に乗って海に逃れ、荒波を恐れて海岸伝いに古志へ出て、そこから姫川の流れに沿って隘路《あいろ》を遡り、さらに峰々が連なる峠を越えて、地の果て（諏訪）まで逃げてきた敗者なのです。逃げる建御名方命をどこまでも追尾してきた天孫族が、めざす敵将を地の果てまで追い詰めたのに、敗残の将である建御名方命を殺さず、諏訪の地を出ない、という誓約を交わしただけで、軍勢を引き上げて行ったのは何故でしょうか。考えられることはただひとつ、それは」

と言いかけたとき、

「ちょっと待った。その先はあっしに言わしてくだせえ」

市之丞が片手を上げて仙太郎を制した。

「地の果てと思われていた狩猟民の『聖域』には、侵略軍にも侵しがたい『武』があったからじゃあねえんですかい」

さすがは甲賀三郎、理解が早い、と言って洒楽斎は満足そうに笑った。

「だから天孫族も、聖域に入った建御名方命を殺すことが出来ず、引き連れてきた遠征軍を、退けざるを得なかったのでしょう」

そう言って仙太郎が締めくくると、乱菊は物足りなそうに問い返した。

「でも、天孫族には、救国《きゅうこく》の英雄気取りの建御名方命を、撃ち破る武力があったんでしょ。どうして土壇場になって諦めたのかしら。もし聖域に『武』があったとしても、それが侵略軍より強大でなければ、殺戮を抑止するのは無理ね。天孫族から見れば、地の果てと思われていた諏訪のどこに、そんな力があったのかしら」

仙太郎は飄々《ひょうひょう》として答えた。

「建御名方命が逃げてくる遥か以前から、御射山では御狩り神事が行われていたからだと思いますよ」

乱菊は仙太郎が当てずっぽうに言ったと見抜いたらしい。

「そんなこと、どうして分かるの」

無邪気な顔をして問い詰めた。

「それは」

と言って仙太郎が詰まると、

「黒曜石の鏃じゃ」

酒楽斎が助け舟を出した。

仙太郎は窮地を脱したかのように、

「そうそう。鉄の製法が知られる以前には、鋭利な黒曜石の鏃を使って狩猟をしていたと、先ほど先生からお聞きしたばかりでした。狩猟神事が行われていた旧御射山では、いまでも雨上がりの翌朝になると、キラキラと輝く黒曜石の鏃を拾うことが出来るそうです。御射山の御狩り神事は、黒曜石の鏃を使っていたころから、いまに至るまで続いていますから、建御名方命や田村麻呂将軍の来訪よりも、神事の起源は遥かに古く、足利尊氏から重任された諏訪円忠《すわえんちゅう》の『諏方大明神画詞《すわだいみょうじんえことば》』には、その辺の事情が詳細に書かれているそうです。先生のお説では、黒曜石を求めて諸国から集まってきた狩猟の民が、森と湖の神に感謝して、鹿狩りを奉納するようになった御射山神事こそが、諏訪信仰の始まりではないか、と考えておられるようです」

さりげなく語られた酒楽斎の仮説を、仙太郎はすっかり気に入ってしまったようだった。

これには酒楽斎のほうが驚いて、

「それを言ってくれるな。あれはわずかばかりの古文書を手がかりに、類推に類推を重ねた上での妄想に過ぎぬ」

照れ笑いを浮かべて打ち消したが、だからと言って、類推によって至り得たその見方が、揺らいだわけではないらしかった。

「黒曜石を採掘した狩猟の民は、星ヶ搭で鎗の穂先や鏃を加工し、土地神に感謝して狩猟神事を捧げると、ふたたび狩りの獲物を追って、山間をめぐる旅に出たのかもしれぬ。あるいはそのまま留まって、八ヶ岳の裾野に住み着いた人びともいたであろう」

洒楽斎は眼をつむって、遥かな古代に思いをめぐらしているらしかった。

「何か証拠でもあるんですかい」

市之丞も興味を示した。

「そうさな」

洒楽斎はおもむろに立ち上がると、文机の脇に置かれた小箱を開けて、鋭角の三角形をした半透明の破片を取り出した。

洒楽斎が指先で摘まんだ、半透明の小さな破片が、室内のわずかな光を照り返している。

「まあ綺麗。それってギヤマンでしょ」

乱菊が眼を輝かせた。

「うろこ状に剝がされた、丁寧な細工の跡を見るがよい」

酒楽斎から渡された破片を、乱菊が手に取って陽に翳《かざ》すと、美しい光沢を放って半透明に輝き、それを見た仙太郎と市之丞が、好奇心に駆られて顔を寄せてきた。

「これは何の形をしておるかな」

酒楽斎に問われて、三人はほとんど同時に答えた。

「鏃です。これは矢尻に相違ありません」

「いつ細工されたものなのか、刃先はいまも鋭利で、曇りもなければ亀裂もありませんね」

「しかし、ギヤマンや玻璃のような高価な宝石を刻んで、射捨て用の鏃などを造るはずはありませんから、これは俗に『矢の根石』と呼ばれている黒曜石ではありませんか」

三人が口々に言い立てるのを制して、酒楽斎はおもむろに言った。

「これは間違いなく黒曜石の鏃じゃ。御射山神事に用いられたものと思われる」

すかさず市之丞が反駁《はんばく》した。

「どうしてそう言いきれるんですか。先生は諏訪に行ったこともなければ、御射山に登ったこともないのに、この矢の根石がどこから掘り出されたものか、分かるはずはねえじゃありませんか」

洒楽斎は笑みを浮かべて、半透明に輝く黒曜石の由来を告げた。

「つい昨夜のことだが、これは龍造寺主膳から貰ったものなのだ」

市之丞は照れ笑いをして、

「それを先に言ってくださいよ」

きまり悪そうに頭を搔いた。

「主膳は迫真の鷹を描くことで知られる絵師（天龍道人）だ。諏訪に住み着いたのも、真に迫った鷹を描くためだったらしい。諏訪は鷹狩り発祥の地と言われて、諏訪流の秘伝をいまに伝える鷹匠がいるという。主膳は鷹匠に弟子入りして猛禽の動きを筆で写し、さらに獲物を狙う鷹の眼を写すために、幾たびとなく鷲ケ峰《わしがみね》や旧御射山にも登ったという。豪雨の朝に地中から掘り出され、雨滴《うてき》に洗われた黒曜石を貴として、神野から拾ってきた石鏃《せきぞく》を、主膳はいつも手元に置いているらしい。この鏃は御射山神事に用いられた、と見ても間違いはあるまい」

市之丞は驚いて問い返した。

「それじゃこの石鏃は、建御名方命が諏訪に逃げて来たときよりも、遥かに遠い昔から使われていた、狩猟の道具だと言うんですかい」

野史《やし》に詳しい洒楽斎は、正史には書かれていない見解を持っているようだった。

「建御名方命は青銅の剣で、鉄剣で武装した天孫族と戦って敗れたのだ。御射山神事で使われた黒曜石の鏃は、青銅よりも遥かに古い時代のものになる」

仙太郎は眼を輝かせた。

「すると、御射山神事を奉納していたのは、稲作が始まる以前から、黒曜石の鏃を持つ弓矢で鹿狩りをしていた狩猟の民ということになりますね」

乱菊も眉根に寄せていた皺を伸ばした。

「そのころから続いていた祭祀だとしたら、御射山神事で鍛えられた諏訪の民は、ほとんどが弓の名手になるでしょうね」

市之丞も元気づいて、

「じゃあ先生は、侵略者から聖域を守るために、土地の者は御狩り神事で武を練ってきた、とおっしゃるんですかい」

権力の末端として酷使されることに嫌気がさして、組織から脱した抜け忍としては、諏訪の『聖域』は、先住の民によって守られてきた不可侵の地、と思い込みたいらしかった。

「それは違うな」

酒楽斎は苦笑した。

「武器を取って戦えば、鉄剣のほうが銅剣より優れ、黒曜石よりも銅剣のほうが優れているのは当然だろう。銅剣を制した鉄剣に、黒曜石の武器で勝てるわけはあるまい。諏訪の聖域が不可侵の地とされたのは、おそらく武器の優劣や戦略の巧みさとは、違った『力』が働いていたからだろう」

乱菊が口を開いた。

「それは誓約の力でしょうか」

すると市之丞が口を挟んだ。

「侵略者と交わした誓約なんて、なんの当てにもならねえぜ」

権力を握った連中が、自分たちに都合よくでっち上げるのが法や秩序だ、と市之丞は思っているらしい。

「人と人との誓約なら、そういうこともあるだろう。しかし神と人との誓約には、武力や権力とは別な力が働く」

酒楽斎は何を言おうとしているのだろうか。

これには市之丞も納得出来ず、

「しかし、それぞれの部族には、それぞれの神があって、神の思《おぼ》し召《め》しがそれぞれに違っていたら、違う神を奉じる部族同士の戦いは、かえって熾烈なものになってしまいますぜ」

根に何か恨みでもあるのか、憤懣をあらわに反駁した。

洒楽斎は気難しそうな顔をして、

「聞くところによれば、遥かに荒海を隔てた遠い異国では、支配地への圧政によって、勢力を蓄えた切支丹たちが、さまざまに分派して新旧を争っているという。それがさらに、領国や利権を奪い合う国家間の戦争に転じて、中でもエゲレスと仏蘭西《フランス》では、血で血を洗う熾烈な戦争が、百年以上にわたって続いたという。同じ神を奉じていてもこの始末じゃ、まして市之丞が言うように、違う神を奉じている異教徒とは、初めから誓約そのものが成り立つまい」

市之丞の言い分を一応は認めた。

「しかし諏訪信仰はそれとは違っている。エウロパ（欧州）の神は基督《キリシト》と呼ばれる貧しい聖人と一体化した、デウスと呼ばれる神だという。これは天地を創造して、すべてを意のままに服従させる絶対神で、それゆえに切支丹以外の民族とは、対立と闘争、そして服従か反乱しか選べない。翻って諏訪信仰の根源にあるものは、森と湖が広がる風土に対する、感謝と畏れではないだろうか。つまり、さまざまな精霊（つまり自然そのもの）に対する畏敬の念だ。あらゆる物（動物も植物も、水や火や土も）に神が宿るのだから、人々の感謝と畏敬は日々の暮らしと直結している。だからそこで暮らす人々は、和を乱す争い事を忌んで、禍々《まがまが》しきものを近づけなかった。そのような聖域がこの世にあると思えば、日々の苦しみや悲しみも、楽しみと喜びに変わるのではないだろうか」

酒楽斎は重々しい声でそう言ったが、市之丞は相変わらず渋い顔をしている。

「そんな頼りねえ神さまに、凶暴な侵略者を阻むことが出来ますかね」

すると乱菊は、小さな声で、呟くように言った。

「侵略者も聖域に住む人たちと同じような、土地の精霊に対する感謝と畏れの念を持っていたとしたら、勝者と敗者の誓約は成り立つんじゃないかしら」

仙太郎も声を合わせて、

「そうありたいものですね」

と賛同した。

酒楽斎は例によって、蒐集した古文書と野史を組み合わせて、正史から逸脱《いつだつ》してゆく類推を重ねた。

「ともかく、天孫族と建御名方命の誓約は成立して、敗者は勝者に殺されることなく、子々孫々にわたってこの地から出ない、という誓いは守られてきた。敗者の子孫は聖性を持つと信じられて諏訪大祝となり、精霊と人を繋ぐ生き神さまと呼ばれるようになった。敗者を受け入れて、侵略軍を排除した聖域が、いわゆる諏訪信仰圏として、東国や蝦夷地（後の陸奥と出羽）まで広がっていった、と言ってよいだろう」

そんな昔のことまで分かるはずはねえ、と市之丞は思ったが、とりあえずその疑念は胸の内に納めて、

「でも東国や蝦夷地は、その後さらに悲惨な目に遭ったわけですし、いまもそれは変わらねえと聞いております。それに引き換え諏訪神社の大祝は、御射山神事には熱心でも、お諏訪さまの布教に専念したという話は聞きませんぜ。それなのにどうして、いわゆる諏訪信仰が、東国をはじめとして奥州《おうしゅう》や羽州《うしゅう》まで伝わっているのか、あっしにはどうにも分からねえんでござんすが」

諏訪へ行ったことがない洒楽斎に説明を求めた。

乱菊が市之丞を咎めた。

「今日の市之丞さんは意地悪ね。諏訪に行ったことのあるあなたと違って、先生は手元の書物を懸命に調べて、行ったことのない諏訪を知ろうとされているのよ」

するとと仙太郎が助け舟を出した。

「そのことならわたしにも説明出来ます」

洒楽斎が笑顔で促した。

「仙太郎は諏訪に隣接する甲州の生まれじゃ。書き物としては残されなかった古くからの伝承も聞いておろう。思うところを話してみるがよい」

そう言われて、仙太郎は却って遠慮がちに、

「わたしは古文書も読めず、諏訪の伝承を聞いたのも幼いころのことで、確かな記憶とは言えません。だから先生の受け売りになりますが、市之丞さんの疑問は、古代から続いている御射山神事の起源について考えてみれば、すぐに解けることだろうと思います」

持って回った言い方に、

「気を持たせないで」

乱菊がその先を促した。

津金仙太郎は照れくさそうに、

「すでに先生が話されたことですが」

と前置きして説明を加えた。

「星ヶ搭の黒曜石を求めて、諏訪に集まってきた狩猟の民は、狩猟に欠かせない貴重な石を採掘させてくれた精霊への感謝とお礼をこめて、神の狩場で大掛かりな鹿狩りを催した、と聞いております。狩猟の神に捧げた鹿の肉を、狩りに参加したすべての人々が共食し、これまで敵対していた部族と部族が親善を深めた。これが御射山神事と言われて定着し、諏訪信仰の起源になったのではないか、と先生は言われました。わたしもそう思います。黒曜石の鏃を得た狩猟の民は、御射山祭が終われば、新たな獲物を追って、獣たちが通う山間の『けものみち』伝いに散って行きましたが、そのまま諏訪に残って、精霊の地に住み着いた人たちも、少なくはなかっただろうと思います。御射山神事を起源とするお諏訪さま信仰は、それらの人々によって、長い長い歳月をかけて定着していったのではないでしょうか」

仙太郎はそこで一息ついて一座を見渡したが、退屈そうな顔が見当たらなかったので、安心してその先を続けた。

「御射山祭が諏訪信仰の起源だとしたら、獲物を追って山伝いに散っていった人々も、やがて定住する土地に諏訪の神を祭るでしょう。思いがけない山中に諏訪社が鎮守《ちんじゅ》されていたり、関東一円から奥州や羽州にかけて、諏訪信仰圏が広がっているのは、御射山神事に参加した人たちか、あるいはその子孫たちが、その地に諏訪社を勧進《かんじん》したからではないでしょうか。たとえそうでなくとも、狩猟で暮らした人々の子孫か、そのまた子孫が作った集落には、お諏訪さま信仰を受け入れる素地が出来ていたのだと思います」

乱菊は驚いたように、

「まあ、仙太郎さんったら、まるで先生が乗り移ったみたいに話すのね。あなたとは長いお付き合いだけど、剣の他にも関心を持てる人とは知らなかったわ」

仙太郎は照れ笑いを浮かべた。

「あまり道場に寄り付かない不肖《ふしょう》の弟子ですが、これでも天然流門下ですから、考え方が先生に似てくるのは、当然のことなのかもしれませんね」

それを聞いた市之丞は、やれやれと溜息をついて、嫌味たっぷりの愚痴をこぼした。

「余計なお喋りをする人が、またひとり増えたわけか。これじゃいつまでたっても、話が先に進まねえ。困ったことになったものです」

しかし、仙太郎に援護された洒楽斎は、水を得た魚のように勢いづいて、よけいな蘊蓄を語ることをやめなかった。

「諏訪の殿さまは、生き神さまとして尊崇《そんすう》されてきた諏訪大祝の直系と言われている。森と湖の恵みを諏訪の精霊として崇め、感謝と畏敬の念から始まった諏訪信仰は、世の移り変わりと共に、武神となり豊穣神《ほうじょうしん》となって諸国に広がったが、御神体《ごしんたい》を持たない精霊であることは、今も昔も変わらない。諏訪社に詣《もう》でると、拝殿はあっても御神体の鎮座する本殿を持たない、という境内の特異な配置に驚くだろう。精霊は形を持たない。森と湖の精霊が住まう聖域、諏訪そのものが御神体なのだ。諏訪湖の南北に祭られている四社（上社《かみしゃ》の前宮《まえみや》と本宮《ほんみや》、下社《しもしゃ》の春宮と秋宮）の拝弊殿《はいへいでん》は、いずれも森と湖にお山（上社は守屋山《もりやさん》、下社は霧ヶ峰）を遥拝する聖処であって、そこには奥殿も無ければ御神体も無い。諏訪湖を挟んで建てられた四つの社殿は、精霊の遥拝地にすぎないのだ」

　そのとき、道場で素振りの稽古をしていた、女弟子の結花《ゆか》が入ってきた。

　結花は額の汗を拭いながら言った。

「たったいま、お使いの方が参られましたが、緊急ということなのでお連れしました」

　急な使いが来るかもしれぬから、そのときは遠慮なく奥の間へ通してくれ、と頼んでいた洒楽斎の言いつけを守って、結花は客の素性や用件も問わず、道場に入れてしまったらしかった。

　すると小柄な結花の背後から、たぶん御老女初島の命を受けた女忍びの掬水が、不意に姿を現わした。

「一刻を争う用件をお伝えするため、ご無礼は承知の上で、奥まで通していただきました」

遠慮深げな会釈をしたが、それにしては掬水に悪びれている風情がなかった。

「承ろう」

どのような用件で掬水が急使に立ったのか、洒楽斎には分かっているらしい。

若い女弟子には聞かせたくない話だと思ったのか、いつまでも引き取ろうとしない結花に言った。

「ご苦労であった。道場に戻って稽古を続けなさい」

大先生にそう言われても、結花はその場を動かずにぐずぐずしている。

「どうしたのだ。早く稽古に戻りなさい」

師範代の市之丞が叱っても、結花はなかなか動こうとしない。

「ここに居てはいけませんか」

結花は小娘らしい好奇心に駆られて、奥座敷の密談に加わりたいらしかった。

「わかってね。いつもとは違うの。今日のお話は、この上もなく危険なことなのよ。へたに巻き込まれたら只では済まないのよ」

そう言って乱菊はたしなめたが、かえって小娘の好奇心を掻き立てたらしい。

「かまいません。あたし乱菊先生のようになりたいんです」

十五歳になる結花は、四谷に店舗を構える糸屋の娘で、町娘の行儀作法を身に着けるために、天然流道場に通っているが、女師匠の乱菊は剣術の師範代を兼ねていて、大柄な門弟たちに稽古をつけるときに見せる、舞踏にも似た華麗な体捌きに、早くから憧れを抱いていたらしい。

初めは女弟子として、乱菊からお茶やお華、女らしい仕草や立ち居振る舞いを習っていたが、いまでは荒々しい男弟子たちを相手に、竹刀《しない》を振るうようになっている。

「元気のよい娘さんだが、太刀筋のほどはどうかな」

洒楽斎は師範代の市之丞に尋ねた。

「それが思いのほかに見事な体捌きで、可憐な小娘ながら太刀筋がよく、大柄な男弟子と激しく撃ち合っても、滅多に勝ちを譲ることはありません」

つまり市之丞に言わせれば、伸び盛りで進境《しんきょう》著しい娘らしい。

洒楽斎は、ほうほう、と感心して、

「逸馬や平八郎と立ち合ったことはあるのか」

とんだ逸材《いつざい》の誕生かと喜んだが、

「それは無理ですよ。逸馬と平八郎の剣技は、門弟どもの中でも別格です。結花どころか古参の弟子たちでも、あの二人に敵う者は誰も居ないのですから」

ひょっとしたら、師範代の市之丞でも危ないかもしれなかった。

そのためあの二人は、凡庸《ぼんよう》な剣を遣う他の門弟たちから避けられて、見かねた塾頭の仙太郎が、特例として半ば専属で二人を指南してきたわけだった。

「ならばこうしよう。進境著しいと聞く結花が、逸馬か平八郎のどちらかと試合をして、三本のうち一本でも取ることが出来たら、奥座敷の密議に加わる資格があるものと認めよう。だからまあ、今日のところは黙って帰ってもらうんだな」

しかし上村逸馬と牧野平八郎は、半年ほど前から諏訪藩の江戸屋敷に召し戻されて、派閥争いの渦中に在るのだから、もう道場に出てくることはないだろう。

しかも逸馬と平八郎は、それぞれ二之丸派と三之丸派の尖兵として、真っ先に斬り合わなければならず、二人のうちどちらかが殺されるか、あるいは実力が伯仲《はくちゅう》する両者は、相討ちとなって死ぬかもしれないという、苛酷な使命を負わされているのだ。

騒動の決着が付いた後、あの二人が戻ってくることはあるまいから、道場で結花と立ち合う機会はないだろう。

いわば洒楽斎は、詐術《さじゅつ》を用いて小娘をたしなめたことになるが、逸馬と平八郎が課

されている藩内の拘束を知らない結花は喜んで、

「それを楽しみに稽古に励みます」

と言い残して、意外にあっさりと引きあげていった。

酒楽斎は結花の後ろ姿を黙って見送っている。

「でも先生。諏訪藩の派閥争いで、真っ先に死ななければならないのは、両派の尖兵として、斬り合いを課せられているあの二人だ。たぶん逸馬や平八郎は相討ちになって、戻って来ることなど出来ませんぜ。無邪気な小娘を騙してもいいんですか」

市之丞がそれとなく非難すると、

「それを防ごうと、わたしは無頼《ぶらい》の博徒に化けて、あの二人に張り付いているのです」

仙太郎が酒楽斎を擁護した。

すると掬水が気ぜわしく、

「お話を遮るようですが、あたしはそのことで急ぎ駆け付けたのです。いつも泰然としているあの渋川さまが、みなさんの手を煩わせる事態が出来《しゆったい》した、説明している暇はない、雑司ヶ谷の下屋敷まで来ていただきたいと申しておられます」

動揺を見せたことのない女忍びが、めずらしく額に汗を滲ませている。

「緊急なことか」

それを聞いて洒楽斎は緊張した。

「はい。大至急お願いしたい、と申されました」

深謀遠慮に富んだ龍造寺主膳が、大至急などと言うことは滅多にない。

「事情を説明する暇もないのだな」

「そうです。いますぐに」

掬水は焦っているらしかった。

「人数はどれほど必要なのだ」

小娘の結花ひとりに、道場の留守を任せることは出来ない。

「みなさんのすべてに、お願いしたいということです」

掬水は必死だった。

「そんな約束ではなかったぞ。わしは物事を見極めてから動くと言ったはずだ」

昨夜の主膳は、洒楽斎が主張するゆとりある対応を受け入れていた。

事態は急変したのだろうか。

「諏訪藩の存亡《そんぼう》が、この時に賭けられている、躊躇している暇はない、と渋川さまは急いでおられます。すぐにお越し願いたいと存じます」

洒楽斎は鋭く問い詰めた。

「それは渋川虚庵（龍造寺主膳）の存意《ぞんい》か、それとも福山どのの願いか」

掬水は女忍びらしくもなく、端的な口を利いた。

「めずらしくも、おふたりの存意と願いが一致しているのです」

それを聞いた乱菊が決然として言った。

「奥方さまと初島さまの願いなら、取り敢えずあたしは行くわ」

乱菊が身支度を整えると、仙太郎も素早く太刀の下げ緒《さお》を取って、

「藩内抗争の大詰めがあるとしたら、舞台となるのは芝金杉の江戸屋敷でしょう。わたしが居ないあいだに、逸馬と平八郎は派閥の尖兵となって、すでに斬り合っているかもしれません。わたしはすぐ芝金杉に参ります」

立ち上がろうとするのを、女忍びの掬水が咄嗟に押さえた。

やさしい女の手だと思っていたのに、盤石《ばんじやく》の重みがあって、さすがの仙太郎がその場に引き戻された。

「お待ちください。渋川さまの裏工作もあって、事は順調に運んでいたようですが、いまは一触即発《いつしよくそくはつ》の時を迎えて、何がどう転ぶか分からない、と渋川さまも申されております。事は綿密に練られてきたのです。最後まで緻密《ちみつ》な連携を怠ってはなりませ

ん。渋川さまが皆さんにお願いするのは、同時に運ばなければならないことが、幾箇所かに分かれているからです。バラバラの働きは無駄になるばかりか、互いの動きが邪魔になる結果にもなりかねません。ひとまず雑司ヶ谷の別邸に来られて、渋川さまの指示をお待ちください」

するとと市之丞がすぐに賛同した。

「それがいい。あっしは無駄な動きをしたくねえ。所詮わしらはよそ者で、動きの主体は諏訪藩にある。主膳さん、おっと渋川さんの策略を聞いてから、あっしらは邪魔にならねえように動こうじゃありませんか」

掬水も無表情のまま頷いて、

「渋川さまも、そうおっしゃって居られました。出来る限りのお膳立てはするが、動くのは諏訪の藩士たちだ、よそ者の見守りが有効かどうかは、結果を見なければ分からぬ、と申されております」

そう言いながら、掬水は道場の脇を通って、洒楽斎たちを玄関先に導いた。

「これでは主客転倒《しゆかくてんとう》ですな」

と言って仙太郎は苦笑した。

洒楽斎は例によって、意味不明なことを呟いている。

「この世には、結果を見ても分からぬことがあるのだ。何がよくて何が悪かったのか、その基準は人によって、そして時の流れによって変わる。この世には変わらぬ基準などあり得ない。しかしそれもみな表層に過ぎぬのだ。だからといって、その奥に在るものが真実だと言い切ることも出来ない。浮世とはよく言ったものだ。われらは生あるかぎり表層を漂い、時には深層に呑まれて溺れかけ、当てもなく時の流れに浮かんだまま生涯を送るのだ。知るも知らぬも同じなら、事の深奥などを知らぬほうが幸せかもしれない」

乱菊がそっと洒楽斎の背中を押した。

「そんなこと言わないで」

洒楽斎を励ますというよりも、むしろ縋るような手つきだった。

形ばかりの門口を出るとき、

「聞いたようすじゃ、いつ帰れるか分からねえ。結花に頼んで道場を任せて参ります。あの娘は近頃めきめきと腕を上げているので、師範代の代理くらいは務まるでしょう。あっしら全員がいなくなるからって、ただでさえ実入りの少ねえ道場を、閉めるわけには参りますめえ。なあに、大丈夫。結花ならあっしの代理くらいは務まりますよ」

市之丞が玄関口に向かうと、

「あら、可愛い結花ちゃんなら、きっと稽古を付けてもらいたがる人が増えて、かえって人気が出るかもしれなくってよ」

乱菊が揶揄ったが、市之丞は気にする風もなく、結花を呼び出してテキパキと指示を出している。

それを見て、

「われらの後から若手が育っている。先生も楽になりましたね」

と仙太郎が言った。

「わしはもう隠居したほうがよさそうだな」

冗談のように言った洒楽斎の声に、よほど実感が込められていたのか、それを聞き付けた乱菊が悲しそうな顔になって、

「駄目よ。勝手なことは許さないから」

めずらしく眦《まなじり》を決して詰め寄ってきた。

第三章　鷹《たか》の眼を持つ女たち

一

「わざわざおぬしたちに来てもらったのは、にわかに事態が急変して、わしひとりでは手が回らなくなったからだ。快く引き受けてもらえてホッとした」

玄関口に待ち構えていた渋川虚庵（龍造寺主膳）は、いかにも安堵したように言った。

相変わらず押しつけがましい男だな、まだ引き受けたとは言っていないし、快く呼ばれたわけでもないと思ったが、洒楽斎はそんなことは色にも出さず探りを入れた。

「めずらしい物の言いようだな。諏訪藩の騒動は急転直下、いよいよ大詰めを迎えることになったのか」

主膳はにんまりして、

「そのとおりだ。ひそかに画策していたわしでさえ、驚くほどの急展開だが、じつはこれからが難しい。おぬしたちの力添えがなければ、切り抜けることの出来ない難事かもしれぬ」

そう言って主膳は、仙太郎や市之丞の顔を、頼もしそうに振り仰いだ。

いつも自信ありげな主膳が、初対面に等しい天然流の高弟たちを、よほど頼りにしているらしい。

「そのようなセリフを聞くのも久しぶりだ」

洒楽斎の口ぶりには、どうしても皮肉な響きが出てしまう。

しかし当の主膳は、相変わらず泰然として、弱音を吐いているのではないらしい。

「そうだ。久しぶりに血が湧き胸の躍る思いが騒いでいる。このようなときには、脇にいてわしを制御してくれる、おぬしの見守りが必要なのだ」

そういえば宝暦のころから、若い鮎川数馬は老練の龍造寺主膳に、なぜか暴徒たちの調停役を押し付けられてきた。

「わしはいつまでも、空転する車輪の歯止め役か。しかしいくら策謀家のおぬしでも、もはや暴走するような歳ではあるまい」

この男に付き合って、これまでロクなことはなかったな、と洒楽斎は自嘲した。

しかし、考えてみればそのおかげで、世事に疎《うと》かった鮎川数馬が、洒脱《しゃだつ》で気ままな洒楽斎へと、脱皮することが出来たのかもしれなかった。

それがよかったのかどうなのかは分からない。

世の仕組みを変えようとした鮎川数馬が、間違っていたとはいまも思わないが、変えるだけの力を持てなかったことは、やはり認めざるを得ないだろう。

しかしそう言ってしまえば、鮎川数馬が師事した竹内式部や、幕府の膝元で尊皇斥覇を唱えた兵法指南の山県大弐も、力及ばずして強権に屈した敗者のひとりにすぎなかった。

功ならずして散った先人の後から、同じような道が開かれるとは思わない。

流れ去る「時」の腐蝕《ふしょく》は止めようがない、と洒楽斎は思っている。

理念は理念としてそのままでは生き残れず、時流に合わせることによって屈曲《くっきょく》してしまうか、より軽薄な理念に否定されて、あっさりと忘れられてしまうかのどちらかだろう。

ただ名乗りを変えただけなのに、洒楽斎と鮎川数馬には、いつの間にか生じてしまった溝がある。

しかしそうなってしまったのは、いつからのことなのか、はっきりしたことは洒楽斎にも覚えがなかった。

溝と言ってもその溝は、渡れないほど深いわけではなく、越えられないほど離れているわけでもない。

溝を埋めているのは時の流れで、過ぎ去った日々といまとを比べてみれば、まるで違った時間軸に属しているのではないかと思うことがある。

たぶん渋川虚庵と名を改めた龍造寺主膳も、同じような感慨を抱いているに違いない。

主膳にとって洒楽斎は、歪められてしまった時間軸を確認して、不本意ながらもいま置かれている、おのれの位置を確かめるための指標なのだ。

宝暦のころ、主膳とふたりで鴨川の流れに身を浮かべ、水の流れに逆らうことなく、追手の包囲網から脱出したように、いまも流れに身をまかせる他に遣りようはあるまい。

「余計な説明は省く。これより三手に分かれてもらいたい」

テキパキと指示を出す龍造寺主膳は、別人のように活き活きしていた。

「問答無用ということですかい」

昨夜は主膳と意気投合していた市之丞が、憤然として言った。

「そうだ。説明は後だ。いま説明している暇はない。手分けしてすぐ事に当たってもらう」

主膳はいつになく焦っているらしい。

「ならば、あっしは下りますぜ。訳も分からねえことで動くのはまっぴらだ」

市之丞は抜け忍らしい片意地を見せた。

「そう申すなら致し方ない。おぬしには抜けてもらおう」

主膳はあっさりと切り捨てた。

すると屈強な男たちが現れて、いきなり市之丞の両肩を左右から押さえた。

摑まれた両腕が痺れて身動きも叶わない。

「これだけの力持ち、もっと役に立つことに使ったらどうです」

市之丞は咄嗟に身を沈めると、床すれすれに一回転して、起き上がりざま、左右に拳を放って跳躍した。

屈強な男たちが、空《くう》を摑《つか》んで弾き飛ばされた。

「この男を手籠めにしようとしても無駄だ。急ぎの話なら早くせぬか」

洒楽斎は主膳に先を促した。

「それもそうだな」

主膳は苦笑した。

「突発事というのは他でもない。江戸に出た千野兵庫が、庇護を求めて駆け込んだ殿さま（忠厚）の妹婿、松平和泉守乗寛から、いきなり上屋敷の退去を命じられたのだ」

奏者番を勤める和泉守は、千野兵庫が出府してきた事情を聴くと、江戸に住む諏訪の分家筋や、血の繋がる縁戚を招集して、義兄に当たる安芸守への対応を協議してきた。

親戚衆と取り交わした合意の下に、世継ぎの件、国元の派閥争いの件について、安芸守忠厚に進言したが、ふだんの付き合いもなく、顔も知らない親戚衆の、要らぬ差し出口を嫌った安芸守は、理を尽くして言えば言うほど頑固になって、妹婿である和泉守の忠告を、聞き入れようとしなかった。

和泉守は三ケ月にわたって、粘り強く説得を続けてきたが、忠厚はますます頑固になって、なかなか交渉が進展しないので、業《ごう》を煮やした和泉守乗寛は、この件からは一切《いっさい》手を引くと宣言した。

「そのような経由があって、殿さま（忠厚）の妹婿に匿われていた千野兵庫は、三河西尾六万石の領主、松平泉守乗寛の屋敷から、退出せざるを得なくなったのだ」

江戸に出た主膳は、知り合いの文人墨客《ぶんじんぼっかく》を廻って、外郭から兵庫を援護しようと思っていたのだが、

「ここに至って事態は急変したわけだ。和泉守は奏者番を務める幕政の重鎮《じゅうちん》だ。このまま和泉守が手を引けば、諏訪のお家騒動は、幕閣の裁きに委ねられることになるだろう。諏訪藩にしてみれば、廃絶の憂き目に晒されることになる訳だ」

そうなることへの前兆が、これまで見られなかったわけではない。

龍造寺主膳は手短に説明した。

「諏訪の国元では、諫死《かんし》を覚悟して出奔した元家老、千野兵庫に同情する藩士の動きが活発になった。さまざまな流言飛語が飛び交う城下では、歴代藩主の墓がある温泉寺に、三十五人の藩士が集まって、血判状《けっぱんじょう》を書き綴り、血を啜《すす》り合って血盟を結んだという。あとから加わる藩士たちと合わせて、七十五人の血判を捺《お》した連判状を持って、浜長十郎《はまちょうじゅうろう》、久保島平左ェ門《くぼじまへいざえもん》、牛山陣平《うしやまじんぺい》、井出雄右衛門《いでゆうえもん》の四人が、国元の代表として出府した。それからは殿さまの許しもなく、出府する藩士たちが後を絶たない。江戸市中では、諏訪藩士たちの殺気立った動きが評判になって、恐怖と好奇心に沸いているという。このままゆけば、幕閣の公裁を仰ぐ他はなくなるだろう。お世継

ぎ騒動や派閥争いによる藩内の乱れは、武家諸法度《ぶけしょはっと》に照らせば諏訪藩の存続を危うくする」

そういうことか、と思って洒楽斎は溜息をついた。

ややこしくて手に負えない、と言って市之丞が匙《さじ》を投げた、藩邸内のゴタゴタとはこの騒ぎだったのか、と裏と表を知って辻褄は合ったが、和泉守が忠厚の頑迷さに腹を立て、この一件から手を引くと宣言したからには、いまになって藩邸の動きを知ったところで後の祭りだ。

「千野兵庫は和泉守の屋敷を出て、諏訪家の菩提寺《ぼだいじ》、芝の東禅寺《とうぜんじ》宗法院《そうほういん》に移るという。わしがそれを知ったのは、つい半刻ほど前のことだ」

さすがの主膳も、急な展開に戸惑っているらしい。

そうなれば従来の作戦を、早急に変更せざるを得ないだろう、と洒楽斎は思った。

「策謀家のおぬしにも、予想外の展開となったわけか」

しかし主膳は、なぜかしたり顔をして、口の端に笑みさえ浮かべている。

「これまでは和泉守任せで、わしから見れば動きの鈍かった千野兵庫が、いよいよ思い切った手を打つことになったのだ」

しかしどう考えても、千野兵庫は引くに引けない窮地に、無理やり立たされているとしか思えない。

「窮鼠《きゆうそ》猫を嚙むことになったのか」

　洒楽斎が皮肉まじりに揶揄っても、主膳は口元に浮かぶ笑みを隠さなかった。

「そういうことだ。いや、そのたとえは逆で、これまで牙や爪を隠していたのらくら猫が、殿さまを盾に使ってそっくり返っていた鼠どもに、ようやく嚙みつこうとしているのだ」

　主膳はこの時を待っていたに違いない、あるいは、泰然自若《たいぜんじじやく》としていた千野兵庫を、ここまで追い込んだのは、背後で裏工作をしていた主膳の、起死回生《きしかいせい》を狙った策謀かもしれない、と洒楽斎は咄嗟に思った。

「八方塞がりにならなければ、なかなか動き出さないのが、千野兵庫という男の駄目なところだ。兵庫は家老職を追われただけでなく、家伝の俸禄千二百石を失い、縁をたどって泣きついた和泉守の屋敷からも、即刻に立ち退け、と追い出される。さらに主君の安芸守忠厚は、不義不忠の千野兵庫を引き渡せ、さもなくば話し合いには乗れぬ、と馬鹿の一つ覚えのように、調停役の和泉守に向かって言い張っているらしい」

　主膳は軽く咳払いをした。

「それが三ケ月も続いたのか」

酒楽斎が合いの手を入れると、主膳は泰然としてその後を続けた。

「世間知らずの安芸守は、佞臣渡邊助左衛門の讒言を信じて、おのれの意に染まぬ国家老を憎んでいる。兵庫の身柄を諏訪藩邸に引き渡せば、安芸守から切腹を命じられるに決まっている。和泉守はそうなることが分かっていたので、鍛冶橋の屋敷内に千野兵庫を匿ってきたのだが、和泉守はそうなることが分かっていたので、すべての因縁を絶つために、兵庫にも立ち退きを迫ったのだ。いきなり庇護者から突き放された元家老は、すべての退路が断たれたことを知って、最期の賭けに出ようと、ようやく覚悟を固めたものらしい」

乱菊は眉をひそめて、

「まあ、お可哀想に」

と言って眼を伏せた。

「しかしまだ若い和泉守に、そうせよ、と吹き込んだのはおぬしであろう」

酒楽斎に痛いところを突かれても、主膳は動ぜず、笑って誤魔化しているように思われた。

「まさか。買い被ってもらっては困る。わしが陰ながら働きかけたのは、およそ権力とは縁のない文人墨客ばかりだ。わしのような世捨て人に、幕閣を動かすような力はない。もしわしにその力があれば、朋友《ほうゆう》の山県大弐を見殺しになどしなかったわ」

主膳は自嘲するように笑った。

「しかし頼りの和泉守から見放され、孤立無援、絶体絶命の窮地に追い詰められた千野兵庫は、鍛冶橋の江戸屋敷を出る前に、諏訪藩邸の留守居役、渋谷理兵衛《しぶやりひょうえ》と藤森《ふじもり》金要人《かねと》を呼び寄せて、和泉守に鍛冶橋の西尾藩邸から退去するよう命じられたことを告げ、ここに置いてもらえぬ上は、公儀に訴え出る他はない、そうなれば私的な恨みは晴らせても、わが藩は廃絶、殿さまは謹慎か悪くすれば切腹、藩士たちの全員が路頭に迷うことになる、そうなる前に、江戸藩邸の留守居役として、やるべきことがあるのではないかと喝破して、渡邊助左衛門や近藤主馬の威勢を恐れ、奸臣《かんしん》どもの好き放題にさせてきた留守居役を脅迫したという」

随分と手の込んだことをするな、と洒楽斎は思った。

「それもおぬしの指金であろう」

いかにも主膳らしいやり口だった。

洒楽斎から図星を指されても、主膳は気にかけることもなく喋り続けた。

「留守居役の渋谷と藤森は、最後の手段として、渡邊助左衛門一派を除こうと腹を決めたらしい。しかし知ってのとおり、用意周到な助左衛門は、藩費を流用して凶悪な殺し屋たちを雇っている。殿さまを取り込んで、勝手気ままに振る舞う側用人の遣り口を、見て見ぬ振りをして来た留守居役の老人に、若い近藤主馬や上田宇次馬を、取り押さえることなど到底出来ぬ。そこでおぬしたちに頼みがある。藩邸に斬り込んで、佞臣を取り押さえようとしている非力な老人たちに、影ながら加勢してもらいたいのだ」

酒楽斎はしばらく沈思黙考して、主膳の腹を探ってみた。

「その程度の働きなら、おぬし一人でも十分ではないのか」

主膳は苦笑して、

「わしはよそ者だが、諏訪藩の領内に居を構えておる。あそこを安住の地と決めているので、老後の安寧を得るためにも、いまさら顔や名前を知られたくはないのだ」

すると仙太郎が気軽に引き受けた。

「凶悪な殺し屋の成敗《せいばい》なら、たぶんわたしの出番ですね。ひょっとしたらその中に、隠れ賭博の知り合いが居るかもしれません。どうせわたしは、上村逸馬と牧野平八郎の見張り番です。いますぐにでも、芝金杉の江戸藩邸に駆け付けましょう」

「あたしも行くわ」

乱菊が立とうとするのを、主膳が抑えて、

「そなたには別な仕事がある。渡邊助左衛門は狡猾な男だ。千野兵庫の動きはすべて読まれていると言ってよい。いよいよ兵庫が攻勢に出たと知れば、どんな卑劣な手を使っても、機先を制しようとするだろう。二之丸派の側用人が殺し屋を差し向けるとしたら、標的となるのは当面の敵である千野兵庫と、殿さま（忠厚）が離縁した御正室の福山どの、とりわけ渡邊助左衛門にとっては最大の敵、奥方の参謀役を勤めてきた御老女の初島どのだ」

護衛しなければならない人物を列挙した。

「それではあたし、このお屋敷に残ることになるのね」

乱菊が座りなおすと、

「あっしはどこに廻りましょうかね」

ついさっき、この件から下りると見得《みえ》を切った市之丞が、性懲りもなく名乗りを上げた。

「おぬしには大事な繫ぎ役を頼みたいと思っていたが、この件から下りると言われたので、代わりにこの屋敷の奥女中、気配りのよい掬水を頼ることにする」

主膳は意地悪く、市之丞の申し出を撥ねつけた。

するとと乱菊が元気づいて、

「いざというとき頼れる市之丞さんが、繋ぎ役を引き受けてくれたら、あたし、安心して働けるわ」

市之丞が翻意《ほんい》したので嬉しそうにしている。

するとの仙太郎も声を合わせて、

「市之丞さんには、芝金杉に来てもらいたいな。藩邸となれば広くて人が多い。わたしひとりでは手が回りかねます。変幻自在の市之丞さんが一緒なら、万が一にも取りこぼしはないでしょう。そうなればわたしも、働き甲斐があるというものです」

市之丞が気を変えたことを歓迎した。

「というわけだ。わしも市之丞がいなければ、寄る年波《としなみ》に勝てそうもない。それぞれの持ち場はわしが決めよう」

洒楽斎が重い腰を上げて身を乗り出した。

「やっとやる気を起こしてくれたか。おぬしの仲間のことはおぬしのほうが分かっていよう。すべてを任せるから采配《さいはい》を頼む」

主膳は鷹揚に応えたが、洒楽斎にしてみれば、またこの男に乗せられてしまったか、という苦い思いも隠せなかった。

「采配と言っても、おぬしの考えた配置と変わるものではない。ただお屋敷の掬水どのが加わるとしたら、市之丞とふたりで繋ぎ役を受け持ってもらえば心強い。芝金杉には仙太郎と市之丞が向かって留守居役に加勢し、雑司ヶ谷の別邸は乱菊と掬水どのが守る。おぬしはわしと一緒に、千野兵庫どのを護衛して本陣を固める。それぞれの持ち場を二人ずつにしたのは、臨機応変に持ち場を変えて、自在に動けるようにするためだ」

主膳は得心して、

「じつは留守居役のお二方は、この屋敷内に待機しておられる。津金どのと猿川どのには、お二人と一緒に芝金杉へ向かってもらおう。乱菊どのはこの屋敷に残って、掬水と一緒に奥方と御老女を守って欲しい。洒楽斎どのはわしと一緒に、千野兵庫が待つ鍛冶町の屋敷に向かおう」

すると思わぬところから声があって、

「分かりました。ひとりで雑司ヶ谷を守るつもりでおりましたが、乱菊さんと御一緒なら心強いかぎりです」

忍び装束に身を固めた掬水が、片隅の薄暗い物陰から、影のような姿を現わした。

二

「乱菊さんと一緒に働けるなんて嬉しいわ」

めずらしく掬水が笑みを見せた。

「奥女中の衣裳より、あなたにはそのほうがお似合いね」

殺し屋どもと乱戦となることを覚悟しているのか、掬水は忍び装束の下に、身に合った鎖帷子《くさりかたびら》を着込んでいる。

「ほんとうは鎖帷子なんて着たくないの。鋼鉄の綴り合わせは意外に重いから、着込めばいつもより体《たい》捌きが鈍って、忍びとしての動きは半減するわ」

「でも、どんな殺し屋が襲ってくるのか分からないし、襲撃してくるのはひとりや二人ではないかもしれないわ。お肌を傷つけないようにしないとね」

女らしいことを言い合った。

「でも、芝金杉のお屋敷では、あなたは控えめな奥女中にしか見えなかったわ。こんな頼もしい味方がいると分かっていたら、ひとりで気を張り詰めなくてもよかったのに」

乱菊はふと思い出したように、笑いながら苦情を言った。

「御老女さまが乱菊さんをお供に連れて、渡邊助左衛門の侍長屋に乗り込んだとき、あたしは庭師に化けて見張っていたのよ。あなたが殺し屋の鬼刻斎と睨みあっていたのも、庭木の陰から見守っていたわ。でも、あたしが女忍びと御存じなのは御老女さまだけ。お屋敷では奥女中として仕えているので、誰からも正体を知られたくなかったの」

「みごとな隠遁《いんとん》の術ね。あたしには分からなかった」

朱塗りの女駕籠を仕立てて、乱菊を迎えに来た掬水を、一目で女忍びと見破った市之丞さんは、やはり甲賀三郎と呼ばれるほどの手練れだったのね、と乱菊は改めて思った。

「このお屋敷で頼りになる人って、あなた以外にいないのかしら」

もし鬼刻斎のような凶悪な殺し屋が、無防備なお屋敷を襲ってくるとしたら、女ふたりだけでは守りきれないかもしれない。

「いるわ。屈強な力持ちよ。ほら、乱菊さんも御存じの無口な供侍《ともざむらい》」

内藤新宿の天然流道場に、御老女の差し金で朱塗りの女駕籠を乗りつけたとき、物珍しげに取り巻いた野次馬どもは、女駕籠を守っている屈強な供侍を恐れて、悪戯を仕掛ける者は誰もいなかった。

「あのとき乱菊さんを護衛した与之助《よのすけ》よ。ふだんは庭仕事や門番をしているけど、与之助は男だから、奥方さまやあたしたちが住むお屋敷には入れないの」

仁王《におう》さまのように門前に立ちはだかる、屈強な男のことが乱菊も気になっていた。

「見た目は怖そうだけど、いつもニコニコして愛想のいいひとね」

あれで門番が務まるのだろうか。

「それは乱菊さんには邪念がないと、与之助が一目で見抜いたからなのよ。見かけと違って勘の鋭い与之助は、害意をもって門を潜《くぐ》ろうとする者を見逃さないわ」

無口な与之助の姿を思い出して、掬水は何故か可笑しくなった。

「門番に向いているわけね。でも与之助さんの声って聞いたことがない」

掬水はわずかに声を落とした。

「気の毒なことに、声を失っているのよ」

そうだったのか、と乱菊は改めて思った。

だから与之助は、声の代わりに神経を研ぎ澄まして、敵か味方かを一瞬で見抜く術《すべ》を身に着けているのか。

「頼りになる人なのね。じゃあ、殺し屋たちが襲ってきても、門前で与之助さんが食い止めてくれるから、あたしたちは屋敷の中だけを守っていればいいのね」

しかし、どんな手を使う殺し屋たちが襲って来るのか予想がつかない。

いくら与之助が屈強な男でも、たったひとりで支えきれるだろうか。

「あたしひとりだけで、お屋敷の警固は事足りる、と思っていたのは、門番に与之助がいてくれるからよ」

忠厚から離縁された奥方さまが、芝金杉の藩邸を出て福山藩の下屋敷に移ってから、奥に仕える女中は御老女と掬水だけになってしまった。

掬水は与之助を信頼しきっているようだが、声を失った男は助勢を呼ぶことも出来ず、残忍な殺し屋どもに、なぶり殺しにされることはないのだろうか。

「奥方さまと御老女さまを別々に守るより、一緒にいてもらったほうがいいわね。おふたりにそう伝えてもらえないかしら」

「そうね」

掬水が奥に入ると、乱菊は屋敷の周辺を見廻って、殺し屋たちが侵入してきそうな箇所を調べてみた。

外壁は頑丈そうで防御に支障はないが、この程度の高さでは、物慣れた忍びなら軽々と飛び越えてしまうだろう。

奥方さまの住む別邸は、大きな泉水《せんすい》を眺める松林の奥に、ひっそりと佇《たたず》んでいるので外観は目立たない。

しかし数寄屋《すきや》造りの別邸は、四面に張り巡らされた廊下に防壁はなく、攻め易く守り難い構造なので、どこから襲ってくるかも分からない刺客から、無防備な奥方さまを守るのは難しそうだ。

近づく曲者を見張るには、お屋敷の四面を守る護衛役が必要だが、掬水とふたりだけでは手が足りない。

そうだ、与之助さんがいた、と思って乱菊は門番小屋に近づいて行った。

「与之助さん」

あらかじめ声をかけた。

返事もなく与之助が姿を現わした。

薄暗闇に立つと、六尺豊かな大男で、遠目で見るより迫力がある。

「あなたに相談があるの」

乱菊の言うことが分かるのか分からないのか、与之助は愛想よくニコニコ笑っている。

「このお屋敷が襲われることは知っているわね」

与之助は頷いたが相変わらず声はない。

「あたしは奥方さまを護るために来た乱菊という者です。ざっと見たところ、このお屋敷は戦い仕様には造られていないわね」

与之助の眼が心配そうに曇った。

「もう門を開けておく必要はないわ。門扉《もんぴ》を閉めて閂《かんぬき》を下ろし、門提灯《かどぢょうちん》を消して門内の人けを断ち、あなたもあたしたちと一緒に奥方さまを護ってちょうだい」

与之助は乱菊に言われたとおり、重い門扉を閉めて頑丈な門を掛けた。

「これで簡単には毀《こわ》せないわね。さあ、行きましょう」

乱菊が邸内に誘うと、与之助は太い首を左右に振って同行を拒んだ。

「いまは非常時なのよ。愚図愚図していると、殺し屋たちが襲ってくるわよ」

与之助の手を取って引っ張ってみたが、根が生えた岩のように身動きもしない。

「こんなところにひとりで残っていたら、襲ってきた賊から滅多斬《めったぎ》りにされてしまうわよ」

それでも与之助は梃子《てこ》でも動かない。

「掬水さあぁぁん」

仕方なく大きな声を出して掬水を呼んだ。

忍び装束に身を固めた掬水が、足音も立てずに近づいてきた。

乱菊が防備の要《よう》を告げ、与之助とのやりとりを手短に話すと、

「与之助、いまは非常時よ。乱菊さんの言うとおりにしなさい」

掬水がひとこと言うと、与之助は素直に従った。

「これで奥方さまのお部屋を、三方から護ることが出来るわ。でもまだひとり足りない」

乱菊が先ほど思った懸念を告げると、

「大丈夫。あたしは忍びよ。乱菊さんと与之助で二方面を護ってくれたら、あたしは残る二方面を護って賊を近づけないわ」

「では守備に着きましょう」

乱菊は先に立って邸内に入った。

与之助は大きな身体を竦《すく》めるようにして付いてくる。

大丈夫かしら、と乱菊は危ぶんだ。

掬水はああ言ったが、この男は命のやり取りをするような闘いをしたことがない、と乱菊は見抜いていた。

渡邊助左衛門が雇った殺し屋が、どれほど不気味な連中か、生と死の境界を彷徨っ

ていた殺し屋、鬼刻斎の恐ろしさを知っている乱菊は、痛いほど身に沁みている。この善良な大男は、冷酷非情な殺し屋の恐ろしさを知らない。

では掬水はどうだろうか。

非情な女忍びらしく振る舞ってはいるが、悪の味を知らない掬水も、やはり生と死を弄《もてあそ》ぶあの連中とは無縁なところで生きている。

こんなとき仙太郎さんや市之丞さんがいてくれたら、と乱菊は仲間たちから離れて闘うことに、初めて底知れない寂しさと孤独を感じていた。

先生、どこからでもいいわ、どうかあたしを見守っていて、と乱菊は祈るような思いで呟いた。

三

別室で待機していた諏訪藩邸の留守居役、渋谷理兵衛と藤森金要人は、部屋に入ってきた仙太郎と市之丞の姿を見ると、がっかりしたように膝を落とした。

心配することはない、おぬしたちには強力な助っ人を頼んである、と渋川虚庵が言うので、これで一件落着《らくちゃく》かと胸を撫で下ろしたが、散々待たされてから現れたのは、江戸一番の色男を自称する旅役者崩れと、いかにもノホホンと育ったらしい、苦労知らずの若侍だったので、期待していた分だけ落胆《らくたん》も大きく、その場にヘナヘナと座り込んでしまった。

「どうされたのか留守居役どの、芝金杉へ着く前に日が暮れてしまうぞ。暗くなってしまえば動きは鈍る。出来たら足元の明るいうちに、急いで決着をつけられよ」

介添え役の渋川虚庵が、双方を紹介して出立を促した。

「しかし」

と言って渋谷理兵衛は渋っている。

「せめてこちらの人物のような」

と言うと、渋川虚庵の横に立っている洒楽斎を指さして、

「武芸者らしい武芸者を期待していたのだ」

渋谷は若い者に対する露骨な好悪《こうお》を剝き出しにした。

「いまさら何を言われるか」

それを聞いた渋川虚庵は、うろたえ気味の渋谷と藤森を一喝《いっかつ》した。

「留守居役のおぬしたちが、そのようなことだから、今回のような騒動が起こるのだ。いい加減に目を醒まされたらどうか」

何ごとも穏便に穏便にと心得て、渡邊助左衛門や近藤主馬の暗躍を、見て見ぬ振りをしてやり過してきた留守居役は、旅絵師の渋川虚庵に怒鳴られて、すっかり肝を冷やしてしまった。

「嫌ならやめてもいいんですぜ」

市之丞が投げやりに言った。

「なにも好き好んで、あんたらに加勢しようってわけじゃあねえんだ。あんたらの態度を見ていると、騒動の遠因がどこにあったのか、おおよそのことが分かってきましたぜ。だがこのままでは、あんたも諏訪藩もお仕舞いだな。どっちみちあっしには、関わりのねえことでござんすがね」

よくコロコロと変わる男だ、と思いながら、しかし出鱈目《でたらめ》のように見えて、市之丞の対応は一貫している、と思って洒楽斎は苦笑した。

渋川虚庵はここぞとばかり、安易に安易にと流されてきた、諏訪藩の老臣たちを威嚇した。

「おぬしらは、よそ者の介入を嫌っているようだが、ここにおられる猿川市之丞どのがよそ者なら、かく言う拙者、渋川虚庵もよそ者じゃ。しかし、良かれと思い加勢をしてくれるよそ者を拒んでいたら、やがて窮地に陥ってしまうことを、この一連の騒動から、おぬしらは身に染みて知ったはずじゃ」

渋川虚庵は怖ろしい形相になって、諏訪藩邸の留守居役を睨みつけた。

「いま躊躇したら、藩の存続は危ういかもしれぬ。ついさっき、おぬしたちは御家老の千野兵庫どのに、誓ったばかりではないか。親戚衆を代表して和泉守乗寛どのが、頑迷な殿さまを相手に粘り強く交渉してきたので、安芸守も多少は折れて、二之丸派の首魁《しゅかい》、諏訪大助と渡邊助左衛門は、つい数日前に国元へ帰された。いま殿さまを盾にして江戸藩邸に残っているのは、目先の保身に汲々《きゅうきゅう》としている佞臣の、近藤主馬や上田宇次馬という小物ばかりだ。留守居役というおぬしらの権限で、藩邸にはびこっている二之丸派の面々を、取り押さえられないはずはあるまい」

そうか、二之丸派の主魁、諏訪大助と渡邊助左衛門は、いま江戸にいないのか、と洒楽斎は思った。

事態が急変した、と主膳が言っていたのはこのことだったのだ。

事の運びようによっては、一挙に決着を付けることが出来る好機かもしれない。

しかしこの千載一遇《せんざいいちぐう》の好機を逃したら、お家騒動の裁きは幕閣の手に移り、諏訪藩が生き残る道は閉ざされてしまうだろう。

「お望みならわしが芝金杉に参ろう」

これまで静観していた洒楽斎が、ゆっくりと一歩前に進み出た。

「しかし、先生っ」

市之丞は狼狽《うろた》えた。

「あっしは何も、嫌だと言っているんじゃありませんぜ。この人たちの頼み方が、どっか気に食わねえだけですよ」

すると渋川虚庵が割って入った。

「いや、ここは鮎川数馬どのに、お願いすべきであったかもしれぬ」

市之丞は焦って、

「われらの大先生を、危ねえところに送り込むことなんか出来ませんよ。芝金杉はいまや騒動の渦中にある。そういうところには、慣れたあっしが参ります。先生は本陣にデンと構えて、あっしらの動きを見守っていてくだせえ」

あっしには関わりがねえことで、と嘯《うそぶ》いていた市之丞が、にわかに芝金杉へ乗り込もうと言いだした。

渋川虚庵が口をはさんだ。

「いやいや。おぬしは芝金杉が危険だというが、藩邸にいるのはいずれも諏訪の藩士たちだ。それなりのわきまえも持っておろう。危ないのは渡邊助左衛門に雇われた殺し屋たちの動きだ。助左衛門が江戸を去れば、これまでのような報酬を得られなくなる。そうなれば奴らは、物取り強盗に早変わりして、乗り込んだ屋敷から金目の物品を強奪するに違いない。危ないのはむしろ、乱菊どのと掬水が守ることになっている、この雑司ヶ谷の別邸かもしれぬ。女所帯で男手がないばかりか、お大名の奥方は小金を溜めて、贅沢な衣裳やお宝を無尽蔵《むじんぞう》に持っている、と奴らは思い込んでいるだろう。その上に、奸智《かんち》に長けた渡邊助左衛門は、嫡子争いにしゃしゃり出て、ことごとに邪魔されてきた奥方さまや御老女を憎んでいる。この別邸に乱菊どのまでが居ると知れば、殺し屋の中でも特に凶悪な連中が、割り振られるに違いない。わしと千野兵庫は、おのれの身をおのれで守る術を心得ている。市之丞どのには、手薄となった奥方さまの警固に当たってもらいたいのだ」

それを聞いた市之丞は憤然として、

「都合よくコロコロと、使いまわしされるのは気に食わねえが、乱菊さんや掬水さんがあぶねえと聞いたからには、たとえ止せと言われても、一肌脱がねえわけには参りませんよ」

どうやら乗り気になってきたらしい。

「それでは決められた持ち場に着こう」

渋川虚庵の声で、みなが一斉に動き出した。

四

江戸藩邸の留守居役と一緒に、洒楽斎と仙太郎が芝金杉に着いたのは、夕空が透明な薄紅色に染められるころだった。

雑司ヶ谷と比べたら、芝金杉は海に近いので、ただ歩いているだけでも、風はべたついて肌着も湿ってくる。

「やはり日没までには帰れなかった。御家老はいまかいまかと、われらの首尾《しゅび》を待っておられるだろうな」

留守居役の渋谷理兵衛が言った。

「それよりも、いまごろは刺客に襲われているかもしれぬぞ」

同役の藤森金要人は、心配そうに眉をひそめた。

「御家老は大丈夫であろうか。もし御家老が刺客の手に落ちれば、これから取り掛かるわれらの働きは無になってしまう」

「そればかりか、ふたたび二之丸派の勢力が強まれば、われらは主流から外されて、冷や飯を食わねばならなくなるぞ」

少し遅れて歩いてきた洒楽斎が、ふたりの話を聞きつけて、

「そうならぬためには、貴殿らが江戸の藩邸を一掃《いっそう》して、二之丸派の芽を摘んでしまわなければならぬのではないかな」

と言って励ました。

「それは重々承知しておるのだが」

留守居役の言うことはどうも歯切れが悪い。

主膳がわしを同行させたのは、諏訪藩邸で二之丸派と斬り合うためではなく、決断が鈍い老臣たちの見張り役という、面倒な役目を押し付けたわけだ、と洒楽斎はいまになって思い至った。

なるほど、これは若い仙太郎や市之丞には出来ないことで、もし洒楽斎が付いていなければ、優柔不断な渋谷理兵衛と藤森金要人は、肝心な時になって逡巡《しゅんじゅん》し、せっかくの好機を逃してしまうかもしれない。

留守居役たちの逡巡は、骨の髄まで沁みついてしまった役人体質で、変えようとして変えられるものではない。

「好機は二度と訪れぬものと思っていただきたい。事をなすのは貴殿たちであって、

よそ者のわれらではない。そのことは肝に銘じておかれるがよい」

酒楽斎は柄にもない差し出口を叩きながら、愚図る留守居役たちに道を急がせた。

諏訪藩邸の門前を流れる新堀川《しんぼりがわ》に出た。

新堀川の対岸には、芝増上寺《しばぞうじょうじ》の広大な山内が広がっている。

川を跨《また》いで掛かる将監橋《しょうげんばし》が見えた。

諏訪藩邸の正門はこの橋に面している。

「さあ、これから藩邸に入りますぞ。御両人は留守居役らしく威儀を正し、邸内の広場に藩士たちを集めて、毅然《きぜん》とした意思をお示しなされ」

酒楽斎は留守居役の背を押すようにして、諏訪藩邸の正門を潜った。

門衛《もんえい》はよそ者の出入りに厳しかったが、酒楽斎と仙太郎は留守居役と一緒なので、苦もなく正門を潜ることが出来た。

「はて」

と四人は拍子抜けがしたように立ち竦んだ。

邸内はなぜか森閑《しんかん》として、騒動が起こっているようには見えない。

留守居役の帰宅とみて、数人の藩士たちが小走りで迎えに出た。

「いま戻った。みなに伝えたいことがある。すべての藩士たちを、邸内の庭に集めてもらおう」

渋谷理兵衛は厳然とした口調で命じた。

心配することはなさそうだ、と洒楽斎は思った。

いまは筆頭家老の諏訪大助や、側用人の渡邊助左衛門がいないので、留守居役の渋谷理兵衛は、藩邸内で一番の上級職になるのだ。

洒楽斎は傍らに立つ津金仙太郎に、よく聴き取れぬほどの小声で言った。

「辛うじて間に合ったか。両派の激突はまだのようだ。渋谷どのが招集する藩士の中に、上村逸馬と牧野平八郎がいるかどうか、おぬしの眼でしかと確かめてもらいたい」

仙太郎は無言で頷いた。

非番の藩士たちも、土塀の脇に建つ侍長屋から、小走りで集まってくる。

白砂を敷かれた邸内は、たちまち数十人の藩士たちで埋まった。

「江戸屋敷に詰めている藩士はこれですべてか」

洒楽斎は藩士たちの顔を、一人ひとり確かめている。

「見当たりませんね」

と仙太郎が言った。

「藩邸は騒然としていると思っていたが、この静寂はかえって不気味だ。ふたりの斬り合いはすでに終わって、どちらも致命傷を負っているのかもしれぬ。真剣で斬り合う凄まじい闘いを、おそらく初めて間近に見た藩士たちは、恐ろしさに竦みあがっているのかもしれない」

洒楽斎は傍らの仙太郎に言った。

「邸内を見廻って、ふたりの安否を確かめて参れ」

仙太郎は冷静だった。

「大丈夫だと思いますよ。邸内に血の匂いはありません。ふたりの血が流れたわけではないでしょう」

しかし洒楽斎は、憑《つ》かれたように仙太郎を急かした。

「いずれにしても、二人のゆくえを探して参れ。この場はわしひとりでもなんとかなるだろう。佞臣どもを取り押さえるには刀剣など要らぬ。見渡したところ、わしの手に余るほどの遣い手がいるとも思えない。仙太郎には逸馬と平八郎を頼む」

仙太郎は黙って頷くと、さりげない動きでその場から消えた。

「さて、貴公たちに伝えたいことは」

手頃な庭石の上に立って、渋谷理兵衛は声を張り上げた。

「御姻戚の松平和泉守乗寛さまと、御家老の千野兵庫どのより、今回の騒動における証人を出すようにというお達しがあった」

邸内に集まった藩士たちに動揺が走った。

「わが藩はいつから他藩の指示を受けるようになったのか」

大声で抗議する者がいる。

「それは殿が御承知のことか」

「われら藩士を差し置いて、勝手な取り決めをするのは僭越《せんえつ》ではござらぬか」

たちまち邸内は騒然とした。

声と声が響き合って、何を言っているのか聴き取れない。

「ここで屈してはなりませんぞ」

洒楽斎は渋谷理兵衛の背後から、崩れそうになる留守居役を支えた。

「最後まで訊けっ」

気を取り直した渋谷理兵衛が一喝した。

しかし邸内の怒声は収まらない。

渋谷理兵衛は困惑して、さらに声を張り上げた。

「いまわが藩は、危急存亡の秋《とき》を迎えておることが分からぬか」

しかし留守居役の金切声《かなきりごえ》は、藩士たちの耳にまで届かなかった。

夕闇が迫る邸内は、藩士たちの怒号で埋まって、何を言っているのか聴き取りようがなかった。

見兼ねた洒楽斎が助言した。

「渋谷どの。貴殿が怒鳴ることはない。いつもの調子で、淡々と話してみることだ。何を話してもかまわないし、それが面倒なら声を出さず、いかにも静かに語りかける振りをして、パクパクと唇を動かしているだけでもよいのだ。藩士たちは叫ぶだけ叫んでみると、それ以上は何も言うことが無いことに気づく。そのとき貴殿が静かに語りかけているのを見て、何を言っているのか耳を傾けてみる気になるはずだ。そういう者がひとりでも出れば、おぬしの言うことを確かめようという姿勢は、しだいに伝播《でんぱ》して、やがて静寂が訪れるようになるだろう。貴殿はそのときを待って、静かな口調で語りかければよいのだ。決して焦らず慌てず、一語一語をゆっくりと、考えながら話すようにするのだ。それが聞く耳を持たぬ喧噪《けんそう》を、説得の場に変えるコツなのだ」

洒楽斎の声が聞こえたのかどうか、渋谷理兵衛は辛抱強く庭石の上に立ち続けた。

藩士たちの喧噪を大声で押さえつけようとする姿勢を変えて、ただ思うところを静かに語りかけるようにして話し続けた。

しばらくすると、

「おい、見ろ。留守居役の渋谷どのは、われらに訥々と話しかけておられるぞ」

「何を言っているのか、周りが喧しくて聞き取れん。おぬしらの怒号は聞き飽きた。この喧噪にも屈せず、淡々と語りかける留守居役の話を聞いてみようではないか」

そう言って囁きかわす藩士たちがしだいに増えて、やがて邸内は水を打ったように静まった。

「というわけで、これが最上の道であると考えたのだ。そこで千野家老にも相談し、幕閣に連なる奏者番の和泉守さまにも伺いを立てた。おふたりの御意見に異議はなかった。わしは同じことを藩士の諸君にも問おうと思う。これはわが藩が存続するために欠かせない踏絵ともいえる。どう思うかを聞かせて欲しい」

渋谷理兵衛は淡々と語り終わると、邸内を埋める藩士たちの顔をゆっくりと見渡した。

あたかもこんな風にして、喧噪の中でも常に変わらず語り続けてきたように思わせたが、じつは理兵衛は何も喋っていなかったのだ。

ただパクパクと口を動かしながら、結びの言葉だけを考えていた。

喧噪はかなり長く続いた。

もし理兵衛がその間、ずっと話し続けていたとしたら、理を分けた懇切な説明がされていたはずで、激情的な演説とは違って、冷静な判断に基づいた説得力ある話だったのではないかと思わせた。

そのようにして導かれた結論なら、改めて侃々諤々《かんかんがくがく》の議論を始めるより、確かで信用出来る内容に違いない。

結論が導かれる過程の説明は、周囲の喧噪によって聞き取れなかったが、留守居役の渋谷どのは、その間も誠実に語りかけていたのだ。

それを聞かなかった者が悪いのだから、誠実な説明を怠らなかった留守居役に、もう一度繰り返してくれと要求することは憚られた。

「ではわれわれとしては、何をすればよいのでしょうか」

こう問いかける者がいるからには、渋谷理兵衛が喧噪にもめげず、喋り続けていた話の内容を、すべて承認したということになる。

そこに実体はないし、なんの証拠もない。

結論だけを聞かされて承認を求められる。

これが下級武士たちの置かれている実状なのかもしれなかった。

渋谷理兵衛は明らかに詐術を用いたわけだが、その切っ掛けを与えたのは洒楽斎の助言だった。

洒楽斎の胸に苦いものが残る。

「証人として近藤主馬と上田宇次馬を差し出す。この中に紛れておるなら、ふたりとも出てくるがよい」

邸内にはふたたび喧噪が起こり、藩士たちの群れがふた手に割れた。

二之丸派と三之丸派と思われる藩士たちが、たがいに血走った眼で睨みあっている。

ふたつの群れの真ん中に、そのどちらともつかず、ぽつんと取り残された男がいた。

渋谷理兵衛はそれとみて、

「近藤主馬、そこにいたのか。そなたを証人として差し出すことにする。潔《いさぎよ》く裁きの庭に立って、わが藩のために弁じるがよい」

鷹揚に声をかけて、立ち竦んでいる男を手招きした。

「おのれ如き者の指図は受けぬ」

主馬は憤然として抗ったが、大勢の手で押し出されるようにして、留守居役の介添え役と思われる武芸者風の男、洒楽斎の前に突き出された。

留守居役が丁重に遇《ぐう》しているので、洒楽斎をよそ者として拒む者は誰もいない。

「その手を放してやれ」

藩士たちの手を離れると、主馬はいきなり暴れ出した。

「分からぬ男だな」

洒楽斎は一喝した。

一瞬の動きで、洒楽斎から利き腕を押さえられ、主馬はどう足掻いても身動き出来なくなった。

「暴れなければ手荒なことはせぬ」

低い声で諭《さと》されると、近藤主馬は諦めておとなしくなった。

捕り縄は掛けなかった。

大勢の藩士たちが見ている前で、一度は藩邸の頂点に立っていた男に、これ以上の恥はかかせたくはない、と洒楽斎は思っている。

「さて、この中に上田宇次馬はおらぬのかな」

渋谷理兵衛は親しげに呼びかけたが、ざわめく邸内に応える声はなかった。

「みなが騒ぎ出したとき、逃げ出してゆく宇次馬を見た者がおります」

宇次馬と同年配と思われる若い藩士が告げた。

殿さまの寵愛を笠に着て、驕慢《きようまん》な振る舞いが多かった上田宇次馬は、同年配の藩士たちから、蛇蝎《だかつ》のように忌み嫌われているらしい。

「近藤主馬ひとりでは証人が足らぬ。上田宇次馬がこの場を逃げたからには、みずからの罪を認めたことになる。見つけ次第に引っ捕らえて、宇次馬の罪を究明せよ」

留守居役の渋谷理兵衛は、感情を伴わない声で命じたが、それは冷酷な態度とは映らず、怒号が飛び交う喧噪の中で、淡々と話し続けた渋谷の姿を見た藩士からは、真面目で誠実な人柄と受け取られているようだった。

五

仙太郎は竹藪を押し分けて奥へ進んだ。

邸内を隈《くま》なく探してみたが、上村逸馬と牧野平八郎の姿は見えず、剣を抜いて争った痕跡も見当たらなかった。

ふと思い出して庭園の奥に回ると、白壁に沿って尻つぼまりになった一角があって、その先には手入れされない竹藪が続いていた。

鎌倉に幕府が開かれる以前から、東国武士には邸内に弓矢の材料となる矢竹《やたけ》を植える習慣があった。

武士がみずからの手で、弓矢を作っていたころの名残だという。

細くて丈夫で真っ直ぐな矢竹は、弓矢から鉄砲へと、飛び道具の主役が変わってからも、伝統を重んじる東国武士たちに好まれて、由緒ある武家屋敷には、邸内に矢竹を植える慣習が残されている。

諏訪藩の江戸屋敷もその例に洩れなかった。

気まぐれな風が吹き渡るたびに、矢竹は弓のように細い幹をしならせ、青々と茂る竹の葉と竹の葉が小刻みにぶつかり合って、乾いた音を響かせてサワサワと鳴った。

いかにも風流で、のどかな情景に見える。

しかし、竹藪に踏み込んだ仙太郎は、ふと不穏な気配を感じて足を止めた。

「これは」

と思って近づいてみると、乱暴に踏み荒らされた一角に、散るはずのない青竹の葉が散り敷いて、何者かに踏みつけられた跡らしく、まるで彫りつけられたかのように、柔らかい地面にめり込んでいた。

これは複数の者が激しく争って、乱暴に踏み荒らされた痕跡に違いない。

すると、いきなり仙太郎の背後から、

「旦那。もしや、銭《ぜに》なし風太郎《ふうたろう》の旦那じゃあござんせんかい」

恐る恐る呼びかける声が聞こえる。

わざわざ振り返って見るまでもなく、その男は邸内の賭場に出入りしているならず者、渡り中間の権助だった。

「奇妙なところで出会ったな」

この男なら何か知っているかもしれない、と思って仙太郎は行きかけた足を止めた。

つい数日前のことになるが、仙太郎は嫌がる権助に案内させて、この裏側に繋がるはずの西応寺《さいおうじ》空き地に、足を踏み入れたことがある。

そこは骸骨のような不気味な顔をした殺し屋が、たまたま空き地に踏み入った男を、一刀のもとに斬り捨てたと言われて、近在の住民たちから恐れられている場所だった。

巷の噂では、内藤新宿の投げ込み寺の門前で、絶世の美女（実香瑠）を斬った殺し屋が、秘密を覗き見てしまった男を、口封じのために斬り殺したとも言われている。

諏訪藩邸と隣接している、西応寺所有の空き地には、お屋敷から忍び出る隠し扉があって、渡邊助左衛門に雇われた殺し屋たちは、抜け道として使っていたから、それを知ってしまった者は、誰であろうと、生かしておくことは出来なかったのだ。

仙太郎が踏み込んだ竹藪は、西応寺空き地に出る隠し扉の目隠しで、この抜け道を知る者は、側用人の渡邊助左衛門と、御老女の初島の他にはいなかった。

密使に立った奥女中の実香瑠は。秘密の抜け道を使って藩邸から忍び出たし、殺し屋の鬼刻斎も、この隠れ道を辿って、女密使となった実香瑠を追尾したのだ。

「これで繫がった」

と仙太郎は思った。

つまり裏と表から、秘密の抜け道を確かめたことになる。

「旦那、すっかり見違えてしまいましたぜ。緋縮緬の長襦袢を脱いじまったら、どうにも目立たねえ姿になっちめえましたね。旦那はこんなところで、いってえ何をしているんですかい」

いかがわしい男から、いかがわしいところで、いかがわしいことをしていると思われたらしかった。

仙太郎は苦笑して、

「おまえこそ、どうしてこのようなところにいるのだ。いまこのお屋敷は、上を下への大騒ぎの最中ではないか。賭場はまだ開かれておるのか」

それとなく探りを入れてみた。

「何を呑気なことを言ってるんですかい。賭場がなくなってからすでに数日になる。

あっしは賭場の大損を抱えたまま、負けを取り戻すことも出来なくなったんだよ。それで小遣い銭稼ぎを狙って、あちこちと動き回っているんですがね」

相変わらず小ずるい儲け口を捜しているらしい。

これは脈があるぞと思って、仙太郎は人がよさそうに微笑んだ。

「それで、何か面白い種《ネタ》でもつかんだのか」

仙太郎はさりげなく誘いをかけた。

薄汚い権助のやり口には、悪を気取ったお人好しの甘さがあって、思いがけないことから、役に立ったような記憶がある。

「それがさっぱりでさ。ついてねえときには、どこまでもついていねえものだ」

博打《ばくち》で大損をしたという権助は、世を拗ねて不貞腐《ふてくさ》れているらしい。

「では、どうしてここにいるのだ」

仙太郎にそう聞かれると、権助は上目づかいになって、

「まさか旦那。この権助さまから、只で聞き出そうってんじゃあねえだろうな」

と催促がましいことを言い出した。

やっといつもの権助らしくなった、と思って仙太郎はほくそ笑んだ。

「そいつは気がつかなかった」

仙太郎は懐から縞の財布を取り出して、くるくると紐を解いた。

権助は抜け目なく、財布の膨らみを見て中身を計算している。

仙太郎はその中から、一枚の一朱銀を取り出して言った。

「これだと、どこまで話してもらえるかな」

権助は不満そうに首を横に振った。

「それっぽちじゃ、話の半分も喋れねえな」

思っていたとおりのセリフなので、仙太郎は思わず笑ってしまった。

「それでは、これでどうだろう」

仙太郎は一朱銀をもう一枚上乗せした。

権助は仙太郎の手元を見ながら、財布に残っている銭を気にしているらしかった。

一朱や二朱を取り出したところで、財布の膨らみが減るわけはない。

権助は迷いながら手を伸ばすと、すばやく一朱銀二枚を奪い取った。

「本音を言えば、この倍は貰いてえところだが、二朱で喋ると約束してしまったんだから仕方がねえ。どうもあっしは、人が好すぎていけねえ。あくどい奴らに大事なお宝を施すために、身を粉《こ》にして働いているようなものだ。金を持っている奴らは狡《ずる》くてけちん坊だし、銭なし野郎は人にたかることしか考えていやしねえ。まったく世話はねえやな。おれみてえな正直者は、いつになっても惨めに暮らしているってえ寸法さ」

権助の愚痴は、始まったら止みそうもないので、仙太郎は苦笑しながら先を促した。

「賭場が閉まれば、ここに用はないはずだ。物騒極まりないこのお屋敷に、先読みの得意な権助ともあろう者が、どうしていつまでも残っているのだ」

すると権助は、憤然と反《そ》り返って見せた。

「忘れてもらっちゃ困る。この権助さまは、お諏訪さまの屋敷に仕える働き者の中間だ。あっしは物騒なこのお屋敷で、寿命が縮むような思いをして働いているんですぜ」

博打場をうろついてばかりいた権助が、働いていた、と言い張るのは笑止だが、仙太郎にしてみれば、悪知恵が働く渡り中間のおかげで、諏訪藩邸に出入り出来るようになった恩義もある。

仙太郎はそのことを忘れたわけではない。

「それで」

と言って先を促した。

「どういうわけか、あっしはひょんなことから、上田宇次馬というお偉方から気に入られて、そのお人の手先になって働いていたんだが」

権助は秘密めかして言った。

上田宇次馬という名は、仙太郎にも聞き覚えがある。

奥女中に化けて諏訪藩邸に潜入した乱菊から聞いているし、昨夜は千野兵庫と親しい渋川虚庵（龍造寺主膳）からも説明を受けた。

上田宇次馬は、二之丸派の中では若手のようだが、側用人渡邊助左衛門から推薦されて江戸詰めとなった男らしい。

宇次馬は殿さま（忠厚）の命《めい》によって、側室のトメどのが産んだ庶子《しょし》、軍次郎君の守役となっていた。

虚庵の話によると、それは表向きで、じつは佞臣渡邊助左衛門の口添えによって、新参者の上田宇次馬を、軍次郎君の守役にした裏には、二之丸派の恐ろしい陰謀が隠されていたらしい。

事は諏訪藩のお家騒動に関わってくる。

安芸守忠厚の御正室、福山どのは子宝に恵まれなかった。

正室にお子がなければ、側室腹の庶子、軍次郎君を世子に立てる他はない。

健気《けなげ》にも福山どのはそう覚悟して、生《な》さぬ子の軍次郎君を、わが子のように愛育してきた。

しかし側用人の渡邊助左衛門は、殿さまが寵愛する庶次子の鶴蔵君を世継ぎに立てるために、軍次郎君を除こうと画策していたのだ。

世子の守役に抜擢された上田宇次馬は、助左衛門の命ずるがままに、お仕えしている軍次郎君の、毒殺や呪殺を企てるなど、諏訪藩のお世継ぎ騒動に深く関わってきた男だった。

宇次馬が江戸詰めに抜擢されたのは、おのれの勢力を広げようとしている側用人、渡邊助左衛門の甥に当たるからだった。

面白いことに、父親の宗夢《そうむ》（上田宇右衛門）は、かつて千野兵庫が創設した「新役所」の中心人物で、派閥から言えば三之丸派に属するのだが、貧農層に悪評高かった「新役所」が撤廃されたころから、宗夢は二之丸派の黒幕となって暗躍しているという。

まるで二股膏薬《ふたまたこうやく》のような男だが、それには訳があって、上田宗夢の娘は、二之丸派の江戸詰め側用人で、殿さまを籠絡している渡邊助左衛門の正妻になっていた。

諏訪藩の派閥争いと言っても、思想信条による争いというより、血縁の繋がりによる一味同心、と言い換えたほうがよいのかもしれない。

そのため、上級藩士と血縁のない下級藩士は、お城に勤めるからには、二手に分かれた二之丸派と三之丸派、どちらかの派閥に属さなければならず、下級藩士は嫌でもその実戦部隊に組み込まれてゆく。

いい迷惑と言う他はない。

その典型的な例が、下級藩士の家に生まれた牧野平八郎と上村逸馬で、あたら剣の腕が立つというだけの理由で、上司が属している派閥の尖兵となって、恩も恨みもない若い二人が、死を賭して斬り合わなくてはならないのだ。

これは酷い、許せない、という思いが仙太郎には強い。

寒風に凍えながら芝金杉を彷徨ったり、潮風に吹かれて酷暑に堪えたり、挙句の果ては、緋縮緬の長襦袢を着て、邸内の賭場に出入りするようになったのも、すべてこの思いの延長で、他にはなんの利害得失も考えてはいなかった。

渡り中間の権助が、上田宇次馬の手先になっていたと聞いて、仙太郎にはどこかにピンと来るものがあった。

「ところで、働き者の権助どのは、世子の守役を勤める上田宇次馬の下で、どんな仕事をしていたのかな」

そう訊かれて、権助は急に青くなった。

「とんでもねえ。そんなことがバレたら首が飛ぶ。わずか二朱ばかりのハシタ金で、拷問を受けた末に殺される、なんてことは真っ平だぜ」

権助は意外なことに、お家騒動の核心に近いところにいたのかもしれない、と仙太郎は直感した。

むろんこの男は、事の重大さについては何も分かっていない。

目先の小遣い銭欲しさに、どんな恥知らずなことでも平気でやって、恬《てん》として恥じない図々しさを持っている。

世子お守役の上田宇次馬が、そんな権助を気に入ったのは、自分と同じ厚顔無恥《こうがんむち》なお気楽者だと、一目で見抜いたからだろう。

仙太郎は縞の財布を取り出して、さらに二朱銀を付け加えた。

「それではこれだけやろう。世子の守役に幾ら貰っているか知らぬが、まんざら引き合わぬ額ではあるまい」

権助は急に阿《おもね》るような笑みを浮かべて、

「えっ、いいんですかい」

と押し戴くようにして受け取った。

現金な奴だ、と思いながら、仙太郎は目先の利害しか考えていない権助が哀れになった。

そして、この単純な男を金で釣って、ひょっとしたら権助の命を失いかねないようなことを、無理やり喋らせようとしている自分の遣り口にも、嫌悪感を抱かずにはいられなかった。

権助とわたしには、金があるかどうかの違いしかない、と仙太郎は思った。

仙太郎には、使っても使いきれないほどの遺産があり、権助は、おのれの食い扶持《ぶち》を稼ぎ出さなければ生きてはいけない境遇に生まれた。

仙太郎がなんの屈託もなく、やりたいことをやりたいように出来たのは、それが出来る境遇と、暮らしに困らない資産がある家に生まれたからで、権助がやりたいことをするためには、悪どいことにも手を染めざるを得なかったのだ。

ただそれだけの違いにすぎない、と仙太郎は思った。

「そろそろ話してもらおうか。わたしは好奇心の強い男で、人が隠したいと思うことを知りたがるという悪い癖はあるが、知ってしまえばそれで満足して、その後からどうこうしようという魂胆など毛頭もない。権助どのから聞いたことは、決して口外しないと約束しよう。いつまでも勿体ぶらずに話してくれ」

そう言って仙太郎から催促された権助は、却って恐縮したかのように、

「あっしの喋ることが、旦那を満足させるとは思えねえ。つまらねえことを聞かせやがってと腹を立て、後ろからバッサリなんてのは御免こうむりますぜ」

はったりを嚙まして、お人好しの仙太郎から、大金を巻き上げたことに怯えだした。初めのうちこそ仙太郎を、世間知らずの田舎者、と舐めきっていた権助も、賭場で気前よく負けて見せる、悠揚《ゆうよう》迫らざる対応を見てからは、どこかに畏れの気持ちを抱くようになっていたらしい。

「そんなことを言って、さらに売り値を吊り上げようとしても無駄だ」

仙太郎は気が急《せ》いていた。

逸馬と平八郎のゆくえも気になったし、白砂が敷かれた庭内に藩士たちを集めて、留守居役の演説に立ち合っている、酒楽斎のことも気になっていた。

竹藪の中に残されていた、乱れた足跡のことも気にかかる。

夕暮れはすでに迫っていた。

いずれにしても、暗闇が訪れる前に、片付けておかなければならないことばかりだった。

「ではこうしよう」

仙太郎は懐から縞の財布を取り出して言った。

「これをすべて進呈しよう。権助どのが身の危険を感じるようなら、この金を持ってすぐに江戸の地を離れ、ほとぼりが覚めるまで身を隠しているがよい。おぬしが語る話が命に関わることなのかどうか、いまは分からぬ。これはわたしの賭けなのだ。たとえ負けても恨みには思わぬ。おぬしも賭場で生きてきた男なら、思い切っておのれの生死を賭けてみろ。たとえおぬしが負けても、賭けた金を返せとは言わない」

権助は声を呑んだ。

「それじゃ、あっしの全勝ということになるが、それでいいんですかい。あっしの賭けは金がすべてだ。金さえ手に入れば、何をどう賭けても勝ったことになる」

仙太郎は悲しげな顔をして言った。

「わたしは知ってのとおり、賭場では勝った試しのない男だ。しかし幾ら負けても、負けたようには思えないほどの賭け金を、生れたときから与えられていたのだ。これは生まれながらにして、勝ち組に入っているのと同じではないか」

この男、訳の分からねえことを言い始めた、と権助は思ったに違いない。

「そういうことにも、わたしは飽きた。ところで権助どの。たまには負けない賭けに出てもよいのではないか。金さえ手に入るなら勝ったも同じ、と言うなら、今回がよい機会だろう。わたしは人生を賭ける。おぬしも人生を賭けてみろ。もしこの賭けに勝てば、貧困の連鎖《れんさ》、悪の連鎖から脱け出せるかもしれぬではないか」

仙太郎はさらに訳の分からないことを言い続けた。

権助は怖ろしくなった。

この男、初めから変な奴だと思って揶揄《からか》ってみたのだが、これほど頭がおかしな狂人とは知らなかった、と権助はなぜか心底から恐くなってきた。

「分かった、分かったよ。そんな大袈裟なことを言って脅さなくても、あっしのやったことは、隠さずに喋りますよ」

そうすればこの狂人から逃れられる、と権助は思ったらしかった。

仙太郎から渡された財布は、嵩張っていてずっしりと重い。

これだけの金があれば、死ぬまで遊んで暮らせるかもしれねえ、と権助は思ったに違いない。

嬉しそうな顔をしている権助を見て、仙太郎はいささか気の毒になった。

財布の中に溜まっているのは、世間に出回っている寛永通宝《かんえいつうほう》か、混ぜ物が多い悪銭《びたせん》ばかりで、全部を合わせたところで、小判一枚にもならないだろう。

それは物ぐさをしているうちに釣銭が溜まったからで、仙太郎には権助を騙すつもりはなかったが、金がすべてだと言い張る権助にしてみれば、詐欺にでも遭ったような気分になるだろう。

「だが、あっしのやった仕事と言っても、たいしたことではねえぜ。夜中に男子禁制の奥殿に忍び込んで、軍次郎君の寝所がある床下に、熊野牛王《くまのごおう》の護符《ごふ》を張った木偶《でく》を埋めてきただけのことですから」

権助はとんでもないことを言い始めた。

その呪詛人形こそ、二之丸派がお家騒動という陰謀を企てた、証拠の品となるのではないか、と仙太郎は思った。

仙太郎は思わず上《うわ》ずって、つい問い詰めるような口調になった。

「そのお札には何と書かれていたのだ」

権助は腹立たし気に応じた。

「そんなことは知るけえ。おれは字が読めねえ。ミミズが這ったような、ややこしい字で書かれたあのお札を、たとえ読めたところで、意味なんか分かるはずがねえや。字が読めたり意味を読み取ることが出来たら、おれだって権助などと呼ばれて、世間さまから蛇蝎のように忌み嫌われる渡り中間ではなく、もう少しましな仕事に就けたはずだ。そうなりゃ、いくらおれだって、なにやら怖ろしげな、訳の分からねえことを、言われるままに引き受けたりはしねえよ」

お札を張り付けた木偶は、軍次郎君を呪殺しようとした呪詛人形に違いない。

乱菊さんが言っていた若君毒殺計画が、御老女の強談判《こわだんぱん》によって未遂に終わったので、最期の手段として怪しげな呪術師に頼んで、軍次郎君を呪殺しようと企てたのだろう、と仙太郎は思った。

これが何よりも怖ろしいのは、軍次郎君を毒殺したり、呪殺しようと企てたのが、若君の守役に任じられた、殿さまの信任厚い上田宇次馬だったということだ。

軍次郎君の父君（忠厚）は、そのことを知っていたのだろうか。

知っていて、上田宇次馬を守役に任じたのだとしたら、親子の情として、これほど怖ろしいことはない。

また知らずして、命を狙われている若君の守役を、狙っている本人に任せたとしたら、親の無知ゆえに、無防備なわが子を、期せずして危険に晒したことになる。

慈愛深い両親の下で育った仙太郎には、思いもよらない怖ろしさだった。

仙太郎が黙り込んでしまったので、手持ち無沙汰になった権助は、言いかけていた話の続きを喋り出した。

「あっしがここに居るのは、世子守役の上田さまに呼ばれて、身の回りの物を入れた葛籠《つづら》を担ぎ出せ、と言いつかったからですぜ」

もしそうなら、上田宇次馬は最初から逃げ出すつもりで、使い走りをさせている権助に、貴重品を入れた葛籠を預け、西応寺の空き地から脱出する隠れ道に、あらかじめ待機させていたのだろうか。

「ところが、上田さまから言われた場所に来てみると、二人の若い藩士が、刀の柄《つか》に手をかけて、睨みあっているところに、出会してしまったてえわけなんだ。さすがの権助さまも肝を冷やしたぜ。くわばらくわばらというところさ」

それを聞いた仙太郎は、その二人とは、逸馬と平八郎に違いない、と直感した。

六

上村逸馬と牧野平八郎は、邸内の藩士たちに緊急の招集が掛かったのも無視して、油断なく睨みあっていた。

ふたりは天然流道場で、一緒に稽古した仲だから、お互いに手の内は知り尽くしている。

他に気を逸らせば、その瞬間に斬られると覚悟していたから、急な招集令にも応じることはなかった。

他の藩士たちにとっては重要なことでも、下級藩士にすぎない逸馬と平八郎には、ほとんど関わりのないことで、ふたりにしてみれば、死を賭して闘うことだけが、上司から命じられた使命だったのだ。

閉門蟄居していた千野兵庫が、禁を破って江戸に出て、殿さまとは姻戚筋の奏者番、松平和泉守乗寛の屋敷に駆け込んだので、派閥争いは芝金杉から、乗寛の上屋敷がある鍛冶橋に飛び火して、江戸屋敷の騒ぎは、以前より多少は鎮静したかに思われた。

千野兵庫の陳情《ちんじょう》を受けた和泉守は、江戸の旗本になっている諏訪家の十八支族を糾合《きゅうごう》して、国元の諏訪で起こっているお家騒動への対応を協議した。

そこで確認した三箇条（前出）を持って、和泉守は芝金杉の諏訪藩邸を訪れた。

安芸守忠厚は激怒した。

それぞれ別家を立ててから、すでに百数十年が経過し、歳月と共に縁遠くなって、日頃はほとんど付き合いがない親類衆の、余計な口出しを嫌った安芸守は、仲介役の和泉守乗寛の交渉にも耳を傾けず、その後も頑迷な態度を取り続けているという。

和泉守は粘り強く、忙しい奏者番の寸暇《すんか》を拾って説得を続けたが、安芸守は相変わらず頑迷さを押し通し、藩を窮地に追い込んだ元凶となる元家老、以前から反《そ》りの合わない千野兵庫を憎んで、身柄を当方に引き渡せ、と言い張って譲らなかった。

これには和泉守も応じられない。

安芸守の要求を呑んで、千野兵庫を諏訪藩に引き渡せば、間違いなく逆臣《ぎゃくしん》の汚名を着せられて、無理強いに切腹させられるだろう。

懐に飛び込んできた窮鳥《きゅうちょう》を、どこまでも守ってやるのが武士の矜持だ、と若い和泉守は思っている。

交渉はおよそ三ヶ月に及んだが、いつまでも平行線をたどって進展はなかった。

業を煮やした和泉守はついに、この件からは一切手を引く、と安芸守の元に通告してきた。

そうなれば千野兵庫も、鍛冶橋の上屋敷から退出を迫られ、今日明日にも江戸表の菩提寺、芝の東禅寺に移らなければならない。

すでに芝金杉の諏訪藩邸から、二之丸派の筆頭家老諏訪大助と、側用人の渡邊助左衛門は去っていた。

和泉守の要求に妥協した殿さまが、江戸屋敷に近侍《きんじ》していた大助と助左衛門に、押し込めの刑を受けていた千野兵庫の出奔で、家老不在となった国元へ戻るよう命じたのだ。

芝金杉の藩邸には、新たに殿さまの寵を得た、近藤主馬と上田宇次馬が残っている。

権勢家の諏訪大助や渡邊助左衛門に、いい加減に飽きが来ていた殿さまは、このふたりが藩邸に居なくなっても、主馬と宇次馬がいれば事は足りると思っていた。

千野兵庫の遣り口は、憎んでも余りあるが、忠義面をしている大助や助左衛門の、妙な威圧感にもうんざりする、あの連中の顔を見るよりは、若い主馬や宇次馬を相手にしているほうが気がほぐれる、と思っていた安芸守は、鬱陶しい老臣どもを追い払って、むしろサバサバしていたのかもしれなかった。

和泉守はその隙を突くかのように、この件から一切手を引く、と宣告してきたのだ。

二之丸派は取り敢えずホッとした。

千野兵庫が和泉守の庇護を離れ、鍛冶橋の松平邸から出されて路頭に迷うようなことになれば、安芸守の命令と偽って、元家老を捕縛することも可能になる。

そうなれば、盟主を失った三之丸派は、おのずから解体せざるを得ないだろう。

芝金杉の藩邸に、すでに諏訪へ向かった諏訪大助か渡邊助左衛門が、もし残って居たら、この好機を逃さずに手を打って、三之丸派に担がれた千野兵庫、その裏で働いていた渋川虚庵、陰ながら虚庵を庇護していた福山どのに刺客を送って、邪魔者を闇に葬ることも出来ただろう。

しかし、江戸屋敷に残った近藤主馬と上田宇次馬は、殿さまに阿《おもね》り諂《へつら》うことには長けていても、藩士たちを動かすには貫禄が足りなかった。

切羽つまった千野兵庫は、鍛冶橋の松平邸を退去する前に、留守居役の渋谷理兵衛と藤森金要人を呼びつけて、派閥の粛清《しゆくせい》を命じるつもりらしい。

それが藩邸に燻っている派閥争いに、どう影響するかは分からないが、辛うじて保たれていた均衡が崩されることだけは確かだろう。

そうなる前に、決着を付けておかねばならない、と江戸詰めの藩士たちは、衆知を集めて考えたに違いない。

「あれしかない」

このときのために、あらかじめ用意されていた手駒があった。

二之丸派は牧野平八郎を呼び出し、三之丸派も上村逸馬を呼び出して、

「この日のために、その方らを養ってきた。いよいよ決着をつける時がきたと思え。われらはその方たちの働きに、派閥の命運を賭けておるのだ」

殿さまの御前にて、真剣で勝負せよ、と命じたのだ。

にわかに御前試合《ごぜんじあい》が催され、両派の尖兵と見做されてきた逸馬と平八郎は、派閥を代表して闘うことになった。

白砂を敷き詰めた庭内には、二派に分かれた藩士たちが、固唾《かたず》を呑んで見守ってい

る。

白装束に濃紺の襷を掛け、額に白鉢巻を締めて、殿さまの前に進み出た平八郎と逸馬は、緊張のあまり幾分か蒼ざめている。

それ以上に顔色が悪いのは、殿上から剣士たちを見下ろしている殿さまだった。

病身の安芸守忠厚は、武術など好きではなかった。

しかも真剣を以って死ぬまで闘う、などという殺伐《さつばつ》とした試合を、臨検《りんけん》することなど好まなかった。

この殺伐とした試合が、派閥争いの具に使われると知れば、なおのこと嫌悪感は募った。

殿さまからのお言葉を、と近藤主馬に促されて、

「励め」

ひとこと言うのが精一杯だった。

試合に似て試合ではないので、勝負を審査する判者は置かず、いずれかが死ぬまで闘うことを強いられていた。

闘いが始まる合図の儀礼もなかった。

邸内は声もなく静まり返っている。

無言で睨みあっていた牧野平八郎が、スルスルと刀身を抜いた。

平八郎は居合いを遣うので、相手より先に鞘を払うのは異例なことだった。

逸馬は両手をブラリと下げ、刀の柄《つか》にさえ手をかけていない。

腰を落とした構えなので、こちらは居合を遣うつもりらしい。

じりじりと睨みあったまま、いたずらに時が過ぎた。

しかし、誰一人として声を出す者はいない。

武士の儀礼として刀剣を腰に帯びているが、当時ともなれば、腰刀《こしがたな》を抜くことはおろか、真剣で斬り合ったことのある藩士はほとんどいなかった。

むやみに刀剣を抜いたり、まして相手を斬り殺したりしたら、たとえどんな理由があろうとも、武士ならば潔く切腹しなければならない。

さもなくば家禄は召し上げられて牢に繋がれ、逃亡すれば刺客を差し向けられて討ち取られてしまう。

武士は武芸を学んでも武芸を使わず、剣を学ぶのはただ心の持ちようを定め、胆《たん》力《りょく》を鍛えるための修行とされてきた。

白砂を敷いた藩邸で対峙している逸馬と平八郎は、勿論《もちろん》これまでに人を斬ったことはない。

派閥争いの尖兵と目《もく》されて、剣の修行を重ねてきたと言っても、所詮は道場剣法で、実戦向けの刀技からは遠かった。

このふたりが前後して天然流道場に入門したのは、そこに「不敗の剣」の遣い手がいるという噂を耳にしたからだ。

逸馬が不敗の剣を学んでいると聞いた平八郎は、すぐさま天然流道場を訪ねて入門した。

ところが「不敗の剣」を遣うという塾頭は、おそろしく気まぐれな男で、道場に出てくるのはいつのことか分からない。

他の門弟たちの腕はさほどではないし、天然流の大先生も、剣術より書物のほうが好きとみえて、奥座敷に引っ込んだまま、道場に顔を見せることは滅多にない。

師範代は役者上がりの色男で、輪郭の整った立派な顔はしていても、見かけとは大違いで、下町風の言葉遣いは荒く、武士の素養とも遠いようだった。

乱舞の名人と言われる女師匠が、たまに稽古をつけてくれることはあるものの、体捌きは優雅だが、実戦にはどうかと思われる。

結局のところ「不敗の剣」を身に付けるには、気まぐれな塾頭に学ぶしかないが、あの男、気持ちは優しいのに剣には厳しく、本気で挑んでも歯が立たない。

弟子たちが厳しい稽古に付いて行けなくなると、塾頭は妙に寂しそうな顔をして、プイと道場から居なくなってしまう。

しかも、どういう訳か分からないが、新入りの逸馬と平八郎は、他の門弟たちからそっぽを向かれている。

他に稽古相手もいないので、しかたなく逸馬と平八郎は、ふたりが組みになって竹刀の稽古に励んだ。

すると、ふらりと帰ってきた塾頭が、嬉しそうな顔をして相手をしてくれる。

思いがけないことに、やむを得ず稽古相手になってきた逸馬と平八郎は、いつのまにか腕を上げていたらしい。

気まぐれな塾頭が、嬉しそうな顔をして相手になってくれるのは、ふたりの腕が上がったと、認めてくれたからだろう。

だから逸馬と平八郎は、たがいに相手の手の内を、知りすぎるほどに知っている。

そのうえどこに弱点があるかを、本人以上に分かっているはずだった。

ふたりは睨みあったまま、身動きさえ出来なかった。

わずかな動きでも、それと相手に読まれたら、文字どおり命取りになる。

睨み合いは小半刻に及んだ。

その場に漲る殺気と緊張感が、ふたりを見守っている藩士たちさえ身動きもさせなかった。

「気分が悪くなった」

いきなりそう呟くと、殿さまは吐き気に襲われたらしく、侍女たちに支えられて奥に引っ込んでしまった。

その瞬間、双方から鋭い気合が響いて、白砂の敷かれた庭に白い影が舞った。

邸内の白砂がパッと弾ける。

逸馬と平八郎は、互いの位置を入れ替えていた。

平八郎の剣は鞘に納まり、一方の逸馬は剣を抜いている。

しばらくすると、平八郎の袖口がぱらりと開いた。

白い袖口が、たらたらと流れ出る赤い血で染まった。

どうやら浅手らしい。

逸馬が締めている白い鉢巻にも、薄っすらと赤い血が滲んでいる。

鋭く踏み込んで、体《たい》を入れ替えた瞬間に、目にも止まらず襲いかかった刀身が、わずかに相手をとらえたのだ。

もしこれが尋常の試合なら、相討ちと判定して引き分けにされるだろう。

しかし派閥を代表して闘うとなれば、ここで引き分けにしてしまえば、派閥争いの決着がつかなくなる。

ふたたび長い睨み合いが続いたが、邸内の空気は息も出来ないほどに張りつめて、軽率に身動き出来る藩士はひとりとしていなかった。

外界から受けるわずかな刺激が、勝敗を分けるものであることは、殿さまが退去する瞬間に、激しく剣が舞ったことから、誰もが分かっていたに違いない。

そのとき門前から、堂々と響き渡る声が聞こえた。

「いま戻った」

留守居役の渋谷理兵衛と藤森金要人が、出雲守の藩邸がある鍛冶橋から帰ったことを告げ、すべての藩士は邸内に集まるよう命じた。

膠着していた騒動に、いよいよ決着がつけられるらしい。

「どうやら邪魔が入ったようだな」

と牧野平八郎の上司が舌打ちした。

「しかし、これからのこともある。勝負の決着はつけねばならぬ」

上村逸馬の上司も同調した。

鍛冶橋から帰ってきた留守居役が、藩士たちを邸内に集めて何を喋るのか分からないが、派閥をめぐる争いは、そう簡単に収まるものとは思えない。

逸馬と平八郎が斬り合うことで、勝った派閥は優位に立てるのだ、と上司たちは本気で思っているらしい。

「留守居役が戻られた。ここで斬り合うのはまずい。しかし決着はつけねばならぬ」

平八郎の上司が低く呻いた。

「場所を移そう。そこで勝負を決して殿に報告すれば、鍛冶橋の御家老から命を受けた留守居役が、たとえ何を言い出そうとも、血をもって贖《あがな》ったわれらの意向を、そう簡単に覆すことは出来まい」

剣の腕が立つ若い藩士たちの中から、選び抜かれた派閥の尖兵を、最後まで使い尽くそうと思っているらしい。

「邪魔が入らず闘うには、都合のよいところがある」

と一方が言った。

「どこだ」

「お屋敷の南端に、増上寺別院の西応寺が所有する、荒れ果てた空き地があるだろう。わが藩邸には、そこへ尻尾のように突き出た奇妙な地所がある。古くから矢竹の藪があるが、そんな不気味なところに、立ち入る者は誰もいない。いまから闘いの場をそこに移そう」

逸馬と平八郎に異義はなかった。

ふたりは緊張のあまり疲労困憊、肩を上下して荒い息をしているが、闘いの陶酔《とうすい》が狂気を掻き立て、たとえここで手を引けと命じられても、引き下がる気など毛頭もなかった。

七

しかし、竹藪での斬り合いは思うようにならない。

鋭く踏み込もうにも足場が悪く、振りかざす腕に絡みつく矢竹の細枝は、刀身の運びを鈍らせた。

「これでは勝負がつかぬな」

苛々《いらいら》しながら見守っていた上司は、千野家老から鍛冶橋に呼び出された留守居役が、藩邸に帰るなり、すぐに邸内の藩士たちを集めて、どのようなことを説いているのか、気になってならないようだった。

いつか陽は落ちて、竹藪には早い夕暮れが訪れていた。

薄暗い竹藪に身を潜《ひそ》めて、殺伐とした剣《つるぎ》の舞いを見ているのは、あまり気持ちのよいものではない。

「鍛冶橋に匿われていた御家老が、留守居役に何を命じられたのか、われらも知っておくべきとは思わぬか」

ひとりが言うと、対立する派閥の上司もすぐに賛同して、

「そうだな。拙者も気になる」

眼の前で闘っている逸馬と平八郎を、そのまま置き去りにして、こそこそと逃げるようにして立ち去ってしまった。

二之丸派と三之丸派の見届け人は、どちらも同時に居なくなった。

そうなれば、なおも闘い続ける意味はあるまい。

しかし上村逸馬と牧野平八郎は、証人が消えた後も、お構いなしに斬り合いを続けた。

竹刀で撃ち合う道場稽古と違って、真剣で斬り合えば、瞬時の油断が文字どおり命取りになる。

しかし、この陶酔はなんだろう、と逸馬は思っていた。

不思議な感覚だった。

血沸き肉踊る、とはこういうことをいうのか。

生と死の境に身を置けば、恐怖や苦痛を超えた、不可思議な陶酔が訪れる。

これは生よりも死に身を置いているからこそ襲われる、大いなる錯覚なのではないだろうか。

すなわち、この転倒した錯覚に陥ることで、瞬時にして迫りくる死に、抗おうとしているのかもしれなかった。

無念無想の境地、などと生悟《なまざと》りの兵法者どもは言うが、いま死に直面している逸馬は、さまざまにめぐる思念に惑わされていた。

鋭く撃ち込まれる平八郎の剣を、ほとんど意識することなく、逸馬は僅差《きんさ》で躱《かわ》している。

攻め太刀に受け太刀、上段と下段、逸馬と平八郎の攻守は相互に入れ替わって、あたかも水が流れるように、ほとんど意識することなく身体が動いた。

そのとき、重そうな葛籠を背負った上田宇次馬が、慌ただしく逃げ去ってゆくのを眼の端にとらえたが、不可思議な陶酔に取り憑かれていた逸馬にとって、ほとんど気にするほどのことではなかった。

逸馬と斬り合っている平八郎にしても、それは同じことだったに違いない。

少なくとも、殿さまの寵臣であることを笠に着て、日頃から傲慢な振る舞いの目立つ上田宇次馬が、小狡《こずる》い笑みを浮かべて逃げ去るのを見ても、毛虫が這うほどにも気にならなかった。

死への陶酔に浸っている逸馬から見れば、いかにも些細なことに思われたのだ。

そもそも上村逸馬と牧野平八郎が、それぞれの派閥を代表して、真剣で斬り合うことになったのも、上田宇次馬の発案だったと聞いたことがある。

だとしたら、張本人の上田宇次馬が、重そうな葛籠を背負って、こそこそと逃げ出したからには、ここで逸馬と牧野平八郎が、死を賭して闘わなければならない義理はない。

この数年、派閥の命運を賭けて闘え、と上司から煽《おだ》てられ、恩も恨みもない牧野平八郎を、最大の敵と見做して、本気で憎むようになっていたが、それもこれも、佞臣の上田宇次馬が、悪戯半分に仕掛けた動議が発端になっている。

しかし真相がどうであれ、いまの上村逸馬にとっては、もうどうでもよいことだったのかもしれない。

たとえ上田宇次馬が卑劣な男で、下級藩士の生命を弄《もてあそ》んでいたとしても、いま真剣を抜いて闘っている逸馬からみれば、死と隣り合わせの陶酔は、命じられて味わう苦痛ではなく、思いがけず感得した不思議な境地で、上田宇次馬などという奸臣が、寸毫《すんごう》も関わるところではなかったのだ。

死の陶酔を知った上村逸馬は、眼の端に映った佞臣の姿を、わずかでも目に留めたことをみずからに恥じた。

そのわずかな隙を狙って、平八郎の鋭い剣がひらめき、右腕の皮膚を裂いて肉までを斬ったが、逸馬はほとんど疼痛《とうつう》を感じなかった。

その瞬間に、逸馬が思わず切り返した剣が、近づきすぎた平八郎の左腕を嚙み返していた。

ふたりは瞬時に飛び退いていた。

繁茂している矢竹の枝がしなり、勢いよく跳ね返って逸馬の顔を弾いた。

こちらのほうが痛みを感じる。

しかし右腕には痺れが走り、自在の働きを失って、危うく剣を取り落とすところだった。

逸馬は剣の構えを変えた。

左手一本で刀身を支え、右手は軽く添えるだけで、相手に弱味を見せまいとした。

平八郎も同じだったに違いない。

右手一本に剣を持ち替え、左手をだらりと下げて余裕を見せている。

しかし、それは余裕ではなく、平八郎の左手は使えなくなっているのではないか、と逸馬は思った。

ここで一気に勝負を付けるべきだ、と気は急《せ》いたが、刀傷を受ける前に比べたら逸馬の動きは眼に見えて鈍って、下手に仕掛ければ、鋭い切り返しを受け、返り討ちに遭う恐れがあった。

すると平八郎は、じりじりと後ろ下がりに位置を変えた。

後退《あとじさ》りする平八郎の背に押されて、しなった矢竹がパチパチと弾け返り、そのたびにサヤサヤと青竹が鳴って、枯れ朽ちた葉が散り敷かれた地上にパラパラと散った。

「逃げるのか」

と逸馬が叫んだ。

「逃げはせぬ。ただ場所を変えるだけだ」

そう言いながらも平八郎は、葛籠を背負った上田宇次馬が、派閥のために闘っている戦士たちに挨拶もなく、こそこそと逃げ去った方角に、逸馬を誘導しているらしかった。

これは罠かもしれぬ、と一瞬だけ思ったが、敵とはいえ牧野平八郎は、そのような卑劣な手を使う男ではない、といまの逸馬は固く信じている。

「よかろう。たしかに竹藪の中で闘えば、自在に剣を遣えない恨みがある。しかしこの先は行き止まりだ」

逸馬はまだ疑っていたが、平八郎は自信ありげに言った。

「殿さまに胡麻《ごま》を摺って、あそこまで成りあがった上田宇次馬が、重そうな葛籠を背負って逃げた先だ。どこか広い場所に出るか、お屋敷の外へ抜ける出口があるはずではないか。いずれにしてもこの奥には、動きの取れない竹藪より、おれたちの闘いに相応しい場所があるに違いない」

敵対していた逸馬と平八郎が、ここまで親しく話したことは、これまでにはなかった。

おのずからそうなったのは、生と死の境界まで接近した者だけが知る、不可思議な陶酔を共有したからなのだろうか。

ひょっとしたら、これまで仇敵と思っていた平八郎も、おれと同じようなことを、考えていたのかもしれない、と逸馬はそのときふと思った。

勝負の決着はつけなければならない。

しかしそれは、おれと平八郎の決着で、佞臣の上田宇次馬が面白半分にでっち上げた、派閥のための決着ではない、と逸馬は強く思った。

そして牧野平八郎も、おそらくは逸馬と同じ思いで、これまで以上に熾烈な闘いを、挑んでくるに違いなかった。

ならば受けて立とう、と逸馬は思った。

八

津金仙太郎が竹藪を踏み分けて、因縁深いこの場所まで来たのは、上田宇次馬が何もかも見捨てて逃げ、その後を追うようにして、逸馬と平八郎が去った直後のことだった。

上田宇次馬に命じられて、言われるままに働いてきた権助は、頼まれた葛籠の重さが気になって、みすみすお宝を逃したような、未練がましい気分に悩まされていた。

中身を調べて見るべきだった、と悔やまれたが後の祭りで、

「重いですぜ、あっしが運びましょうかい」

と言った途端に、宇次馬の顔が凶悪になり、

「中を見たのか」

返答によっては斬り殺しかねない勢いに、思わず腰を抜かす始末だった。

仙太郎が矢竹の藪へ踏み入ったのは、腰を抜かした権助が、どうにか立てるようになってからで、現金なこの男は性懲りもなく、小遣い稼ぎに仙太郎から小銭をせびり、悦《えつ》に入って案内役まで買って出た。

「この先は西応寺の空き地に繋がっている。知っている所へ出るのに案内など要らぬ。それよりも早く江戸を離れて、どこかに身を隠したほうがよいぞ。おまえが奥殿の床下に埋めた木偶は、おそらくは若君の死を祈る呪詛人形だ。諏訪藩のお家騒動に繋がる証拠になるだろう。その木偶が見つかれば、間違いなくおまえの首は飛ぶぞ」

仙太郎に脅されると、権助は蒼くなって震えあがった。

「あっしは何も知らねえ」

その狼狽えぶりを哀れに思って、

「竹藪を抜けた先には、西応寺の空き地に出る隠し扉があるはずだ。そこまでは一緒に行こう。藩邸を出たらすぐに逃げろ。諏訪藩の派閥争いは、今後はどうなるのか分からないが、いずれにしても権助どのは、どちらの派閥からも狙われることになるだろう。二之丸派からは口封じのため。三之丸派からは若君を呪詛した懲罰のため。ここは多少の欲は捨て、逃げるに越したことはない」

仙太郎は権助を慰めてみた。

しかし権助には、なんの励みにもならないようだ。

「江戸の渡り中間としては、あっしも多少は顔も利くが、見ず知らずの田舎に逃げても食い扶持に困る。鉄火場で稼ぐほどの度胸はねえし、百姓をしようにも田畑はなく、何よりも江戸の遊びに慣れて、畑仕事をするだけの体力がねえ。江戸を離れた権助は、糸の切れた凧のようなものさ」

たとえ田舎へ逃れても、どこにも地盤を持てない江戸者は、江戸でしか生きてゆくことは出来ないということか。

仙太郎は甲州の津金村に、生まれ育った郷里はあるが、江戸暮らしが長くなってしまえば、もう帰るところはない、と思うしかないのかもしれなかった。

仙太郎の胸に暗い影が走った。

すると隠し扉を踏み破って、血相を変えた猿川市之丞が駆け込んできた。

「塾頭。ここに居られたんですかい。いよいよ大詰めですぜ。つまり塾頭の出番ということだ」

仙太郎の顔を見ると、ホッとしたように駆け寄ってきた。

「よく分かりませんね。どういうことでしょうか」

仙太郎が首をひねると、市之丞はよほど急いでいるのか、ひどく口早になって説明した。

「いま西応寺の空き地で、逸馬と平八郎が真剣を抜いて斬り合っています。あっしが止めても聞きません。ふたりとも深手を負っているので、このままでは出血多量で死んでしまいます。あの連中を力ずくでも止めてくだせえ」

市之丞は甲賀忍びの早業で、もと来た道を飛鳥《ひちょう》のように駆け戻った。

仙太郎も後に続いた。

西応寺の空き地には、怖ろしいほどの剣気が漲《みなぎ》っていた。

その領域に踏み込めば、どこをどう斬られても不思議ではない。

剣気の真ん中に上村逸馬と牧野平八郎がいた。

剣の腕はほぼ互角。

長時間の斬り合いで、ふたりとも疲労困憊していたが、放たれる剣気はあたり一帯を覆っていた。

「上村逸馬。牧野平八郎」

仙太郎はふたりに声をかけた。

しかし生死の境にいる逸馬と平八郎には、塾頭の声も耳に入らないようだった。

「すでに藩論は一決した。もはやおぬしらが斬り合う理由はない」

仙太郎は声を荒げたが、逸馬と平八郎は、睨みあったまま微動だにしない。

「仕方がない」

仙太郎は対峙しているふたりの間に躍り出た。

その瞬間、左右から二筋の剣光が閃き、凄まじい殺気が仙太郎を襲った。

仙太郎は鋭く左右に回転して、逸馬と平八郎の剣を叩き落とした。

この電光石火の太刀捌きを、しかと見定めた者は誰もいない。

剣を打ち落とされた逸馬と平八郎は、しばらく茫然として立ち竦んでいたが、やがてホッとしたように膝を崩すと、力尽きてその場に崩れ落ちた。

市之丞が絶叫した。

「塾頭、なんてことを。あっしは、斬り合いを止めてくれと頼みましたが、斬ってくれとは言いませんでしたぜ」

仙太郎は冷静に応えた。

「斬ってはおりません。それよりも、早く介抱しなければ、出血多量で死んでしまうかもしれませんよ」

枯葉の散り敷く草叢《くさむら》に、力尽きて倒れ伏した逸馬と平八郎を、瞬きもせず見つめていた仙太郎は、喉の奥から絞り出すような声で言った。

「逸馬と平八郎は、死力を尽くして闘ったのです。気力と体力は限界に達していたでしょう。つい最前まで、この場には怖ろしいほどの気迫が、激しく渦を巻いていたのです。張り詰めた剣気の中に、一歩でも踏み込むことに、躊躇《ためら》いを覚えたほどの凄まじさでした」

その声に反応した逸馬が、わずかに頭をもたげた。

仙太郎はふたりの前に膝を折って、意識が薄れてゆく若者たちを励ました。

「凄まじい試合であった。しかし幸いにも、おぬしたちは急所を斬られておらぬ。無意識に繰り出した機敏な動きで、わずかに体を躱していたからだ。おそらくは、生死の境を見極めていたからであろう。この闘いを斬り抜けた上は、もはや天然流の印可を受けたも同然と思え」

逸馬と平八郎は、満足そうな笑みを浮かべたが、そのまま眼を閉ざして昏睡《こんすい》した。

「ここはあっしに任してくだせえ」

市之丞は用意していた止血用の布地で、しっかりと体幹を巻き締め、開いた切り傷に甲賀流の膏薬を塗り込むと、その上から厚く包帯を巻いて湿布した。

市之丞の荒療治で、全身に激痛が走ったのか、逸馬と平八郎は身を反らして呻いた。

「これで血が止まれば、命は助かると思います。しかし刀傷はなかなか癒えず、傷は治っても醜い傷跡が残るでしょう。体幹の傷は着物で隠れて気になりませんが、顔面の傷跡は如何《いかん》ともなし得ません。逸馬には額傷が残るが、さいわい平八郎の顔には目立った傷がない。諏訪の温泉で湯治でもすれば、若いふたりなら、すぐに体力は戻りますよ」

甲賀の抜け忍で、甲賀三郎と呼ばれていた市之丞は、昔取った杵柄か、傷口の処理は的確で手当も迅速《じんそく》だった。

歯を食いしばって、苦痛に堪えていた逸馬と平八郎は、その後は気を失ってピクリとも動かない。

「ところで師範代は、どうしてここにいるのですか」

応急の治療も一息ついたと見て、仙太郎は市之丞に尋ねた。

「塾頭を呼びに来たのですよ。諏訪藩邸の留守居役は、洒楽斎先生の後押しで、藩邸の騒動をうまく処理したようですが、気になるのは、渡邉助左衛門が放った刺客たちのゆくえです。千野兵庫が匿われていた鍛冶橋の和泉守邸は、さすがに警戒厳重で手が出せないとみて、側用人の渡邉助左衛門は、殿さまから国元へ帰される前に、雑司ヶ谷の福山藩下屋敷を襲うよう、殺し屋たちに命じていたんじゃねえでしょうか」

刺客たちは雇い主を失い、いまは利のみを求める野盗と化しているだろう。

「そうなれば奴らが狙うのは、警備が手薄な雑司ヶ谷だ。初めは命じられるまま、千野兵庫と福山どのを狙っていた殺し屋どもは、報酬を貰えねえと分かれば、やり易いところを襲って、奪えるだけ奪おうとするに違いねえ」

市之丞は雑草の繁る空き地に眼をやった。

「こやつは逸馬と平八郎を死闘に追いやった張本《ちょうほん》です」

薄闇が迫った草叢に、荒縄で括られた黒い影が転がっている。

「重い葛籠を背負っていたので、逃げようにも逃げきれず、捕らえて引っ括るのは簡単でした。葛籠の中身は数百両の小判と金襴緞子《きんらんどんす》の絹織物や金器銀器の宝物です。たぶん職権を乱用して、貯め込んだ賄賂でしょう。上田宇次馬とかいうこの男、殿さまのお気に入りかどうかは知らねえが、根性の腐った薄汚ねえ野郎ですぜ。この程度の奴に使嗾《しそう》されて、死を賭して闘った逸馬と平八郎が哀れでなりません」

仙太郎も気が逸《はや》っていた。

「後の処分は先生に任せて、急いで雑司ヶ谷へ向かいましょう。警固も武備も手薄なあの別邸、残忍な殺し屋どもに襲われたらひとたまりもありませんよ」

あたりはすでに闇の底に沈んで、互いの顔も見分けられないほど暗くなっている。

「そろそろ野盗が出没する頃合いですな」

すぐに洒楽斎と連絡を取り、藩医に逸馬と平八郎の手当を頼み、荒縄で縛りあげた上田宇次馬と、この男が後生大事に背負って逃げた、収賄品を貯め込んだ重い葛籠を引き渡した。

洒楽斎はホッとしたように、

「ここはわしに任せろ。刺客の件は、たぶん仙太郎の言うとおりであろう。はやく雑司ヶ谷に行って、乱菊を助けてやってくれ」

上田宇次馬は、先に捕らえた近藤主馬と一緒に、邸内の仮牢へぶち込んだ。

仙太郎は市之丞と共に、雑司ヶ谷へ向かって走りながら言った。

「側用人渡邊助左衛門の狙いは、初めから福山どのと御老女の密殺にあったのかもしれません。しかし福山どのは殿さまの御正室、さすがに藩邸内では手が出せず、藩と縁のない殺し屋どもを雇って、好機を伺っていたのかもしれません。殿さまと離縁させたのも渡邊助左衛門の企みだし、派閥争いが大詰めを迎えたいま、飼い殺しの刺客を雑司ヶ谷に差し向けたのも、江戸を離れるにあたって、あの男がかました鼬の最後っ屁に違いありません。福山どのと御老女に、軍次郎君暗殺の陰謀を暴かれたら、鶴蔵君を擁立しようと画策してきた二之丸派の、命取りになってしまいますから」

仙太郎は闇の中を疾走しながら、福山どのが床の間に掛けていた、眼光鋭い鷹の絵を思い浮かべていた。

天龍道人（龍造寺主膳）が描いた鷹の絵は、福山どのの内心に呼びかけていたのではないだろうか、と言った洒楽斎は、事の本質を見抜いていたのだ、といまになって思う。

魔力を封じ込めたようなあの絵を思い浮かべれば、福山どのと天龍道人の不思議な繋がりも見えてくるし、御老女の初島と実香瑠の思いも伝わってくる。

乱菊さんが御老女たちに肩入れするのも、やはり同じ思いを抱いているからではないだろうか。

それを聞いて市之丞も同調した。

「あのおふたりは、寂しいお屋敷の奥に逼塞しながら、あたかも天下を睥睨しているような、鷹の眼を持つ女たちだったわけですな」

そして殺された実香瑠さんと、その身代わりになって働いてきた乱菊さんも、やはり凛として俗世を睥睨する気概を持った、鷹の眼を持つ女たちのひとりだったのだ、と仙太郎は付け加えた。

「わたしたちは結局、鷹の眼を持つ女たちのために、働いてきたのかもしれませんね」

市之丞は息も乱さず走りながら、皮肉な口調で自嘲するように笑った。

「物好きにもほどがある、と言われても、返す言葉はありませんな」

仙太郎も微かに笑った。

「そうかもしれません。わたしなどは、物好きでこの世に生きているようなものですから」

意外な言葉が返ってきた。

気ままに生きているように見える仙太郎だが、それは表向きの顔に過ぎず、不敗の剣を遣うと言われる塾頭は、底知れぬ闇を生きているのかもしれない、と市之丞はふと思った。

しかしそれは、ほんの一瞬だけ抱いた懸念にすぎず、仙太郎は相変わらず能天気に、甲賀忍びの市之丞に負けまいと、必死の思いで足を速めているようだった。

九

雑司ヶ谷の下屋敷には、なんの異変もなさそうだった。

早くから表門は締められていて、重い門が落とされているのか、押しても引いてもびくともしなかった。

まだ宵の口なのに、すでに門提燈の灯も消されて、門番が住む長屋にも人の気配はなかった。

「こいつは却って不気味ですな」

市之丞は助走して塀の屋根に跳ね上がり、手を伸ばして仙太郎を引きあげた。

その反動を使って邸内に飛び下り、植込みに身をひそめて周囲を窺っている。

「居ますぜ、居ますぜ。数人の刺客が邸内に潜んで、お屋敷の中を伺っているようです」

続いて飛び下りた仙太郎の耳元に、口を近づけて囁くように言った。

「奴らに忍びの心得はねえようです。どれほど凶悪な連中か知らねえが、乱菊さんと掬水さんが居れば、お屋敷のおふたりを護ることは出来るでしょう」

「しかし殺し屋たちの数が多い。ざっと当たりをつけたところ、十人前後はいるようです。乱菊さんひとりでは守りきれまい」

仙太郎は懸念したが、市之丞が宥めるように言った。

「お屋敷に仕える掬水さんは女忍びです。刺客の半数は引き受けてくれるでしょう」

「それにしても、殺し屋たちが動かないのは何故だろうか。奴らは粗暴な連中ばかりと思っていたが」

「動かないのではなく動けないのでしょう。戦いはすでに始まっているのです」

市之丞は忍びらしい説明を加えたが、仙太郎は別なところに懸念があるようだった。

「女忍びの働きを察知して、刺客たちが動かないとしたら、奴らは単純な殺し屋ではない。女忍びの掬水さんでも、手こずる相手かもしれません。この均衡を破るには、こちらから仕掛けてみるしかないでしょう」

仙太郎は潜んでいた植込みから身を起こすと、福山どのが隠棲している別邸に向かって、いつもと変わらない足取りで歩き始めた。

市之丞はその場を動かない。

仙太郎を狙っているはずの、不気味な刺客たちに備えたのだ。

雑司ヶ谷の邸内は、雨上がりの早朝に散歩と称して調べてあるので、大体の地形は頭に入っていて、暗闇の中でも踏み迷うことはない。

仙太郎はのんびりした歩調で福山どのが住む別邸に向かった。

すると背後の暗闇から湧き出て、音もなく近づいた刺客が斬りかかった。

予想していたことなので、仙太郎は軽く身を躱して兇刃を避け、その動きを変えずに、真っ向から敵を斬り下げた。

手応えはあったが敵は声を上げず、半歩ほど退いたところで地に崩れた。

仙太郎は見返りもせずに前に進む。

「待てっ」

刺客のひとりが初めて口を開いた。

「おぬしは敵か味方か」

「そのどちらでもないし、どちらでもある」

仙太郎は構わずに奥へ進んだ。

「こやつはかなり手強い。闘うのは後にまわそう」

刺客たちが闇の中で相談する声が、仙太郎のところまで聞こえてきた。

「そうしてもらうと有難い。わたしも無益な殺生をしなくても済む」

仙太郎は呟くように言ったが、刺客の耳には届いたらしかった。

仙太郎は池の端を大きく廻り込んで、福山どのが仮寓《かぐう》している別邸に向かった。

背後に漂っていた敵の気配は消えている。

仙太郎は勝手を知っている玄関口へ向かった。

気配を察して、鎖帷子を身に着けた女忍びが迎えに出た。

「津金仙太郎さまとお見受けします。途中で刺客どもに出遭いませんでしたか。よくぞ御無事にここまで来られましたね」

掬水が感情を抑えた声で言った。

「及ばずながら、助太刀《すけだち》に参ったのです。市之丞さんも来ていますよ。わたしの背後を護って、少し遠回りになりますが、もうすぐ姿を見せるでしょう」

すると、無表情だった女忍びの顔がパッと輝いた。

「嬉しい。市之丞さんも来てくれるのね。日暮れてからずっと、刺客たちとの駆け引きに神経をすり減らしていましたが、ほんとうは心細かったんです。あの人が来てくれるなら、もう死を恐れなくてもいいのね」

いつも冷静な掬水から、女らしいセリフを聞こうとは思っていなかったので、仙太郎は思わぬ展開に戸惑っていた。

「やっぱり来てくれたのね」

仙太郎の声を聞きつけて、嬉しそうな顔をした乱菊が駆け寄ってきた。

「このお屋敷を狙っている刺客たちが、すぐ近くまで来ているのですよ。持ち場を離れて大丈夫ですか」

仙太郎が柄にもないことを言って注意すると、

「大丈夫よ。与之助さんがいるから」

乱菊は天真爛漫《てんしんらんまん》に笑った。

仙太郎は、与之助という名は初めて聞くものだったが、朱塗りの女駕籠に乗った乱菊を守っていた、屈強な供侍だろうと当たりをつけた。

「つい先ほども、お屋敷に潜入している刺客に襲われました。剣の腕はさほどではないが、忍びに似た術を身に着けている者もいるようです。あの連中と闘うには、腕力だけでは危ない」

仙太郎からそう指摘された乱菊は、忘れていたわけではないが、与之助さんは声が出せない人だったのだ、と思って急に不安になった。

「気をつけてくだせえ。こちらの陣容《じんよう》が崩れたとみて、敵は攻勢に出たようです。一気に勝負をつけるつもりですぜ」

忍び装束に身を固めた甲賀三郎が、闇の中から忽然《こつぜん》として姿を現わした。

「与之助さんが危ない」

乱菊は身を翻して持ち場へ戻った。

その直後に、乱菊の悲鳴が邸内に響き渡った。

「それぞれの持ち場に戻ってください」

言い捨てて仙太郎は、乱菊の声がしたところまで駆け付けた。

倒れているのは乱菊でなく、仁王様のような体軀を持つ与之助だった。

「与之助さんは声を失った人なのよ。敵に襲われても助けを呼ぶことも出来なかったのね」

乱菊は小柄《こづか》を抜いて身構えていた。

仙太郎は素早く駆け寄って、与之助の傷口を調べた。

「大丈夫です。さいわいにも、傷口は急所を外れているようだ。いきなりの襲撃に驚いて、衝撃で気を失っただけでしょう」

仙太郎は襦袢の袖口を裂いて、与之助の傷口を縛った。

与之助の傍らには、捻り潰されたような恰好をして、刺客と思われる男が倒れていた。

咄嗟の襲撃を受けた与之助は、剣を抜き合わせる暇もなく、素手で相手に立ち向かったようだった。

「殺し屋たちと闘うには、小柄では叩き落とされてしまいます。これをお使いなさい」

仙太郎は腰に帯びていた脇差を、鞘ごと抜き取って乱菊に渡した。

いわゆる長脇差と呼ばれる腰刀で、刀身の長さは優に一尺五分を越えている。

仙太郎はときどき二刀を使うので、脇差も太刀に見劣りしない豪刀《ごうとう》を携えているのだ。

乱菊は仙太郎から受け取った長脇差をスルリと抜いて、数回の素振りを試してからゆっくりと鞘に納めた。

「丁度よい長さと重さの刀だわ。まるであたしのために誂《あつら》えたみたい」

仙太郎はめずらしく冗談で答えた。

「そうですよ。乱菊さんはいつも武器を持たないから、いざというときに手渡せるようにと、あなたに相応しい武器を見繕って、常に持ち歩いている長脇差です。こんな言い方は不躾かもしれませんが、今夜の役に立ってほんとうによかった」

照れ隠しに冗談めかして言っただけで、これは仙太郎の本音かもしれなかった。

そのとき数人の刺客が、バラバラと姿を現わした。

「おぬしとは斬り合いたくなかったが、貧乏籤《くじ》に当たったのだから仕方がない。こんどは先ほどのように遠慮はしないぞ」

先ほど泉水の畔で、仙太郎に声をかけてきた男だった。

どうやら刺客の親玉らしかった。

「ゆけっ」

男が顎をしゃくると、左右からふたりの刺客が斬りかかってきた。

いつもの仙太郎なら二刀を抜いて、一瞬で左右の敵を斬り捨てるのだが、脇差を乱菊に渡しているので、ひとりは斬り捨てたが、もうひとりを同時に倒すことが出来ず、身を躱して逃げられてしまった。

仕損じたか、と仙太郎は舌打ちしたが、代わって乱菊が刺客の行く手に立ち塞がって斬り結んでいる。

「乱菊さん、無理をしなくてよいですよ。逃げたい者は逃がしてあげなさい」

仙太郎が声をかけたが、乱菊は相手の太刀筋を先読みし、乱舞のような体捌きで、刺客を討ち取った後だった。

「峰打ちです。この脇差は使い易いわ。まるで身体の一部になったようで、自由自在の動きが出来ます」

乱菊のセリフを聞くと、これまで冷静沈着だった刺客の親玉が、剝き出しの怒りを露《あら》わにした。

「小癪《こしゃく》なことを。こうなったら総掛かりだ。女だろうがガキだろうが、容赦なく斬り殺してしまえ」

数寄屋造りの別邸を取り囲んでいた刺客どもが、濡れ縁に躍り出て次々と抜刀した。

「いまの言葉、許すことは出来ません」

奥の間の襖がさっと開いて、白襷《しろだすき》を掛け白鉢巻を締めた福山どのと、防備を固めた御老女の初島が、薙刀《なぎなた》の柄をとんと突いて、凜々しい姿で進み出てきた。

「その方どもの狙いはあたくしであろう。むざむざと討ち取られる初島ではないわ」

御老女の発する凜とした声が、暗い邸内に響き渡った。

「これはいい。暗い屋敷の中を探し回る手間が省けた。どんな高貴なお方か知らねえが、遠慮なく討ち取らせてもらうぜ」

刺客の顔が怖ろしい形相に歪んだ。

「まあ、奥方さま、御老女さま。どうして出て来られたのです」

乱菊は思わず絶叫した。

「こうなることは覚悟していたのです。わが身に降りかかる火の粉は、わが手で払うのは当前のこと。お世継ぎの争いに、見ず知らずのそなたを巻き込んでしまい、気の毒であったと思っておりました」

病弱と言われていた福山どのが、寂しげな微笑を浮かべて乱菊に詫びた。

「問答無用だ。このふたりを斬れば、われらの仕事は終わる。後はお宝を略奪して逃げればいい。手っ取り早く片付けてしまえ」

刺客の親玉が吠えた。

「いいえ、三人よ」

乱菊が叫んだ。

すかさず仙太郎が割り込んできた。

「いや、四人だ」

すると濡れ縁から駆け寄ってくる足音が響いて、

「おっと、五人目を忘れてもらっちゃ困るぜ」

市之丞がそう叫ぶと、

「そして六人目もお忘れなく」

鎖帷子を着込んだ女忍びの掬水が、市之丞にぴったりと寄り添って名乗りを上げた。

「しゃらくせえことを抜かしおって」

刺客の親玉が激怒すると、

「わしの名を呼んでくれたのは正しい」

芝金杉から駆け付けた洒楽斎が、賊どもを挟み撃ちするように背後から叫んだ。

洒楽斎の背後には、肩を怒らした十数人の武士たちが、白州《しらす》に片膝を付いて控えている。

諏訪藩邸では、二之丸派を牛耳《ぎゅうじ》っていた近藤主馬と上田宇次馬が失脚し、代わって千野兵庫を盟主と担ぐ三之丸派が抬頭《たいとう》したらしい。

三之丸派の洒楽斎と共に雑司ヶ谷に駆け付けたのは、これまで陽の目を見なかった三之丸派の藩士たちだろう。

「奥方さま。まことに御無沙汰しておりました」

藩士たちを代表して挨拶したのは、留守居役の藤森金要人だった。

もうひとりの留守居役渋谷理兵衛は、江戸屋敷の再編に忙しくて手が離せない。

お家騒動に関わって離縁された福山どのには、二之丸派の横暴を見て見ぬ振りをしてきた、という負い目があるので留守居役としては顔を合わせられない。

そこで藤森金要人が貧乏籤を引いたわけだろう。

もはや老境に近い留守居役は、福山どのと御老女の前では、脂汗《あぶらあせ》を流して顔を上げられなかった。

その代わりに藤森金要人は、雑司ヶ谷の下屋敷を襲った刺客たちを、厳しい声で叱りつけた。

「その方《ほう》らが殺そうとしたのは、わが殿の奥方さまだったお方じゃ」

「分かっております。されどわれらは、命令に従って動いているだけにすぎませぬ」

刺客の親玉が応じた。

「その方らに雑司ヶ谷の襲撃を命じた側用人は、国元に召喚されて江戸を離れ、殿に近侍する近藤主馬、世子守役であった上田宇次馬は、陰謀が顕われて獄に繋がれた。張本の渡邊助左衛門は、国元に帰ったところで捕縛されるであろう。よってその方らは、すでに解雇されておるのだ。武器を捨てて即刻に立ち去るがよい」

藩邸の指揮は、すでに三之丸派の千野兵庫が執っているらしい。

腰抜けと思われていた留守居役は、にわかに権威を取り戻して、凛とした声で刺客たちに命じた。

「おれたちは命令されて動いたまで。今日までの手当は払ってもらうぜ」

刺客のひとりが太々しい声で応酬した。

「分からぬか。その方らに命を下した不忠の徒は、すでに陰謀が顕われて獄に繋がれておるのじゃ。奥方さまを害そうとしたその方らは、殺しても飽き足らぬ憎っくき輩じゃが、藩士でない者に切腹を命じることも出来ぬ。よって解雇して追放すると申しておるのだ。即刻に立ち去れば、今日の不敬は水に流そう。さもなくばこの場で斬り捨てる」

断固とした言い方に反発した刺客が、

「何を言いやがる。おれたちの恐ろしさを知らねえのか」

抜刀して襲い掛かろうとすると、

「よせっ」

刺客の親玉が鋭い声で咎めた。

「抜け目のねえお留守居役は、腕利きの藩士を集めて駆け付けたらしいぜ。まともに斬り合ったら、おれたちに勝ち目はねえ。命あっての物種だ。ここはおとなしく引きあげようぜ。おれたちの稼ぎ場は他にもあるさ。ここで斬り合っても一文の得にもなりゃしねえ。おれたちは命を張って食い繋いでいる不労の徒だ。拾う命はあっても、捨てる命はねえ。ここで愚図愚図して、一文にもならねえことで命を捨てるより、早く次の稼ぎにありついたほうが得策というものさ」

刺客の親玉は抜き身の刀を鞘に納めると、

「はい、はい。御免なすってよ」

と庭先に並んだ藩士たちのあいだを、掻き分けるようにして逃げ去った。

他の刺客共もこれに倣って、藩士たちの包囲から抜け出ると、脱兎《だっと》のごとく逃げていった。

それを見ていた仙太郎が、

「先生、これでよいのでしょうか」

苦々しい顔をして洒楽斎に問いかけた。

「よいはずはない。あの連中は次の稼ぎを捜して、さらに悪辣《あくらつ》なことを繰り返すかもしれぬ。しかし、諏訪藩の騒動は終結に向かうだろう。後味の悪いところはいくつか残ったが、われらの関わることが出来るのはここまでじゃ」

しかし、諏訪藩の留守居役は上機嫌だった。

「おかげを持ちまして、これで一件落着となりましょう。そうなればわれらは、これからが忙しくなり申す。お礼のほどはまた後ほどに」

すると洒楽斎は切り返すように答えた。

「お礼など要らぬ。貰えばいまの連中と同じになる。そこまで落ちぶれたくはない」

それを聞いていた市之丞が、洒楽斎の袖を引きながら小さな声で言った。

「先生、わが道場は赤字続き。雨漏りする屋根も葺き替えたいし、門弟たちが踏み破った床板も張り替えなければなりません。そのための資金はどうするのです」

仙太郎がのどかな声で言った。

「お金が足りなければ、わたしのほうでなんとでもなります。近頃は火事が多くて、木材の値も上がったようで、実家からの送金も潤沢《じゅんたく》です。何も心配されることはありませんよ」

　すると乱菊が割り込んで、

「困る人が出れば儲かる人も居るのね」

　鋭い突っ込みを入れてきた。

「それぱかりは、わしなどにはなんとも出来ぬ」

　洒楽斎は呻くような声で呟いた。

　そこへ福山どの、御老女の初島、奥女中の掬水、華やかな女人たちが集まってきて、

「どうなることかと思われた騒動も、天然流を奉じるそなた達によって、どうにか切り抜けることが出来ました。謹《つつし》んでお礼を述べたいと存じます」

　白襷を外し、白鉢巻を解《ほど》いた福山どのが、深々とお辞儀をした。

「うちの先生は、お礼なんかいらねえ、とおっしゃるへそ曲がりですが、奥方さまのお礼なら喜んでお受けするでしょう」

　言葉を失った洒楽斎に代わって、師範代の市之丞が満足そうに挨拶を返した。

「でも、奥さまは居候《いそうろう》の身、お礼と言ってもお言葉だけですよ」

　市之丞に寄り添った掬水が、誰にも聞き取ることができない忍び言葉で囁いた。

「心からのお言葉をいただければ、先生はそれで満足する人ですよ」

忍び言葉を解しないはずの乱菊が、おだやかな笑みを浮かべて言い添えた。

時代小説

二見時代小説文庫

あるがままに　天然流指南《てんねんりゅうしなん》3

二〇二三年　四　月二十五日　初版発行

著者　大久保智弘《おおくぼともひろ》

発行所　株式会社　二見書房
〒一〇一-八四〇五
東京都千代田区神田三崎町二-一八-一一
電話　〇三-三五一五-二三一一［営業］
　　　〇三-三五一五-二三一三［編集］
振替　〇〇一七〇-四-二六三九

印刷　株式会社　堀内印刷所
製本　株式会社　村上製本所

ISBN978-4-576-23040-5
https://www.futami.co.jp/

藤 水名子

剣客奉行 柳生久通 シリーズ

完結

①獅子の目覚め
②紅の刺客
③消えた御世嗣
④虎狼の企み

将軍世嗣の剣術指南役であった柳生久通《ひさみち》は老中松平定信から突然、北町奉行を命じられる。一刀流免許皆伝とはいえ、市中の屋台めぐりが趣味の男にはあまりに無謀な抜擢に思え戸惑うが、能ある鷹は爪を隠す、昼行灯と揶揄《やゆ》されながらも、火付け一味を一刀両断！大岡越前守の再来!?微行《おしのび》で市中を行くのは、一刀流免許皆伝の町奉行！

二見時代小説文庫

藤 水名子

火盗改「剣組」

シリーズ

完結

① 鬼神 剣崎鉄三郎
② 宿敵の刃
③ 江戸の黒夜叉

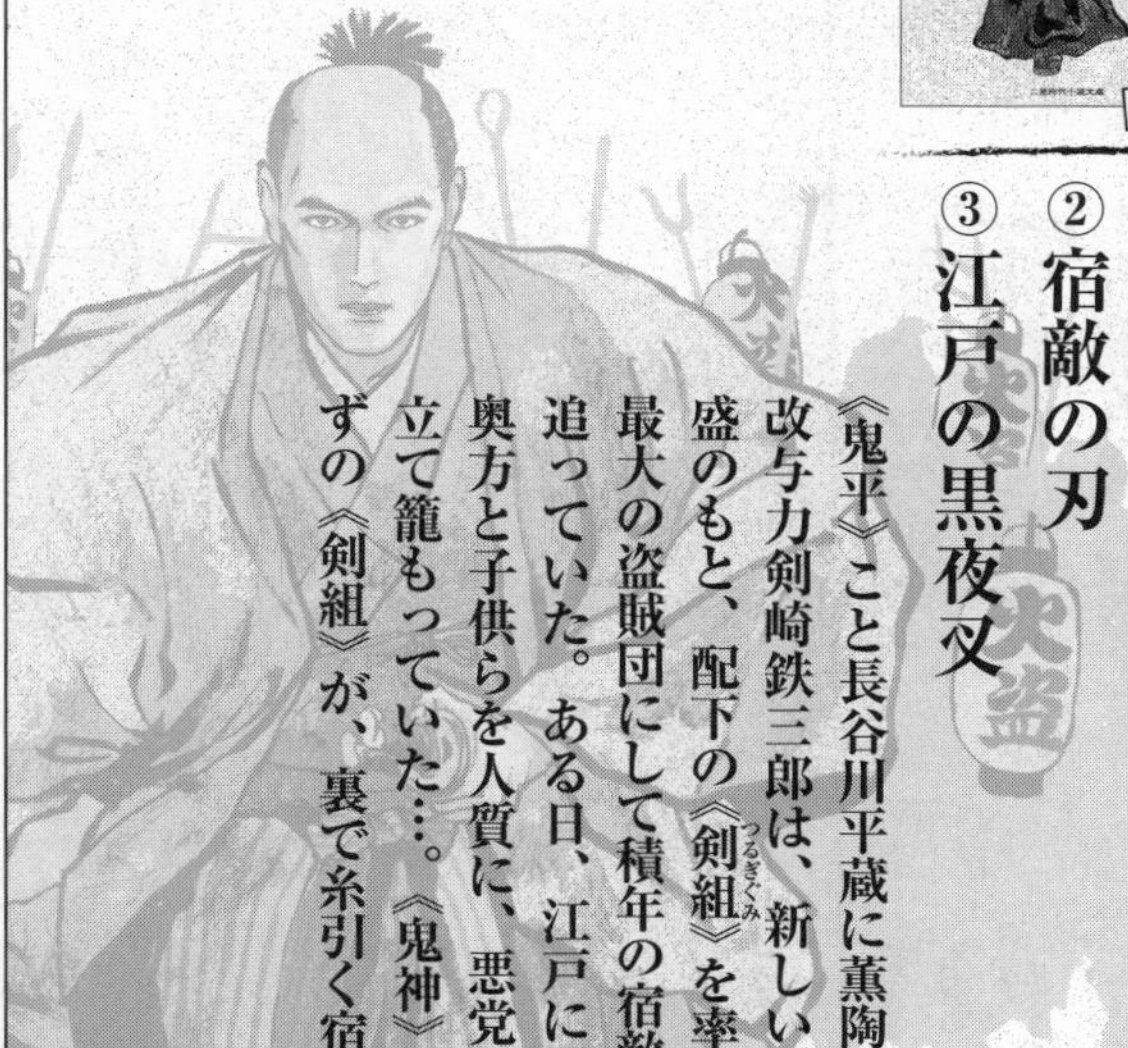

《鬼平》こと長谷川平蔵に薫陶を受けた火盗改与力剣崎鉄三郎は、新しいお頭・森山孝盛のもと、配下の《剣組《つるぎぐみ》》を率いて、関八州最大の盗賊団にして積年の宿敵《雲竜党》を追っていた。ある日、江戸に戻るとお頭の奥方と子供らを人質に、悪党たちが役宅に立て籠もっていた…。《鬼神》剣崎と命知らずの《剣組》が、裏で糸引く宿敵に迫る！